Bobby Munich · Das Leben des Don Piepero

Bobby Munich

# Das Leben des Don Piepero

Band I

© 2021 Bobby Munich
Lektorat: Jonas Westhoff
Satz und Coverdesign: Buch&media GmbH, München
Gesetzt aus der Soleil und der Adobe Garamond Pro
Druck und Bindung: BoD – Books on Demand
Printed in Germany
ISBN 978-3-7543-9744-2

# Prolog

Es war ein schauriger Anblick, der sich Officer Harry bot. Er musste einen Moment innehalten beim Anblick des Autowracks, das sich völlig ausgebrannt vor ihm befand. Überall knirschten und zischten Glutnester. Rings um das Wrack herum war der komplette Boden verkohlt und ein Gestank aus verbranntem Fleisch gemischt mit Benzingeruch legte sich direkt auf seine Nase.

Obwohl er sehr schnell nach dem Eintreffen der Krankenwagen am Einsatzort ankam, waren ein paar State Trooper vor ihm an der Unfallstelle.

Einer der Trooper trat an Officer Harry heran und schilderte seinen ersten Eindruck: »Das Auto muss von der Interstate 278 abgekommen sein.«

Er zeigte die Böschung hinauf, an deren Beginn, keine 30 Meter weit von ihnen entfernt, eine zerstörte Leitplanke zu sehen war. »Durch den Aufprall muss das Auto in Flammen aufgegangen sein und die Insassen hatten keine Chance mehr, aus dem Autowrack zu entkommen.«

Officer Harry hörte aufmerksam zu, wusste allerdings, dass der geschilderte Ablauf nicht so stattgefunden haben konnte.

Nachdem der State Trooper seine Ausführungen beendet hatte, machte sich Officer Harry weiter sein eigenes Bild von dem Unfallhergang und gab die Anweisung, die Interstate in Richtung Brooklyn zu sperren.

Er trat näher an das Wrack heran, lief es einmal komplett ab und sah die verkohlten Leichen von zwei Insassen. Beide lagen auf der Fahrerseite. Eine, die größere der beiden Leichen, hatte am Lenkrad gesessen und direkt dahinter auf dem Rücksitz die andere. Behutsam ging Officer Harry näher an die Fahrertür, um jeden Schritt bedacht, damit keine Spuren versehentlich unkenntlich gemacht wurden.

Doch umso näher er an den großen verkohlten Klumpen, der vormals ein Auto gewesen war, herantrat, umso intensiver wurde der Gestank, bis er kaum mehr zu ertragen war. Der Benzingeruch nahm überhand und lag ihm nun ätzend in der Nase. Es stank so gewaltig, dass es für ihn nicht auszuhalten war und er ein Stofftuch aus seiner Hosentasche holte, um seinen Mund und seine Nase zu bedecken.

Gerade als er seinen Kopf in das Autowrack hineinlehnen wollte, verspürte er ein Tippen an seiner linken Schulter. Er zuckte etwas zusammen, ging einen Schritt zurück, um seinen Kopf komplett aus dem Wrack zu heben und drehte sich um. Vor ihm stand sein Kollege, Officer Mathew.

Sie begrüßten sich mit einem Handschlag, bevor Officer Harry seinem Kollegen seine bisherigen Erkenntnisse mitteilte: »Alles sieht nach einem Unfall aus. Auch die State Trooper glauben daran, dass das Auto von der Interstate abkam, sich vermutlich mehrmals überschlug und in Flammen aufging.«

»Aber dieser intensive Benzingeruch«, fiel ihm Officer Mathew ins Wort.

»Genau, Mike!«, Officer Harry riss seine Augen auf und wusste, dass er sich auf die Intuition seines langjährigen Partners verlassen konnte.

»Das passt nicht zu einem Unfall. Wenn es ein Unfall gewesen wäre, dann hätte sicherlich das Auto auch ausbrennen können. Aber wir haben hier im Umkreis von vielleicht zehn Meter nichts als verbrannte Erde und der Benzingeruch wäre jetzt niemals mehr so intensiv. Auch wenn wir schnell hier waren, ist das Auto zu klein, um einen solch großen Tank zu haben, dass wir jetzt noch diesen stechenden Benzingeruch vernehmen könnten.«

Officer Mathew folgte den Worten seines Kollegen und setzte direkt, nachdem Officer Harry seine Gedanken mit ihm teilte, an: »Hier muss nachgeholfen worden sein.«

»Wir müssen uns die Leichname anschauen«, bestätigte Officer Harry nickend und beide traten an die Fahrerseite heran.

Officer Harry nahm sein Stofftuch und fuhr damit der Leiche auf dem Fahrersitz über den Kopf. An der Nase des Leichnams angekommen, musste er kurz innehalten, würgend von dem bestialischen Gestank.

Als Officer Harry den Leichnam berührte, senkte sich der Unterkiefer der Leiche ab.

»Schau, Mike. Hier ist etwas zwischen Kiefer und Zunge eingeklemmt.«

Mike trat ein Stück näher an den Leichnam heran, um sich ein besseres Bild machen zu können.

»Ja, stimmt. Es sieht aus wie ein flacher, runder Gegenstand.«

Officer Harry fuhr mit seinem Stofftuch weiter am Kopf der Leiche nach unten, griff am Unterkiefer zu und erweiterte so die Öffnung des Munds des verkohlten Leichnams. Officer Mathew zog seine Jacke aus, hatte ein Stück seines Ärmels in der Hand und hob damit die Zunge der toten Person an.

Zwischen Zunge und Unterkiefer lag eine Keramikmünze, die zwar stark angekohlt war, jedoch waren die Umrisse des Kreuzes in der Mitte der Münze noch deutlich erkennbar.

Beide blickten sich entsetzt an, als sie das Fundstück sahen. Es dauert eine Weile, bis Officer Harry anfing zu stammeln: »Du weißt, was das bedeutet?«

Officer Mathew konnte nichts sagen, rang um Fassung und nickte nur bejahend.

»Es geht wieder los, Mike. Lass uns sofort Tonis Einheit verständigen!«

Officer Harry stockte der Atem, ohne zu ahnen, dass dieses Mal alles viel schlimmer werden sollte als jemals zuvor.

# Aus der Mitte des Lebens

## Ende der 1970er Jahre, New York City

Nicks erster Tag im New York City Police Department war gekommen. Jahrelang hatte er darauf hingearbeitet. Genau das wollte er immer sein: Ein Mitglied der Gesellschaft, das versucht, die Straßen von New York etwas sicherer zu machen.

Es ging ein Traum für ihn in Erfüllung, als er vor einiger Zeit nach Absolvierung der Polizeischule den Brief erhielt, dass er für die Abteilung *Organisierte Kriminalität* infrage kam und dort eine erstklassige Ausbildung beginnen dürfte.

Seine Leistungen in der Polizeischule sowie auf der High-School waren tadellos. Er hielt sich immer aus allem Ärger heraus, machte viel Sport und verbrachte die meiste seiner Freizeit mit dem Lesen von Kriminal- beziehungsweise Detektivromanen.

Schon seit Jugendzeiten setze er alles daran, dass er eine Laufbahn als Polizist und später als Detective anstreben konnte und nicht nur er, sondern auch seine Eltern waren überglücklich und stolz, als der Tag, an dem seine polizeiliche Laufbahn startete, endlich gekommen war.

Obwohl Nick, gerade erst 22 Jahre alt, groß, muskulös gebaut, blond und gutaussehend war, hatte er keinen richtigen Schlag bei Frauen. Er war auf eine Art und Weise schüchtern und schwerfällig gegenüber dem anderen Geschlecht, was keiner im engeren Umfeld von ihm so recht verstehen konnte.

Sowohl im Sport an der High-School als auch in der Polizeischule war er mit seiner eloquenten Art so etwas wie ein Anführer, doch sobald er alleine mit einer Frau war, konnte er keinen ganzen Satz herausbringen und stammelte unentwegt.

Dieser Makel an ihm störte ihn jedoch überhaupt nicht zu dem Zeitpunkt, als er die für ihn heiligen Hallen des New York City Police Departments mit einem breiten Grinsen, das er nicht verbergen konnte, zum ersten Mal betrat.

Nick atmete dabei tief durch und schritt zielstrebig durch die enorme Eingangstür des Polizeireviers geradezu auf eine korpulente, ältere weiße Dame zu, die hinter einer massiven Rezeption aus Holz – mit einer Marmorplatte als Ablage versehen – saß.

Es war ein sehr buntes Treiben in der Eingangshalle und Nick war von den ersten Eindrücken überwältigt und zugleich überfordert.

Es befand sich eine Schar an Menschen in dem weitläufigen Eingangsbereich des Polizeireviers. Der überwiegende Teil dieser Personen waren Polizisten in Uniform. Dabei führten manche von ihnen Kriminelle in Handschellen ab, andere liefen gezielt in Richtung der Fahrstühle. Wiederum andere, die Anzugsträger, plauderten miteinander und liefen gemütlich umher, bis sie sich entweder zum Ausgang oder in Richtung der Büros des Erdgeschosses oder ebenso der Aufzüge bewegten.

Nick trat an die Rezeption heran, lächelte die Dame freundlich an, wollte gerade ausholen, um sich vorzustellen, als die Dame sagte: »Was kann ich für Sie tun?«

»Mein Name ist Nick Michaels und ich, ähm, habe heute meinen ersten Tag hier«, stammelte er perplex, bevor sie ihm wieder ins Wort fiel: »Schön! Wo müssen Sie hin, Nick Michaels?«

»Ich, uh, ich soll zu Chief Antonio Fulicci in die Abteilung *Organisierte Kriminalität.*«

Nick fing an zu schwitzen und es lief ihm der kalte Schweiß die Stirn herunter.

»Na, junger Mann. So schwer war es doch jetzt nicht.«

Die Dame setzte ein gehässiges Grinsen auf: »13. Stock. Melden Sie sich beim Empfang oben bei Frau Spinelli. Die Fahrstühle sind 15 Meter hinter mir.«

Bevor Nick, erleichtert über die erste genommene Hürde, die Rezeption in Richtung Aufzüge verließ, brachte er noch krächzend ein heiseres »Danke« hervor. Die Dame hinter der Lobbyrezeption wartete einen kurzen Augenblick ab, bis Nick circa fünf Meter von ihr entfernt war und rief ihm dann hinterher: »Ach, und willkommen bei der New Yorker Polizei!«

Sie schüttelte resignierenden den Kopf, daran denkend, dass dieser junge Mann wohl nicht lange im Sündenpfuhl New Yorks als Polizist aushalten würde.

Nick drückte den Knopf, um den Fahrstuhl kommen zu lassen, als er plötzlich ein lautes Geschrei am anderen Ende der Eingangshalle, direkt an der Haupteingangstür, vernahm. Er konnte das Gebrüll nicht auf Anhieb verstehen, jedoch musste es eine Frauenstimme sein, was er an der schrillen Tonlage des Geschreis vernahm.

Die brüllende Stimme kam Nick immer näher und allmählich konnte er eindeutig verstehen, was die Frau von sich gab.

»Scheiß Polizisten. Misshandlung. Polizeigewalt«, kam es Nick bedrohlich nahe. Und das immer und immer wieder, bis die Frau direkt neben ihm stand. Der Mann hinter ihr hielt ihren rechten Arm fest, der am Rücken mit dem Handgelenk des anderen Arms per Handschellen verbunden war.

Der Mann, der die Frau abführte, hatte keine Uniform an, sondern einen Anzug, bei dem das Jackett mindestens eine Nummer zu groß war. Die Ärmel des Jacketts ragten weit über die Hände des Mannes heraus und seine Schultern versanken in der Jacke. Die Frau beruhigte sich auch am Fahrstuhl nicht und es kam Nick wie eine Ewigkeit vor, bis der Aufzug endlich kam. Die ganze Zeit, die die drei auf den Fahrstuhl warteten, schaute Nick verlegen in die andere Richtung auf den Boden, um keinen Blickkontakt mit den beiden entstehen zu lassen.

»Hältst du die Reise wirklich für eine gute Idee?«, fragte Maria ihren Mann.

Vincenzo verdrehte die Augen, bevor er, zwar genervt, aber in einem ruhigen Ton, erwiderte: »Wie oft wollen wir das Thema noch durchgehen, Darling? Marco freut sich so sehr auf den Ausflug und die Messe. Ich mache das für unseren Sohn und wir werden direkt nach Long Beach fahren. Kein Halt in Brooklyn, kein Halt in Queens oder in Manhattan. Kein Halt irgendwo auch nur in der Nähe von New York City. Versprochen, Liebling!«

Vincenzo trat näher an Maria heran, umarmte sie und küsste sie zärtlich auf die Wange.

»Beruhige dich. Es wird alles gut gehen. All das, was wir hinter uns gelassen haben, liegt über sieben Jahre zurück und wir führen ein wunderbares, ruhiges und glückliches neues Leben. Es ist uns nichts passiert in all den Jahren, die wir hier sind, und so wird es auch weitergehen. Du wirst sehen. Der Trip wird gutgehen.«

»Soll ich nicht doch mitfahren, Vincenzo?«, antwortete Maria mehr bestimmend als fragend.

Vincenzo zog Maria näher an sich, drückte sie fest und machte ihr dann mit einem Kopfschütteln und einer Handbewegung deutlich, dass die Diskussion beendet sei und er alleine mit seinem Sohn nach Long Beach fahren würde.

Er konnte nicht verstehen, warum seine Frau die Reisestrapazen einer 20-stündigen Autofahrt Schwanger auf sich nehmen wollte. Obwohl auch er die Fahrt nach Long Beach und damit in die Nähe seines alten Lebens nicht gänzlich ohne Bedenken antrat.

Noch zwei oder drei Jahre zuvor hätte er Marco die Reise verwehrt. Doch schon seit langer Zeit stand nichts mehr über die Mafiakriminalität in New York City in den Schlagzeilen der landesweiten Zeitungen und, obwohl Vincenzo es besser hätte wissen müssen, hoffte er darauf, dass er und sein Sohn einen schönen und sicheren Ausflug unternehmen würden.

Maria war nicht überzeugt von Vincenzos Plan und flehte ihn nochmals eindringlich an: »Lass mich mitfahren. Dann habe ich ein besseres Gefühl.«

Vincenzo war mittlerweile sichtlich genervt und hatte keine Geduld mehr, weiter mit seiner Frau zu sprechen, sodass sein Ton deutlich gereizter wurde: »Du bleibst daheim. Ich fahre morgen früh mit Marco los. Ohne dich! Marco und ich werden den Ausflug schon überleben. Und damit Ende der Diskussion!«

Maria setzte nochmals zum Gegenschlag an und wollte die Diskussion noch nicht beendet wissen, doch Vincenzo ließ sie mitten im Raum stehen und ging in das Kinderzimmer von Marco, um ihm eine gute Nacht zu wünschen und ihn nochmals daran zu erinnern, dass er gegen vier Uhr geweckt wird.

Alessandro Rosso stieg in seine Corvette *Sting Ray* ein, auf die er besonders stolz war, jedoch viel Kopfschütteln aufgrund des auffälligen

Designs des Autos von seinen Kumpels kassierte. Er drehte den Zünd-schlüssel um und fuhr los. Er liebte das Auto und tat den ganzen Spott und Hohn über die Auffälligkeit des Wagens, die ihm immer entgegen-brachte wurde, als Neid ab.

In seinem Handschuhfach hatte er, wie üblich, eine geladene AMT AutoMag III und in seinem Hosenbund ein Butterfly-Messer. Das Messer hatte er nicht immer dabei. Doch bei diesem Auftrag wollte er etwas Spaß haben.

Alessandro war von großer Statur, kräftig gebaut, hatte Hände so groß wie Bärenpranken sowie ein vernarbtes Gesicht und eine platte Nase, die noch aus seiner Zeit als Kirmesboxer stammte, bevor er von der Piepero-Familie rekrutiert wurde. Seine äußere Erscheinung war furcht-einflößend und er legte eine besondere Brutalität bei der Ausführung seiner Aufträge an den Tag. Diese Kombination machte ihn zu einem wahrlich unberechenbaren Monster.

Zu Beginn seiner Arbeit bei den Pieperos handelte ihm seine aufbrau-sende und zornige Art viel Ärger ein. Auch weil er sich nicht immer gegenüber seinen Kollegen im Griff hatte. Doch sein erbarmungslo-ses Vorgehen gegenüber den Feinden der Piepero-Familie brachte ihm schnell den nötigen Respekt und die Führung einer eigenen kleinen Einheit ein. Und so kam es auch, dass er nun diesen ganz speziellen Auftrag mit seiner Truppe ausführen durfte.

Jahrelang hatte die gesamte Piepero Organisation beinahe schon sehn-süchtig auf die nötigen Informationen gewartet. Alessandro konnte es kaum glauben, als er den Auftrag von seinem Vertrauten in der Orga-nisation erhielt. Es war ihm immer ein Rätsel gewesen, wie die Familie an solche Informationen herankam. Doch er lernte schnell, dass Fragen nach dem Hintergrund der Information keine gerngesehenen Fragen in der Piepero-Familie waren.

Denn das Familiencredo war, dass alle Befehle ohne weitere Fragen auszuführen waren. Das reine Gehorchen auf die Befehle des ranghöheren Mitglieds in der Organisation war der Leitsatz der Pieperos.

Verstöße gegen diesen Grundsatz wurden auf zwei Arten in der Piepero-Familie geregelt. Bei zu vielen Nachfragen wurde demjenigen die Zunge abgeschnitten, um ihn mundtot zu machen. Anschließend wurde er degradiert und durfte nur noch Laufburschen-Aufgaben wahrnehmen. Reichte diese Warnung im ersten Schritt nicht aus, erfolgte der zweite Schritt, der dazu führte, dass die betroffene Person im Hudson River oder einem anderen Gewässer versenkt wurde.

Er mochte die raue und harte Art, mit der in der Piepero-Familie die Organisation geführt wurde. Das skrupellose Handeln gegenüber den Feinden des Clans brachte seiner Truppe viel Anerkennung ein und es rankten sich zahlreiche Geschichten über sie innerhalb der Organisation.

So gut gelaunt wie an diesem Tag war Alessandro allerdings schon Ewigkeiten nicht mehr gewesen. Er spielte monatelang diesen Tag in seinem Kopf immer und immer wieder durch. Und dennoch konnte er vor lauter Vorfreude keinen klaren Gedanken mehr fassen. Denn es war endlich soweit. Er hatte zwar noch eine lange Fahrtstrecke vor sich, doch sein Tag war gekommen.

Der Auftrag lautete Rache – und nicht nur Rache zu nehmen, um die Ehre der Piepero-Familie wiederherzustellen. Nein, vielmehr auch um sich persönlich zu rächen und das zauberte ein Lächeln auf Alessandros Lippen.

Nick verspürte eine Erleichterung, als der Fahrstuhl ankam und die Frau sofort, nachdem sich die Türen des Aufzugs hinter ihnen geschlossen hatten, ihr hysterisches Gebrüll unterbrach.

Der Mann ließ von der Frau ab und sein Blick wandte sich unmittelbar Nick zu. Nick jedoch starrte auf den Boden und hoffte nur darauf, dass er schnell aus dem Aufzug steigen konnte.

»Haben wir uns hier schon mal gesehen?«, fragte der Mann in Nicks Richtung.

So völlig bewegungslos dastehend, fiel es noch stärker auf, dass die Jacke dem Mann viel zu groß war, da nun über die Hälfte seiner Hände von den Ärmeln bedeckt waren.

Nick hielt kurz inne, bevor er antwortete.

»Heute ist mein erster Tag hier. Ich komme direkt von der Polizeischule und soll mich bei Chief Antonio Fulicci melden.«

Ein breites Grinsen fuhr dem Mann übers Gesicht.

»Ach so, dann bist du der Neue. Nick, nicht wahr?«

Nick entspannte sich schlagartig, als er seinen Namen hörte. Es muss sich also im Polizeirevier herumgesprochen haben, dass ich komme, dachte er sich.

»Ja, genau«, lächelte er in Richtung der beiden blickend. »Nick Michaels!«, fuhr er fort.

»Schön dich kennenzulernen, Nick. Ich bin Detective Carl Wilson. Aber alle nennen mich hier *Big Jacket*.«

So wie Carl vor ihm stand, konnte es keinen besseren Spitznamen für eine Person geben, dachte sich Nick und er konnte sich ein Lachen nicht verkneifen.

Carl ignorierte das Lachen, da er es mehr als gewohnt war, dass sich über ihn Lustig gemacht wurde, und stellte die Frau neben sich vor, während er ihr die Handschellen löste: »Das ist meine beziehungsweise unsere Kollegin Melissa Cartwright. Was das Schauspiel eben im Foyer zu bedeuten hatte, erklären wir dir später.«

Das erste Mal blickte Nick Melissa bewusst an und blieb an ihrem Antlitz hängen. Sie hatte lange, gelockte, dunkle Haare, war sehr schlank und ungefähr einen Kopf kleiner als er. Sie musste im Alter von Nick sein, höchstens aber Ende 20, dachte er sich. Sein Gesicht lief schlagartig rot an und seine Hand zitterte, als er sie Melissa reichte.

Da von Nick nichts direkt kam, als sich die beiden die Hand gaben, sagte Melissa:

»Schön, dich kennenzulernen, Nick, der Neue. Ich wünsche dir einen guten Start.« Dabei blickte sie ihm tief in die Augen und zwinkerte ihm zum Abschluss ihres Satzes zu.

Nick konnte nicht anders und stammelte, dass er sich auch freue, sie kennenzulernen. Danach verstummte das Gespräch und Nick schaute wieder auf den Boden des Fahrstuhls.

Als der Aufzug im 13. Stock anhielt, war es Melissa, die als erstes verschwand. Jedoch nicht, ohne sich noch einmal umzudrehen und einen Blick auf Nick zu werfen. Carl wand sich beim Verlassen des Aufzuges Nick zu und sagte: »Viel Glück, Buddy! Du musst dich wahrscheinlich bei Frau Spinelli melden, nehme ich an. Sie sitzt ein paar Tische links von hier.«

Er zeigte auf eine Frau mit Brille und ging an seinen Schreibtisch, der nur wenige Meter vom Fahrstuhl entfernt war. Nick bedankte sich bei Carl und ging in Richtung der Frau, auf die Carl gedeutet hatte.

Als Nick an ihrem Schreibtisch ankam, sah er das große Namensschild auf dem Tisch stehen. Frau Nicole Spinelli stand darauf. Bevor Nick etwas sagen konnte, sprudelte aus Nicole heraus:

»Ah, du bist bestimmt Nick. Willkommen hier bei uns in der Abteilung. Chief Fulicci ist noch in einem Gespräch, aber du kannst dich gerne schon an deinen zukünftigen Schreibtisch setzen und dich einrichten. Ich hole dir einen Kaffee und rufe dich, sobald der Chief Zeit für dich hat.«

Ehe Nick antworten konnte, kam Nicole hinter ihrem Schreibtisch hervor und führte ihn an einen leeren Tisch, auf dem ein paar Stifte und ein Block herumlagen.

»Das ist dein neues Reich hier. Ich führe dich später nach deinem Gespräch mit dem Chief herum und zeige dir alles. Aber jetzt besorge ich dir erstmal einen Kaffee.«

»Vielen Dank«, murmelte Nick leise in seinen Bart, als Nicole schon fortgeeilt war.

Er schaute sich den leeren Block an, die Stifte, die sich auf dem Tisch befanden und den Rollcontainer, der neben dem Tisch stand. Jede einzelne Schublade des Containers war leer. Sein Blick streifte durch das Büro. Er versuchte sich so viel wie möglich einzuprägen.

Rechts von ihm, etwas weiter weg, gab es genau zwei Büros, bei denen aber beide Türen verschlossen waren. Er konnte nicht erkennen, was auf den Schildern an den Türen stand. Jedoch war er sich sicher, dass der große Raum das Büro des Chiefs sein musste.

Gegenüber den Büros, auf der linken Seite des Raumes, befand sich ein langer Gang, den er jedoch nicht in Fülle von seinem Platz aus einblicken konnte. Es befanden sich, das konnte Nick sehen, eine Vielzahl an weiteren Türen dicht nebeneinander gereiht in diesem Gang. Ansonsten füllte der restliche Platz ein Großraumbüro und Nick ließ seinen Blick über alle Tische schweifen.

Es mussten ungefähr zehn Schreibtische sein, die dicht an dicht, nur von abnehmbaren Trennwänden unterbrochen, in dem Raum standen.

Hier war er also angekommen, dort, wo er immer hinwollte. Wovon er immer ein Teil sein wollte, dachte sich Nick.

Er schaute sich jeden einzelnen Schreibtisch genau an. Versuchte sich die Personen einzuprägen und mit den passenden Namen, die er an den Namensschildern auf den Schreibtischen erkannte, zu verknüpfen. Beim fünften Schreibtisch, rechts von ihm, blieb sein Blick hängen. Es war der von Melissa. Sie plauderte gerade mit ihrem Sitznachbarn. Das

Namensschild des Nachbarn wurde jedoch von ihm verdeckt, sodass Nick dessen Namen nicht lesen konnte.

Er beobachtete die beiden, als er plötzlich die Stimme von Frau Spinelli hinter ihm hörte: »Hey Nick. Komm, Chief Fulicci hat kurz Zeit für dich. Lass uns losgehen.«

Sie ging schnellen Schrittes auf das große Büro zu und Nick hatte Mühe, mit ihr Schritt zu halten. Am Türschild des Büros stand in großen schwarzen Lettern geschrieben: *Senior Chief Antonio Fulicci, Abteilung Organisierte Kriminalität.* Nicole machte die Tür auf und Nick stand zum ersten Mal seinem Chief gegenüber.

Guiseppe, Diego, Luca und Michele machten sich auf den Weg. Sie hatten den Befehl von Alessandro erhalten, dass sie mit zwei Autos raus in Richtung Staten Island fahren sollten. Denn ihr Teil zur Erfüllung des Auftrags war gekommen.

Alle vier hatten sich gewundert, dass nicht Alessandro bei der waghalsigen Aktion, die ihnen bevorstand, dabei sein wollte. Stattdessen nahm er einen Fahrtweg von fast 20 Stunden auf sich, nur um sich zu vergewissern, ob die Informationen stimmten, die die Piepero-Familie bekommen hatten.

Alessandro war der unbestrittene Boss der Truppe und darum hatte sich niemand getraut, ihn zu fragen, warum er dieses Vorhaben auf sich nimmt und nicht einen von ihnen schickt.

Die fünf kannten sich schon etliche Jahre und waren zusammen über Jahre hinweg Boxer an der Staten Island Fair gewesen.

Dabei waren Guiseppe und Michele die Mitläufer aus der Gruppe. Sie machten stur das, was Alessandro ihnen sagte, und hatten nur Alkohol und leicht zu erobernde Frauen im Kopf.

Luca war ähnlich gewalttätig und skrupellos, wie es Alessandro war.

Jedoch war er auch der jüngste der Gruppe und hatte nie die Ambition, Alessandro von seinem Thron als Boss der fünf zu stürzen.

Diego war sehr intelligent und hatte immer reichlich Mühe, die impulsive Art von Alessandro im Zaum zu halten. Alessandro wollte oftmals die Aufträge, die die Gruppe von den Pieperos bekam, ohne große Planung ausführen. Doch Diego holte ihn in den meisten Fällen auf den Boden der Tatsachen zurück, auch wenn das nicht immer einfach war und beide tüftelten anschließend einen vernünftigen Plan aus.

Die Piepero Organisation war sehr erfreut darüber, dass sie diese eingeschworene Gruppe von fünf kaltblütigen und gewaltbereiten Männern schon vor Jahren für sich gewinnen konnte. Die fünf waren zwar allesamt Italiener, jedoch gehörte keiner von ihnen einer der damaligen großen Mafia-Familien an, sodass es leicht war, sie mit Geld zu locken und damit an die Piepero Organisation zu binden.

Vincenzo betrat das Kinderzimmer. Marco war schon vollständig angezogen und hatte seinen kleinen Rucksack umhängen. Er lächelte seinen Vater mit einem breiten Grinsen an und fragte aufgeregt, wann es denn endlich losgehen würde.

»Gleich, Buddy! Verabschiede dich noch von deiner Mutter und dann gehen wir zum Auto.«

Marco hastete in Richtung des elterlichen Schlafzimmers.

Er hatte sich schon seit dem Tag, an dem er die Werbung für die Spielzeugmesse im Radio gehört hatte, darauf gefreut. Es sollte die weltgrößte Spielzeugmesse sein, die alles zu bieten hatte, was ein Kinderherz höherschlagen lässt und endlich war es soweit und die Reise konnte für ihn und seinen Vater losgehen.

Er sprang auf das Bett, umarmte seine Mutter und küsste sie auf die Wange.

»Es geht los, es geht los!«, rief er.

Seine Stimme überschlug sich vor Begeisterung und seine Augen waren weit aufgerissen, so, wie sie es immer am Weihnachtsmorgen waren, wenn er seine Geschenke unter dem Tannenbaum liegen sah.

»Ich wünsche dir viel Spaß. Und hör die nächsten Tage auf deinen Vater.«

Maria nahm Marco an der rechten Hand und begleitete ihn aus dem Schlafzimmer den Flur hinunter in Richtung Eingangstür. Sie würdigte ihren Mann keines Blickes, da sie immer noch fürchterlich sauer und wütend auf ihn war. Sie konnte nicht begreifen, dass nach all der Zeit, in der alles gut war, Vincenzo ein so hohes Risiko auf sich nahm und zurück in die Nähe des Ortes ging, wo ihr bisher schlimmster Alptraum stattgefunden hatte.

Aber all ihr Flehen und Betteln, die Reise zur Messe doch abzusagen, half nichts und Vincenzo sowie Marco stiegen ins Auto und fuhren los.

Maria winkte ihnen hinterher, nichts ahnend, dass ihr schrecklichster Alptraum erst noch bevorstand.

Nervös schaute sich Nick im Büro des Chiefs um. Es war ein sehr großes Büro mit einem massiven Schreibtisch aus Mahagoni-Holz in der rechten Ecke des Zimmers. Gegenüber an der Wand stand ein Sofa, auf dem Carl Wilson Platz genommen hatte. In der Mitte befand sich ein Tisch mit vier Stühlen und Chief Fulicci deutete Nick an, sich dort hinzusetzen.

»Hallo Nick, schön dich bei uns zu haben. Ich bin Senior Chief Antonio Fulicci, aber nenn mich einfach Toni. Entschuldige bitte, dass du etwas warten musstest, aber wir haben eine wichtige Information erhalten, die wir besprechen mussten.«

Toni signalisierte Carl mit einer Handbewegung, dass er sich vom Sofa erheben und ebenfalls Platz am Tisch nehmen sollte.

»Es gab ein Feuer an der Interstate 278 in Richtung Brooklyn, bei dem ein Auto abgebrannt ist und zwei Leichen gefunden wurden. Wir bekamen die Information von einem Kollegen der Verkehrspolizei. Es wurde ein Gegenstand am Unfallort gefunden, der den Fall für uns interessant werden lassen könnte. Detective Wilson kennst du ja bereits, wie ich hörte und ich möchte, dass ihr beiden euch ein Bild von der Lage vor Ort verschafft«, erklärte ihm Toni, während Carl sich an den Tisch setzte.

Chief Fulicci war ein großer Mann von schlanker Statur und trug einen maßgeschneiderten italienischen Anzug. Zwar sah er darin adrett gekleidet aus, jedoch erschien sein Gesicht so, als hätte er wochenlang keinen Schlaf bekommen. Die Leute, die ihn nicht kannten, schätzten ihn deutlich älter ein, als er tatsächlich war, was nun im Alter von Mitte 50 zu einem ernsthaften Problem für Toni wurde.

»Normalerweise würde ich dich nicht direkt in einen Einsatz senden. Du kommst gerade von der Polizeischule und hast kaum Erfahrung. Doch wir sind chronisch unterbesetzt und nur ein Bruchteil der ganzen Schreibtische, die draußen stehen, ist besetzt. Mit Carl hast du unseren besten und erfahrensten Mann an deiner Seite, Nick.«

Carl lächelte süffisant, als er die Worte von Toni hörte und winkte ab.

»Doch! Glaube mir, Nick, das ist so«, entgegnete Toni die Handbewegung Carls.

»Ich bin hier, um zu helfen. Je früher, desto besser!«, sagte Nick, der sein Selbstbewusstsein wieder zurückerlangt hatte.

»Das ist gut zu hören! Aber wann immer du Fragen hast oder mit mir reden möchtest, gib mir Bescheid.«

Nick bedankte sich bei Chief Fulicci für die Chance, die er von ihm in seiner Abteilung bekam und Toni entschuldigte sich, dass die Begrüßung so kurz ausfiel, wies aber nochmals auf die Dringlichkeit des Unfalls hin, der kurz zuvor auf der Interstate passiert war.

Die drei standen vom Tisch auf und beim Hinauslaufen aus dem Büro bemerkte Nick links neben der Tür eine große Tafel, die er beim Betreten des Büros noch nicht wahrgenommen hatte. Er konnte sich nur die obere Zeile einprägen, auf der in großen Buchstaben PIEPERO-FAMILIE stand.

»Hast du etwas der Polizei von uns verraten?«, fragte er und noch bevor Melissa antworten konnte, ohrfeigte er sie. Sie waren in einem Kellerraum. Über ihnen war die Wäscherei *Da Puzzi*, die eines der Scheinunternehmen der Piepero-Familie war und in Lower Manhattan lag.

Neben dem Kellerraum, in dem sich Melissa befand, schloss sich ein großes Lager an. Von dort aus wurde ein Großteil des Kokains auf die Straße gebracht und im ganzen Staat New York verteilt.

Der Lagerraum wurde rund um die Uhr von mindestens 20 schwer bewaffneten Männern bewacht und 50 Frauen und Jugendliche waren pausenlos damit beschäftigt, das gestreckte Koks für den Straßenverkauf zu portionieren.

»Wenn du auch nur ein Wort von dem Lagerhaus erzählt hast, bringe ich dich eigenhändig um.«

Er ohrfeigte Melissa wieder, noch bevor sie Antworten konnte. Diesmal hatte er ihr mit dem Handrücken direkt auf das linke Auge geschlagen.

»Natürlich nicht, du Arschloch!«, keifte Melissa zurück, nur um gleich darauf eine Faust in den Magen zu bekommen. Das führte dazu, dass sich Melissa vor Schmerzen krümmte und sie vom Stuhl, auf dem sie saß, zu Boden fiel.

Melissa wusste, dass sie keine Schwäche zeigen durfte. Immerhin wurde sie erfolgreich in die Piepero-Familie eingeschleust und hatte es als eine der wenigen Frauen, aufgrund ihres vorlauten Mundwerks und ihrer schroffen Art, zu einem Drogendealer geschafft und war nicht den herkömmlichen Weg gegangen und eine Prostituierte oder Drogenportioniererin geworden.

Wenn sie jetzt Schwäche zeigen würde, könnte die ganze Arbeit, die sie in den vergangenen Monaten in diesen Fall gesteckt hatte, umsonst gewesen sein.

Sie erhob sich vom Boden, spuckte Frederico ins Gesicht und sagte in einem eindringlichen Ton:

»Ich habe kein Wort gesagt. Die Bullen glauben, dass ich ein Drogenjunkie bin und dass ich alles, was in meiner Tasche war, für mich selbst hatte.«

Sie holte aus, schlug Frederico mit voller Wucht gegen die Schläfe und forderte ihn auf, ihr das Koks zu geben.

»Lass mich einfach meinen Job machen, du Penner!«, brüllte sie und verließ den Raum.

Sie lehnte sich, direkt nachdem sie die Tür hinter sich geschlossen hatte, gegen die Wand und schaute sich um. Es war niemand zu sehen. Sie begann zu zittern und es kamen ihr die Tränen. So taff, wie sie eben gespielt hatte, war sie nicht. Aber sie wusste, dass sie einige brenzlige Situationen überstehen musste, wenn sie Undercover arbeiten wollte. Der schroffe Umgangston und die Gewalt gehörten zu diesem Job dazu und sie wusste, worauf sie sich einließ. Das sagte sie sich immer wieder in solchen Situationen und versuchte sich damit zu beruhigen.

Ein paar Minuten später kam Frederico mit zwanzig Päckchen Kokain aus dem Raum und Melissa riss sich zusammen, um keine Schwäche gegenüber ihm zu zeigen.

»Nimm das und werde es schnell los. Wir treffen uns morgen wieder hier. Und gib den Käufern, was sie wollen. Egal, was. Hast du verstanden, du Schlampe!«

Frederico packte Melissa und schubste sie weg. »Und jetzt verpiss dich!«, rief er ihr hinterher, als Melissa die Treppe zur Wäscherei hochging, nicht jedoch ohne ihn mit einem lauten »Du, Wichser!« zu verabschieden.

Officer Harry war immer noch am Einsatzort, als Carl und Nick dort eintrafen. Er führte die beiden zum ausgebrannten Wagen und Carl verschaffte sich einen ersten Eindruck vom Ort des Geschehens. Während sie den Wagen inspizierten, hörten sie Officer Harry aufmerksam zu, als dieser seine Erkenntnisse schilderte.

Der Wagen war völlig ausgebrannt und die Glutnester waren nahezu allesamt erloschen, aber der starke Benzingeruch lag immer noch in der Luft. Die beiden Leichen wurden mittlerweile aus dem Autowrack geborgen und lagen nebeneinander vor dem Wagen. Carl wollte als erstes wissen, wo die Münze gefunden wurde und Officer Harry führte die beiden an den größeren Leichnam heran.

Die Münze wurde nicht von ihrer Fundstelle weggenommen, damit sich Carl selbst vergewissern konnte, dass die Pieperos wieder zugeschlagen hatten.

Nick beobachtete seinen Kollegen, als dieser an die Leiche herantrat, ihr den Mund öffnete und die Münze zwischen Unterkiefer und Zunge entfernte. Er trat an Carl heran und sah die Münze aus Keramik. Diese war stark angekohlt, aber das eingravierte Kreuz darauf fiel auch ihm direkt ins Auge.

Die eine Linie des Kreuzes erstreckte sich vom oberen Rand bis in die Mitte der Münze. Die andere Linie durchquerte mittig die erste Linie und berührte jeweils an ihrem Ende die Ränder der Münze.

Es sah für Nick so aus, als wüsste Carl, was die ganze Szenerie zu bedeuten hatte, denn es machte sich Ungläubigkeit in dessen Gesicht breit.

Carl blickte von der Münze zu Nick hoch: »Sagt dir die Piepero-Familie etwas?«

»Natürlich, Carl«, beantwortete Nick seine Frage und beide begangen sich kurz über die berüchtigtste Mafia-Familie der Vereinigten Staaten auszutauschen.

»Ich habe schon lang nichts mehr über die Mafia in den Zeitungen gelesen«, sagte Nick in Carls Richtung.

»Ja, und das ist auch gut so. Aber dieses Kreuz ist das Symbol der Pieperos und ich habe ein sehr ungutes Gefühl.«

Nick zeigte keine Regung, da er in Gedanken versunken war.

»Gab es nicht einmal einen Kronzeugen, der gegen die Familie ausgesagt hat? Vincenzo so und so«, stammelte Nick immer noch in Gedanken versunken.

»Oh ja. Genau. Vincenzo D'Aconte«, fügte Carl hinzu. »Nick, wir müssen zu Toni. Schnellstens!«

Carls Stimme überschlug sich nun beinahe und Nick bemerkte, wie angespannt sein Kollege plötzlich wirkte.

»Könnt ihr uns euren Bericht so schnell wie möglich, zukommen lassen? Wir müssen sofort wieder ins Büro und Toni in Kenntnis von der Münze setzen«, sagte Carl im Vorbeigehen zu Officer Harry.

Officer Harry nickte zustimmend und Nick folgte Carl schnellen Schrittes zum Auto.

Während der Fahrt erfuhr Nick, dass es lange Zeit still um die Pieperos gewesen war. Jeder in der Abteilung wusste, dass der Drogenhandel, der

Waffenschmuggel und die Prostitution florierten. Doch den Pieperos konnte nie ein Zusammenhang zu diesen Geschäften nachgewiesen werden. Sie operierten im Untergrund, im geheimen. Das Netz der Familie war so stark, dass nichts nach außen drang.

Jahrelang fühlte sich die Familie unantastbar, sodass fast jede Konkurrenz ausgeschaltet wurde und niemals konnte die Piepero-Familie mit einem der Morde in Verbindung gebracht werden. New York City war auf dem Höhepunkt der Mafia-Kriminalität, als der Polizei gelang, einen Kronzeugen gegen die Familie aussagen zu lassen.

Damals war es Winter und die Detectives staunten nicht schlecht, als ein Mann im mittleren Alter, Italiener, in das Drogendezernat kam und brisante Informationen über ein hochrangiges Familienmitglied der Pieperos ausplauderte. Natürlich nur im Gegenzug von Schutzmaßnahmen und Geld.

»Durch die Informationen, die wir von dem Kronzeugen erhielten, konnten wir uns das erste Mal ein richtiges Bild der Organisation und Hierarchie der Piepero-Familie machen. Der Kronzeuge, Vincenzo, war selbst einer der Capos der Familie und tief in den Waffenhandel verstrickt«, erklärte Carl, während er seinen Blick nicht vom Straßenverkehr Manhattans abließ.

»Zur dieser Zeit war Toni noch Deputy Chief und der Senior Chief hieß Adrian Wolf, der auch die komplette Koordination und Leitung des Falls übernahm. Du kannst dir nicht vorstellen, wie Toni getobt hat, als er in keinen der Schritte der Operation gegen die Pieperos eingeweiht war. Ich selbst war ein führender Beamter in dem Fall«, fuhr er weiter fort.

Nick war sprachlos und konnte Carl nichts erwidern, da er überwältigt war, direkt an seinem ersten Tag mit einem Fall betraut worden zu sein, der die berüchtigtste Mafia-Familie der Vereinigten Staaten behandelte.

In Tonis Büro angekommen, schilderte Carl die Erkenntnisse, die er am Tatort gesammelt hatte. Toni hörte zu und ging währenddessen an einen Schrank, der neben der Tafel an der Tür stand, die Nick zuvor beim Herausgehen aus dem Büro aufgefallen war. Er kramte einen dicken Ordner heraus und überreichte ihn Nick.

»Alles, was wir über die Pieperos wissen, ist hierin gebündelt. Lies es dir bis morgen früh durch. Wir brauchen jetzt jeden Mann.«

Nick nahm den Ordner, nickte Toni zu und ging langsam zur Tür des Büros. Zuvor blickte er jedoch nochmals zur Tafel, auf der eine Art Organigramm der Piepero-Familie stand.

Er versuchte sich so schnell wie nur möglich alles auf der Tafel einzuprägen, doch das gelang ihm nicht, da Toni und Carl selbst ruckartig das Büro verließen und Nick nach draußen begleiteten.

An seinem Schreibtisch angekommen, nahm Nick den Ordner, schlug ihn auf und begann mit seiner Studie zur Piepero Organisation.

Maria war auf dem Weg zurück ins Bett, als es an der Haustür klingelte und sie sich zutiefst erschrak. Es war keine fünf Minuten her, dass Vincenzo und Mark in Richtung Long Beach aufgebrochen waren.

Da es gerade einmal kurz nach vier Uhr morgens war, konnte es nur Vincenzo sein, der etwas vergessen hatte, dachte sich Maria und so ging sie unbekümmert in Richtung Haustür, nachdem sie sich von ihrem Schreck erholt hatte. Sie öffnete die Tür mit einem heftigen Ruck und hatte schon die Worte im Mund: »Was hast du vergessen, Vincenzo?«, als sie in das vernarbte Gesicht von Alessandro schaute, der ihr Antlitz zu Antlitz gegenüberstand.

Ihr Lächeln, dass sie auf den Lippen hatte, verzog sich schlagartig und ihre Miene schlug in Entsetzen um. Sie war wie versteinert und konnte sich keinen Zentimeter rühren. Es war für sie ein so großer

Schock, ihn wieder vor sich stehen zu sehen, dass ihr ein beklemmendes Gefühl auf dem Hals lag, so als ob ihr die Luft abgeschnürt wurde. Sie konnte keinen klaren Gedanken fassen und rang nach Luft.

Alessandro hingegen lächelte verschmitzt, als er Maria sah. Er merkte ihr ihren Schock an und es war ein Gefühl von Macht ihr gegenüber, das er sichtlich genoss. Sein Blick fiel auf den Bauch von Maria, an dem die Schwangerschaft schon deutlich erkennbar war. Das Lächeln, das er im Gesicht hatte, schlug blitzartig um und seine Miene verfinsterte sich.

Nach dem Schock, den Maria hatte, als sie Alessandro sah, konnte sie einen klaren Gedanken fassen und wollte um Hilfe schreien. Doch Alessandro packte sie ruckartig am rechten Arm, drückte sie gegen die Wand an der Eingangstür und hielt ihr mit seiner rechten Hand den Mund zu.

Er blickte in Marias Augen, in denen die blanke Angst stand, und sagte: »Na, meine Cinderella. Hat dich das Arschloch wieder geschwängert?«

Keine Sekunde später ließ er Marias rechte Hand los und boxte ihr, so fest er konnte, in den Bauch. Er lockerte seinen Griff an ihrem Mund und sie sank zu Boden.

Maria krümmte sich vor Schmerzen, bekam aber keinen Ton heraus. Sie rang nach Luft, als Alessandro ihr mit voller Wucht noch zweimal gegen den Bauch trat.

Kurz bevor sie ohnmächtig wurde, waren ihre einzigen Gedanken bei ihrem ungeborenen Kind. Ihr liefen Tränen die Wangen herunter und es wurde ihr schwarz vor Augen.

Alessandro nahm den bewusstlosen Körper von Maria über die Schulter, ging mit ihr die Treppe hinauf und legte sie in ihr Bett im Schlafzimmer. Aus seinem Kofferraum der Corvette holte er Kabelbinder, einen Strick sowie einen Knebel und fesselte sie.

Er zog die Kabelbinder so fest zwischen Kopfstütze des Betts und ihren Handgelenken zusammen, dass Marias Hände innerhalb von wenigen Minuten aufgrund der geringen Blutzufuhr blau anliefen. Marias Beine schloss Alessandro zusammen und umwickelte sie komplett mit dem Strick. Danach legte er ihr den Knebel in den Mund und zog ihn mit einer daran befindlichen Ledermanschette hinter ihrem Kopf zusammen.

Nachdem Alessandro sich vergewissert hatte, dass die Fesseln straff genug saßen und er sich sicher war, dass Maria sich nicht daraus lösen konnte, lief er zurück zum Auto.

Er fuhr zur nächsten Telefonzelle, die nur ein paar Minuten vom Haus Marias entfernt war, und rief Diego an. Er teilte ihm mit, dass die Informationen korrekt waren und gab weitere Anweisungen, die Diego mit Michele, Luca und Guiseppe auszuführen hatte.

Diego und Alessandro hatten jedes kleinste Detail geplant, aber es durfte nichts schiefgehen und so wiederholten sie am Telefon nochmals jede Einzelheit der Aktion, die den vieren bevorstand.

Maria war bereits wieder zu Bewusstsein gekommen, als Alessandro zurückkam. Sie hatte verzweifelt versucht sich zu befreien. Ihr gelang es zwar, den Strick von ihren Unterschenkeln zu lösen, doch sie konnte ihre Hände nicht bewegen, da diese taub waren. Durch den festen Knebel wurde auch keiner ihrer Schreie von den Nachbarn gehört, da nur ein dumpfer Hall aus ihrem Mund hervorkam.

Bevor Alessandro das Schlafzimmer wieder betrat, verweilte er kurz an der Tür und beobachtete, von Maria unbemerkt, wie sie sich quälte, um von ihren Fesseln loszukommen. Der Anblick ihrer Bemühungen sich zu befreien, obwohl diese vollkommen nutzlos waren, brachten ihm ein Stück Genugtuung ein, denn er wusste, dass sie völlig verzweifelt war, aber sich niemals kampflos ihrem Schicksal ergeben würde, auch wenn es schon längst für sie zu spät war.

Während Maria um ihr Leben kämpfte, genoss Sergio Thomasso das Saltimbocca, welches er von seinem Koch gereicht bekommen hatte. Sergio dachte an die vielen Vorteile, die es hatte, als einer der gefürchtetsten und einflussreichsten Mafiosi der ganzen Vereinigten Staaten eingesperrt zu sein.

Seine Zelle war so groß wie die Wohnung, in der er vor über fünfzig Jahren mit seiner Mutter und drei Geschwistern aufwuchs und seine Zelle stand immer offen. Er konnte sich nahezu frei in dem Zellentrakt bewegen und hatte den vollen Respekt aller Mithäftlinge und zumindest der Wärter, die bei der Piepero-Familie auf dem Gehaltszettel standen.

Vor sieben Jahren wurde er inhaftiert und seine Verurteilung führte zu einem Zerwürfnis mit der Piepero-Familie, denn er konnte es nicht wahrhaben, dass Don Piepero, sein langjähriger Weggefährte und bester Freund, der Boss der Bosse, nichts für seinen zweiten Mann tun konnte.

Sergio wusste, dass Don ihn niemals im Gefängnis besuchen konnte, doch dankte Don ihm seine Loyalität und Verschwiegenheit mit einem königlichen Leben hinter Gittern, sodass sich nach einiger Zeit im Gefängnis Sergios Missmut gegenüber Don in Wohlgefallen auflöste.

Vom Anwalt der Piepero Organisation bekam Sergio immer wieder die neuesten Informationen und wusste über sämtliche Geschäfte der Familie Bescheid. Er verlor nie den Anschluss zu den Machenschaften der Pieperos und darüber war er Don Piepero sehr dankbar, auch wenn er sich immer fragte, ob Don dies aus Freundschaft tat oder er ihm dadurch nur das Gefühl geben wollte, weiter ein Teil der Familie zu sein, um sichergehen zu können, dass er auch weiterhin verschwiegen blieb.

Doch in dem Augenblick, als Sergio seine Saltimbocca genoss, dachte er nur daran, dass heute der Tag gekommen sei, der dazu führen würde, dass die Piepero-Familie sich rächt und auch ihm ein Teil persönlicher Genugtuung widerfahren würde.

Nach dem Essen schenkte er sich noch ein Glas Rotwein ein, nahm einen kräftigen Schluck und legte sich auf seine Pritsche. Es war ein guter Tag für ihn gewesen, dachte er sich und versuchte einzuschlafen, nichts ahnend, dass er niemals wieder aufwachen würde.

Nick schlug eine Seite des Ordners um und sah vor sich das Organigramm, das vergrößert in Tonis Büro an der Wand hing. Am Anfang der quer formatierten Seite war zentriert in fetten Buchstaben Piepero-Familie als Überschrift des Blattes zu lesen. Etwas unterhalb der Überschrift folgte ein rechteckiges großes Kästchen, in dem *Don Piepero* stand. Neben dem Namen in Klammern, in einer kleineren Schrift, war *Boss der Bosse* zu erkennen.

Am rechten Rand des Vierecks ging ein Pfeil ab, der zu einem Kästchen führte, in dem *Consigliere* und drei Fragezeichen standen. Der Pfeil, der mittig vom Kästchen Don Pieperos nach unten zeigte, ging zu einem größeren Kasten über. Darin stand der Name *Sergio Thomasso* und in Klammern *Unterboss*. Es befanden sich einige Informationen von Sergio in seinem Kasten und Nick erinnerte sich an die Schlagzeilen, die auch er als Jugendlicher in den Zeitungen über die Verhaftung Thomassos las.

Im Jahr 1972 gelang der Polizei von New York in Zusammenarbeit mit der Einheit für organisiertes Verbrechen ein harter Schlag gegen die gefürchtetste und skrupelloseste Mafia-Familie der ganzen Vereinigten Staaten. Durch die Zeugenaussage eines der hochrangigsten Mitglieder der Piepero Organisation konnte sich die Polizei erstmalig ein Bild von der Struktur und Aufstellung der Pieperos machen. Die Aussage des

Kronzeugen Vincenzo D'Aconte führte zur Verhaftung Sergio Thomassos, der der zweite Mann hinter Don Piepero in der Familie war.

Aufgrund der Position Vincenzos als einer der vier Capos der Familie und seiner Aufgabe als Koordinator der gesamten Geschäfte konnte er der Polizei alle nötigen Informationen über die Machenschaften und den Aufbau der Familie geben. Das Bild, das er der Polizei über die Verwicklungen in kriminelle Handlungen der Pieperos zeichnete, übertraf alle Erwartungen. Keiner, der gegen die Familie Piepero ermittelte, hatte ahnen können, dass nahezu alle Kokain- und Heroinlieferungen, die die Vereinigten Staaten aus Kolumbien erreichten, die Hand der Pieperos durchliefen.

Am gesamten Drogenhandel der Ostküste war die Familie mittel- oder unmittelbar beteiligt. Der Großteil der Waffenlieferungen, die über die Häfen von Los Angeles, Long Beach, New Jersey und Houston geschmuggelt wurden, waren der Piepero-Familie zuzuschreiben und die Prostitution, die in den Großstädten der gesamten Vereinigten Staaten immer weiter zunahm, wurde ausschließlich von ihnen bestimmt.

Die Führungsorganisation war dabei so aufgebaut, dass neben Don Piepero und seiner rechten Hand, dem Consigliere der zweite starke Mann Sergio war. Sergio führte vier weitere Bosse, genannt Capos, zu denen Vincenzo gehörte. Die vier Capos betreuten jeweils einen der Geschäftszweige, die sich in Drogen-, Waffen- und Alkoholschmuggel sowie Frauenhandel und Prostitution aufteilten.

Die Capos hatten wiederum die Führung der sogenannten Soldaten unter sich, welche die Arbeit und Durchführung des jeweiligen Geschäftszweigs verantworteten und weitere Mitarbeiter rekrutierten.

Als eisernes Gesetz bei der Piepero-Familie galt, dass jeder Geschäftszweig eine eigene Einheit bildete und nur nach oben in einer Linie kommuniziert wurde. So konnte Vincenzo, als Koordinator der Geschäftszweige, zwar den Aufbau der gesamten Familie der Polizei mitteilen, jedoch konnte er präzise Informationen nur über den Waffenhandel preisgeben, da er zu den anderen drei Geschäftsfeldern keine genauen Hinweise hatte, die zu Verhaftungen führen konnten.

Doch über seinen direkten Boss, Sergio Thomasso, machte Vincenzo detaillierte Aussagen, die letztendlich zu dessen Inhaftierung führten. Auch konnte die Polizei den Waffenhandel an den meisten Häfen komplett unterbinden und verhaftete im Zuge der Ermittlungen weit über 250 Personen, die im Dunstkreis der Piepero-Familie Geschäfte mit Waffen machten.

Keine der festgenommenen Personen konnte oder wollte jedoch Angaben machen, die zu weiterreichenden Verhaftungen führten. Die meisten der Festgenommen waren Arbeiter, die sich durch Wegsehen zum richtigen Zeitpunkt etwas mehr Geld in die eigene Tasche spülten oder es waren Arbeiter in Lagern, die die Lastwagen mit den Waffen beluden.

Die gesamten Ermittlungen nachdem sich Vincenzo der Polizei gestellt hatte dauerten mehrere Monate und es war für alle beteiligten Polizisten und Detectives frustrierend zu sehen, dass zwar eine Vielzahl an Mitgliedern der Piepero Organisation verhaftetet wurde, doch niemand an Don Piepero herankam und den Geschäften der Pieperos endgültig ein Ende setzen konnte.

Nachdem zwar ein Geschäftsfeld der Pieperos trockengelegt wurde, aber die Organisation weiterhin bestand, setzte die Polizei alle Karten auf Informationen, die aus Sergio Thomasso zu entlocken waren. Es wurden endlose Verhöre mit ihm geführt, er wurde in Einzelhaft gesperrt, isoliert von allen anderen Gefangenen.

In seiner Einzelzelle brannte Tag und Nacht Licht. Zu dem Schlafentzug, der damit bewirkt werden sollte, wurde er tagelang 24 Stunden am Tag durchgängig mit Musik beschallt.

Doch alle Methoden, die angewandt wurden, um Sergio zu brechen, nutzten nichts. Er sagte kein einziges Wort zu den Ermittlern und nach einem Jahr der vergeblichen Versuche, etwas aus ihm herauszubekommen, erwirkten schließlich seine Anwälte, dass die Haftbedingungen deutlich gebessert wurden und die harsche Vernehmungstaktik ein Ende nahm.

Nick war in seiner eigenen Welt, als er aufmerksam jede einzelne Seite des Ordners intensiv studierte. Er nahm jedes geschriebene Wort in sich auf und bekam nichts von seiner Umwelt mit. So kam es auch, dass er die Rufe seines Namens nicht wahrnahm und erst, als ihn jemand kräftig an seine linke Schulter tippte, zurück zur Realität fand.

Er drehte sich in Richtung der Person um, die ihn berührte und erblickte Melissa vor sich. Als Nick sie sah, kam ein Lächeln auf seine Wangen und er begann schlagartig rot zu werden. Doch das Lächeln gefror ihm, als er hinter Melissa den Mann erblickte, den er morgens zuvor an Melissas Platz, mit ihr in tiefe Gespräche verwickelt, gesehen hatte.

Es war Nick nicht klar warum, aber in ihm machte sich eine Abneigung gegen Melissas Begleiter breit.

»War es Eifersucht? Aber warum sollte es Eifersucht sein? Er kannte Melissa nicht, und nur, weil er ihr Äußeres attraktiv fand, hieß das nicht, dass Melissa jemals irgendeine Art Zuneigung für ihn empfinden würde.«

Nick schweifte komplett in seine Gedanken ab: »Oder hat es nichts mit Melissa zu tun, sondern mit dem Mann an sich, da er scheinbar keine Probleme hat, sich mit Frauen zu unterhalten?«

Erst als Melissa laut »Hi« sagte, verschwand das Gespinst aus Eifersuchtsgedanken bei Nick und er erwiderte die Begrüßung mit einem stummen Kopfnicken.

Der Mann stand nicht mehr hinter Melissa, sondern drängte sich zwei Schritte vor sie. Er streckte die Hand in Richtung Nick und begrüßte ihn.

Sein Name war Luke Butler. Er war einer der Jüngeren in der Abteilung von Toni und hatte einige Fälle mit Melissa zusammen bearbeitet. Beide kannten sich schon von der Polizeischule, die sie gemeinsam in Newark absolviert hatten, um anschließend wiederum gemeinsam zur New York City Police zu gehen.

Melissa und Luke verstanden sich sehr gut und es entwickelte sich im Laufe der Zeit eine Freundschaft zwischen den beiden. Jeder in der Abteilung konnte sehen, dass zwischen ihnen eine starke Verbindung herrschte und der ein oder andere Kollege dachte sich nicht nur einmal, dass auch mehr zwischen den beiden als nur Freundschaft sein könnte. Doch das Interesse an dem Privatleben von ihnen reichte nie so weit, dass einer der Kollegen Melissa oder Luke direkt auf eine mögliche Beziehung der beiden ansprach.

Nick reichte Luke die Hand und stellte sich ihm ebenfalls vor. Nach der Begrüßung drehte sich Luke zu Melissa um und verabschiedete sie:

»Mach es gut, Süße! Es ist Zeit für meinen Feierabend. Meld dich irgendwie bei mir.«

»Danke fürs Abführen.«

Melissa küsste Luke auf die Wange und er verließ die beiden in Richtung des Aufzugs.

Melissa erkannte den verwirrten Ausdruck in Nicks Gesicht, als sie sich bei Luke für das Abführen bedankte und klärte ihn über ihre Mission bei den Pieperos auf.

Nick stieg von seinem Bürostuhl auf und stand, einen halben Kopf größer als Melissa, vor ihr, während sie berichtete, wie sie seit einigen

Wochen erfolgreich bei den Pieperos eingeschleust wurde mit dem Ziel, Informationen über den Drogenhandel zu sammeln und die ganzen Ausmaße dieser Geschäfte der Pieperos aufzudecken. Weitaus wichtiger bei ihrem Auftrag sei es jedoch, nähere Angaben zu dem Führungskreis der Piepero-Familie zu sammeln.

Er blieb an ihren Lippen hängen, als sie von ihrer Undercover-Mission weiterberichtete, dass sie ihre Ergebnisse, die sie während der Arbeit für die Piepero-Familie erlangte, jedoch nur an ihre Dienststelle weitergeben konnte, wenn sie sich zum Schein von einem ihrer Kollegen verhaften und auf die Polizeistation bringen ließ.

Im Stehen nahm Nick den Bluterguss wahr, der vom unteren linken Augenrand in Melissas Gesicht bis hin zu ihrer Wange verlief. Aus seinem vorherigen Blickwinkel hatte Nick diesen nicht erkennen können und seine strahlende Miene wich einer ernsteren.

Er konnte nicht anders, als er das lädierte Gesicht von ihr sah, fasste all seinen Mut zusammen und streichelte mit seiner rechten Hand sanft über den Bluterguss. Sein Herz setzte zwei Schläge aus, als Melissa ihm mit ihrem Gesicht näherkam. Er wollte sich für einen Kuss bereitmachen, spitze seine Lippen, aber Melissa zog ihren Mund an Nicks Lippen vorbei, hin zu seinem Ohr und flüsterte ihm zu:

»Das mit dem Bluterguss hat man davon, wenn man sich mit Gangstern einlässt!«

Innerlich sackte Nick zusammen.

»Hatte sie bemerkt, dass er sie küssen wollte?«, stellte Nick sich die Frage im Kopf und lief knallrot an.

»Ok. Aber warum bist du jetzt hier?«

»Toni will, dass ich nicht mehr hier auftauche. Der Unfall, bei dem ihr die Keramikmünze gefunden habt und ich mit meinem Gesicht. Sie wissen, dass ich gestern verhaftet wurde. Ich werde von ihnen beobachtet. Es ist Toni alles zu heikel, wenn ich hier ständig auftauche. Ich treffe mich nur noch direkt mit ihm und auch nicht hier. Ich hole nur noch ein paar Sachen aus meinem Schreibtisch und verschwinde dann.«

Melissa hetzte zu ihrem Tisch, kramte in ihren Schubladen am Sideboard, packte drei dicke Stapel Papier unter ihren linken Arm, zog aus einer ihrer Schubladen an ihrem Rollcontainer ihre Dienstwaffe und warf diese in die Tasche, die neben ihrem Bürostuhl lag. Mit einem kräftigen Ruck packte sie die Tasche mit der rechten Hand und ging auf Nick zu.

»Wir sehen uns, Neuling!«, sagte Melissa zu ihm als sie stehen blieb.

Sie schauten sich einen Moment lang tief in die Augen. Nick wurde dabei sofort wieder rot im ganzen Gesicht und Melissa ließ ihre Tasche fallen, griff mit ihrem rechten Arm an den Hinterkopf von Nick, zog ihn zu sich und küsste ihn.

»Unerwartet ist doch viel schöner«, zwinkerte Melissa Nick zu.

Nicks Herz pochte so sehr, dass er dachte, dass jeder, der im Büro war, es hören konnte. Doch zwei Sekunden später ließ Melissa von ihm ab, nahm wieder ihre Tasche und eilte in Richtung Treppenhaus.

Nick rief ihr noch hinterher: »Pass gut auf dich auf!«

Doch Melissa war bereits verschwunden.

Als Vincenzo an der Interstate 95 die ersten Schilder sah, auf denen Long Beach stand, wurde ihm etwas mulmig zumute. Sie mussten in der Nähe der Abzweigung in Staten Island sein, wo sich die Interstate 95 und Interstate 278 kreuzen und die den Weg nach Long Beach weiter ebnet. Er kontrollierte alle Spiegel, vergewisserte sich, dass Marco auf der Rückbank schlief und versuchte sich einzureden, dass nichts passieren würde. Doch seine Nervosität stieg.

Er hielt an einem kleinen Parkplatz, stieg aus dem Wagen aus, öffnete behutsam den Kofferraum, um Marco nicht zu wecken und kramte aus einer Sporttasche, die er zu Hause noch vor Maria versteckt hatte, eine Beretta M12 Maschinenpistole heraus. Die Beretta war mit ihren drei Kilo und circa 60 Zentimeter Länge sehr handlich und kompakt.

Neben der Maschinenpistole hatte Vincenzo noch acht Stangenmagazine dabei, die mit jeweils 32 Schuss Munition bestückt waren. Er trug alles nach vorne auf den Beifahrersitz und legte seinen Mantel darüber, damit Marco keinen Blick auf die Waffensammlung seines Vaters erhaschen konnte, falls er aufwachte.

Sie fuhren weiter und Vincenzo entspannte sich langsam. Mit dem Wissen, nun seine Waffe in Reichweite zu haben, kehrte etwas Ruhe in seinen nervösen Körper ein.

Die Interstate war, umso näher sie an Long Beach kamen, kaum befahren in dieser Nacht und Vincenzo hatte trotz der Dunkelheit seine gesamte Umgebung im Blick.

Die Autobahn nahm eine langgezogene Rechtskurve und das Schild, welches sie passierten, wies noch 35 Kilometer bis Long Beach aus. Er blickte wieder in den Rückspiegel und sah Marco auf dem Rücksitz schlafen. Seine Gedanken kreisten währenddessen um Maria.

Damals, als er sich entschloss mit seiner Familie zu brechen und sein ganzes bisheriges Leben hinter sich zu lassen, ging ein auf und ab der Beziehung zu seiner Frau hervor. Maria und er waren zu dieser Zeit noch nicht vermählt und sie stand zwischen zwei Männern. Neben ihm gab es auch noch Alessandro im Leben von Maria.

Vincenzo verachtete schon immer die Söldnertruppe der Pieperos, die für das Grobe und Schmutzige zuständig war. Für ihn waren diese Leute Primitivlinge, die ihre niederen Bedürfnisse und Instinkte durch Gewalt auszuleben versuchten.

Er konnte es nie verstehen, dass sich Maria zu so einem Neandertaler, wie er immer zu ihr sagte, hingezogen fühlte. Doch letztendlich hatte sie sich für ihn, den richtigen Mann, entschieden und sie waren im Moment der Entscheidung Marias glücklicher denn je gewesen.

Zum Zeitpunkt der Kronzeugenaussage kämpfte Vincenzo mit sich, ob er nicht auch Alessandro und seine Schlägertruppe ans Messer liefern sollte. Durch den Kontakt zu Maria war er über Alessandro sehr gut informiert. Er hatte ein klares Bild von der Rolle Alessandros in der Piepero-Familie zum damaligen Zeitpunkt, obwohl die Befehle, die Alessandro erhielt, direkt von Sergio kamen und Vincenzo offiziell nichts von der Söldnertruppe wissen durfte.

Sein Versprechen, das er Maria gab, als er sich der Polizei als Kronzeuge stellte, war, dass er ihnen nicht Alessandro auslieferte. Trotz des Ehrenworts, dass er Maria gab, spielte er oft mit dem Gedanken den Namen Alessandros bei der Polizei zu erwähnen und ihn so in das Fadenkreuz zu bringen und Revanche daran zu nehmen, dass Maria sich so lange Zeit zu Alessandro hingezogen gefühlt hatte.

Doch Vincenzo vermutete, dass Maria ihm einen Bruch des Versprechens nicht verzeihen würde und der Kampf um seine große Liebe umsonst gewesen wäre. Daher schwieg Vincenzo zu Alessandros Arbeit bei den Pieperos gegenüber der Polizei und wann immer er zusammen mit Maria und Marco war, sah, wie glücklich alle waren und sich zusammen wohlfühlten, wusste er, dass dies die richtige Entscheidung gewesen war.

Vincenzo wurde aus seinen Gedanken gerissen, als er in weiter Ferne ein Blaulicht vernahm. Er konnte noch nicht genau zuordnen, ob das Blaulicht auf seiner Fahrtrichtung verharrte oder auf der gegenüberliegenden Seite aufleuchtete. Eines war jedoch für ihn klar zu erkennen, dass sich das Licht nicht bewegte und er immer weiter darauf zu fuhr. Vincenzo dachte daran, dass es ein Unfall auf seiner Fahrspur sein könnte und er beschloss, die Geschwindigkeit zu drosseln, so lange, bis er näher am Ort des Geschehens war und sich ein besseres Bild verschaffen konnte.

Die Interstate 278 war an dieser Stelle nur zweispurig auf der Fahrtrichtung nach Long Beach. Der Wagen mit Marco und Vincenzo an Bord kam dem Blaulicht immer näher und Vincenzo schaltete das Fernlicht ein, um einen besseren Blick auf das Geschehen vor ihm werfen zu können. Es war für ihn noch nicht offensichtlich, dass das Blaulicht von einem Polizeiwagen kam, der quer auf den beiden Spuren stand, die Vincenzo und Marco befuhr. Jedoch erkannte er kleine rote Leuchtkapseln auf dem Boden, die darauf hinwiesen, dass der Standstreifen zu befahren war, um den Unfall oder was auch immer sich hinter dem querstehenden Hindernis verbarg, zu umgehen.

Sie waren nur noch wenige hundert Meter von dem Polizeiwagen entfernt und es war kein weiteres Auto vor ihnen. Vincenzo drosselte nochmals die Geschwindigkeit und fuhr auf die rechte Spur, als es plötzlich einen Schlag an der linken Seite des Fahrzeugs gab.

Der Stoß hatte solch eine enorme Kraft, dass Marco von der Rückbank gerissen wurde, im hinteren Teil des Autos hin und her geschleudert wurde und mit seinem ganzen Körper, voller Wucht, quer nach oben an die Innenseite der Fahrzeugdecke knallte. Sein Kopf prallte dabei an der Rückseite der Kopfstütze des Fahrersitzes so hart auf, dass er das Bewusstsein verlor.

Das Auto schnitt durch die Kräfte des Stoßes über den Seitenstreifen durch die Leitplanke und überschlug sich mehrmals, als es die Böschung hinunter krachte. Vincenzo wirbelte auf der Fahrerseite des Wagens hin und her und schlug mit dem Hinterkopf heftig gegen seine Kopfstütze, die auch Marco ausknockte. Die Beretta M12 Maschinenpistole und die Stangenmagazine auf dem Beifahrersitz flogen in hohem Bogen in der ganzen Fahrerkabine umher.

Als der Wagen Vincenzos die Böschung hinunterflog, hatte Guiseppe große Mühe, das Auto unter Kontrolle zu halten, das gerade als Rammbock gedient hatte. Michele, Luca und Guiseppe wurden ähnlich heftig durchgewirbelt wie Vincenzo und Marco. Nur dass sie den Vorteil hatten, dass sie wussten, dass ein Aufprall zustande kommen würde, weshalb Guiseppe die Kontrolle des Fahrzeugs schnell wiedererlangte.

Er hielt das Autos kurz vor dem Polizeiwagen, der immer noch die Fahrsbahn blockierte, auf dem Standstreifen an. Im Polizeiwagen saß Diego, der, in Polizeiuniform gekleidet, aus dem Auto stieg und auf die anderen drei zu ging.

»Das sah spektakulär aus, Jungs!«, Diego lächelte den dreien entgegen.

»Alles klar soweit?«

Keiner der drei war im Stande, etwas zu sagen, da sie vom Aufprall auf das Auto Vincenzos immer noch etwas mitgenommen waren. Deshalb nickten sie nur und Diego wusste, dass alles mit ihnen in Ordnung war.

Diego drehte sich wieder in Richtung des Polizeiwagens um, trat dabei die roten Leuchtfackeln aus und fuhr den Streifenwagen hinter Guiseppes Auto auf den Standstreifen. Das Blaulicht war immer noch in Betrieb, damit sich die vier sicher sein konnten, dass kein anderer Wagen anhalten würde, um nachzusehen, was geschehen sei.

Alle vier gingen den Standstreifen entlang bis zu der Stelle, an der die Leitplanke in zwei Teilen hing. Diego nahm aus der Polizeiuniform, die er trug, eine Taschenlampe und leuchtete den Abhang hinunter. Das Auto, in dem sich Vincenzo und Marco befanden, war ein totales Wrack. Es lag circa 30 Meter die Böschung hinunter und hatte am Abhang eine Einkerbung von abgetrennten Büschen und schiefhängenden Bäumen hinterlassen.

Das Wrack kam auf seinen vier Rädern zum Stehen, doch es gab keine Anzeichen davon, dass sich jemand aus dem Trümmerhaufen befreien konnte, geschweige denn, dass jemand dem Auto bereits entstiegen war.

Michele und Luca waren die Ersten, die die Böschung hinabstiegen und sich ein genaueres Bild vom Wrack machten. Als sie unten angekommen waren und sie die beiden Insassen im Wagen regungslos vorfanden, pfiff Michele den anderen zu und Diego sowie Guiseppe machten sich auf den Weg den Abhang hinunter.

Marcos rechte Gesichtshälfte war eingedrückt und von Blut überströmt. Es war auch für Laien sichtbar, dass er mehrere Frakturen haben musste. Sein linker Fuß hatte eine extrem schiefe Haltung und stand mit einem Winkel zum Bein ab, der anatomisch nicht angedacht war. Sein Körper wurde von keinem Knochen mehr zusammengehalten. Stattdessen war sein Innerstes ein einziger Brei aus Organen und zermahlten Knochen. Marco befand sich nicht bei Bewusstsein und war in Schmerzohnmacht gefallen.

Diego forderte Michele auf, den regungslosen Kinderkörper aus dem Rückraum zu holen und ihn an die Fahrerseite des Autos zu legen. In der Zwischenzeit befreite Luca Vincenzo aus dessen Gurt und schnallte ihn ab. Vincenzo hatte äußerlich ein paar Kratzer im Gesicht und seine Nase blutete stark, doch ansonsten sah er auf den ersten Blick unverletzt aus, auch wenn er nicht bei Bewusstsein war.

Luca legte Vincenzo neben Marco auf den Boden. Michele, Guiseppe und Luca begannen, den wehrlosen Körper von Vincenzo mit Schlägen und Tritten zu malträtieren, bis Diego mit einer Handbewegung den dreien klarmachte, dass es genug sei.

Nach der Prügelattacke war auch Vincenzo anzusehen, dass er in einer misslichen Lage war, da sein Gesicht, ähnlich wie bei Marco, jetzt blutüberströmt war. Die Schläge und Tritte bewirkten, dass Vincenzo wieder zu sich kam. Er versuchte, seine Augen zu öffnen und zu sprechen.

Sein linkes Auge regte sich, trotz sämtlicher Kraftanstrengungen, nicht und durch das rechte Auge sah er alles nur verschwommen. Er versuchte mit ganzer Kraft und sichtlicher Mühe etwas zu sagen, zu schreien, ein Wort von sich zu geben. Doch das Blut, das sich in seinem Mund und Rachen bildete, ließ keinen Ton außer einer hohen lauten und schrillen Oktave heraus und die vier amüsierte es sehr, wie sich Vincenzo vergeblich mühte, etwas von sich zu geben, letztlich aber nur ein hohes Quicken hervorbrachte.

Diego durchbrach die lockere Runde der vier, in der sie sich über Vincenzo lustig machten, als er sich zu den zwei Opfern kniete, Vincenzo anschaute, seine Augen mit den Fingern aufriss und sagte: »Jetzt bist du endlich dran, verfluchtes Arschloch! Nach all den Jahren haben wir dich!« Er merkte, dass Vincenzo alles wahrnahm, da sein aufgerissenes rechtes Auge Diego genau fixierte und sein Gesichtsausdruck, zumindest das, was davon noch zu erkennen war, sich in Entsetzen wandelte.

Der Befehl, Marco zu töten, kam als nächstes. Luca hob Marco in die Höhe. Sein kindlicher Körper wog fast nichts und es war für Luca, der eine Bodybuilderfigur hatte, eine Leichtigkeit ihn mit einer Hand anzuheben. Er packte ihn hinten am Nacken, ähnlich, wie eine Katze ihre Babys trägt, streckte den Kopf Marcos so über das Gesicht von Vincenzo, dass Vincenzo seinen Sohn direkt anblickte, hielt mit der rechten Hand seine Waffe an Marcos Schläfe und drückte ab.

Der Knall der Kugel, die durch den Lauf prasste, war für Vincenzo ohrenbetäubend. Er sah in einem vernebelten Schleier, wie sein Junge, sein um alles geliebter Sohn, nur wenigen Zentimeter vor ihm erschossen wurde und er konnte nichts dagegen bewirken. Er war machtlos, konnte sich nicht wehren und am schlimmsten für ihn war es, dass er seinem Sohn nicht helfen konnte. In Vincenzo machte sich innerhalb von wenigen Millisekunden ein Gefühl aus Trauer, Wut, Hass und Verzweiflung breit, das sich wie eine sich ins Endlose ausbreitende Blase aus Schmerz im Oberkörper anfühlte.

Vincenzo versuchte sich mit aller Kraft noch ein letztes Mal zu bewegen, zu schreien, sich irgendwie aus der ausweglosen Situation zu befreien. Doch er konnte nicht und seine Schreiversuche endeten abermals in einem Quieken. Seine Bewegungen sahen aus, als ob ein Neugeborenes strampeln würde und er hatte keine Chance zu entfliehen. Er musste sich seinem Schicksal ergeben.

Verzweifelt dachte er an Maria und Marco, dessen Leiche auf seinem Oberkörper lag. Er spürte seinen Sohn. Die paar wenigen Kilo, die Marco wog, drückten auf Vincenzos Brustkorb, so als ob ein Lastwagen ihn überfahren hätte. Er konnte nicht atmen. Die aufkommenden Tränen vermischten sich mit Blut, sobald sie die Augen Vincenzos verließen.

Er spürte noch eine Ohrfeige auf seiner rechten Wange und konnte hören, wie einer der Männer, die an ihm und seinem Sohn Rache für seinen Verrat nahmen, sagte: »Knall ihn endlich auch ab!«

Und noch bevor der Schall des Schusses ertönte, durchbrach die Kugel oberhalb des Nasenflügels die Schädeldecke Vincenzos und er machte seinen letzten Atemzug.

Alessandro betrat das Schlafzimmer, in dem Maria vergeblich versuchte, sich aus den Fesseln an ihren Armen zu lösen.

»Oh, du bist ja weit gekommen«, schmunzelte Alessandro beim Anblick ihrer gescheiterten Bemühungen, sich zu befreien. Erst jetzt nahm Maria ihren Peiniger wahr und sie stoppte ihre Befreiungsversuche.

Sie versuchte sich innerlich zu beruhigen und ihren Puls zu verlangsamen. Mit ihren Augen fixierte sie Alessandro und gab ihm mit einer Kopfbewegung zu verstehen, dass er näher zu ihr kommen solle.

Er wusste genau, was Maria mit ihm vorhatte. Sie wollte ihn bezirzen und ihn um den Finger wickeln, damit sie eine Chance hatte, dem Tod zu entrinnen. Auch wenn es ein Hauch einer Chance für Maria gegeben hätte, Alessandros Besuch zu überleben, war diese spätestens nachdem Alessandro sah, dass Maria wieder von Vincenzo schwanger war, zunichte gemacht geworden.

Alessandro war nach all den Jahren immer noch nicht darüber hinweggekommen, dass Maria sich für solch einen Versager, Feigling und Verräter, der Vincenzo in Alessandros Augen war, entschieden hatte und nicht bei ihm, dem hübscheren Mann, geblieben war, der mit seinem Charme jede Frau verzaubern konnte.

Die Wunden von damals reichten tief und waren nie gänzlich verheilt, sodass Alessandro beschloss, während er auf Maria zulief, dass es kein Erbarmen für sie geben würde.

Er blieb am Bettrand neben Maria stehen und betrachtete sie von oben bis unten. Sie versuchte etwas zu sagen, doch durch den Knebel in ihrem Mund kamen nur unverständliche Töne aus ihr heraus. Alessandro zog sein Butterflymesser aus einer kleinen Gürteltasche, die rechts wie ein Pistolenhalfter an seiner Hose hing. Mit einer ruckartigen Bewegung durchschnitt er den Strick des Knebels an der rechten Gesichtshälfte von Maria. Es zeigte sich eine kleine Wunde an Marias Wange, die etwas zu bluten begann.

Maria spuckte den Knebel aus ihrem Mund und schnappte ein paar Mal tief nach Luft. Alessandro fuhr mit der Spitze des Messers von der aufgeritzten Wange Marias über ihren Mund und das Kinn hinunter zu ihrem Kehlkopf. Der Druck, den Alessandro mit dem Messer auf Marias Haut ausübte, wurde stärker, als er die Klinge direkt unter dem

Kehlkopf zum Stehen brachte und sie nun waagrecht an den Hals ansetzte.

Obwohl Maria keinen Ton von sich gab, keine Regung zeigte, als der Stahl der Klinge über ihr Gesicht und Hals empor glitt, bemerkte Alessandro ihre Angst, da ihr Schweißperlen die Stirn hinunterliefen.

»Was willst du mir sagen, Darling?«, fragte Alessandro, das Messer immer noch an Marias Kehle haltend.

»Ich weiß, warum du sauer bist und enttäuscht! Ich konnte dir nichts sagen von meinen Plänen. Du hättest nie das gewollt, was ich wollte. Ich wollte kein Leben in der Mafia. Ich wollte ein normales Leben führen. Ich wusste einfach, dass du mir diesen Wunsch, diesen Traum eines stinknormalen Lebens nicht erfüllen würdest.«

Maria begann zu schluchzen und es kamen ihr Tränen. »Doch jetzt«, fuhr Maria fort, als sie harsch von Alessandro unterbrochen wurde.

»Was und jetzt?«, schrie er.

Sein Ton war aggressiv und in seinem Gesichtsausdruck war blanker Hass erkennbar. Er packte am Griff des Messers stärker zu und drückte die Klinge fester gegen den Hals von Maria. Kleine Blutspuren liefen am Querschnitt der Klinge den Hals hinunter.

»Doch jetzt, wo ich dich wiedersehe, kommen die Gefühle von damals hoch. Ich liebte dich wirklich sehr und es brach mir das Herz, die Entscheidung gegen dich zu treffen. Ich war eine Idiotin und hätte bei dir bleiben müssen.«

Die Tränen, die Maria die Wange hinunterliefen, verstärkten sich.

»Schau, Alessandro!«, Maria blickte, deutlich die Klinge an ihrem Hals spürend, nach unten auf ihren Bauch.

»Das Baby könnte unseres sein. Löse die Fesseln und ich komme mit nach New York. Mit zu dir und wir werden eine kleine Familie.«

Maria setzte ein Lächeln auf und nachdem sie fertig war mit ihren Erklärungen, beobachtete sie die Reaktion von Alessandro. Seine Gesichtszüge glitten von aggressiv zu nachdenklich über. Der Griff des

Messers an Marias Hals lockerte sich und Alessandro setzte sich auf die Bettkante in Hüfthöhe Marias.

Die Anspannung bei Maria löste sich etwas. Sie dachte, dass ihre Ansprache Früchte trug und Alessandro begann, sein Unternehmen zu überdenken. Doch im nächsten Moment nahm Alessandro sein Messer, drehte es in der Hand um, sodass die Klinge an die Schlafzimmerdecke zeigte, und schlug mit ganzer Kraft auf den Bauch Marias ein.

Der untere Teil der Klinge, der aus der Hand von Alessandro herausragte, traf direkt auf das Ungeborene. Die Bauchdecke von Maria war kein ausreichender Schutz für das Baby und Maria wusste, dass dieser Schlag sein Ziel nicht verfehlt hatte.

Die Schmerzen, die Maria in Sekunden schnelle verspürte, waren unerträglich und sie begann zu resignieren, denn sie wusste, dass sie kein Mittel mehr hatte, um Alessandro davon zu überzeugen, sie zu verschonen. In ihr stieg die Panik wieder auf.

»Dieser Bastard in dir wird niemals zur Welt kommen!«

Alessandro stand von der Bettkante auf, schlitzte das Seil, das noch um die Oberschenkel Marias umwickelt war, auf und begann ihr die Hose auszuziehen.

Als er in Maria eindrang und sie begann zu vergewaltigen, zeigte sie keine Regung mehr und ihr Blick war leer an die Decke gerichtet. Während Alessandro über sie herfiel, waren ihre Gedanken bei Vincenzo und Marco. Ihr war bewusst, dass auch die beiden sterben mussten und sie bereitete sich auf das Wiedersehen mit ihrer Familie in einer anderen Welt vor.

Nachdem Alessandro von ihr abgelassen hatte, war Maria wie in Trance. Sie nahm ihre Umgebung nicht mehr konkret war. Es war alles wie verschwommen und mit einem unsichtbaren Schleier belegt. Sie hörte noch die Worte »Bye, Bye« aus Alessandros Mund und dann wurde es schwarz.

Während Nick sich wieder seinem Ordner mit den gesammelten Informationen über die Piepero-Familie widmete, nahm Don Piepero mit seiner Frau einen Nachtsnack ein. Es war Dienstag und eine übliche Tradition beim Ehepaar Piepero, dass Dienstagnachts ein gemeinsames Essen stattfand.

Sie saßen in einem schön dekorierten Raum im Kellergeschoss unterhalb eines Restaurants, das von Massimo Conte geführt wurde. Der Tisch, an dem Don Piepero und seine Frau saßen, stand in der Mitte des Raumes. Links von ihnen, keine drei Meter entfernt, befand sich eine Theke, hinter der Massimo den Hauptgang anreichte – und wie jeden Dienstag gab es das Leibgericht Don Pieperos.

Es war eines der Rituale, die Don Piepero liebte, und obwohl er und seine Frau sich, trotz der Geschäfte, die Don Piepero vollends in Beschlag nahmen, oft genug sahen, hielten beide daran fest und aßen dienstags, egal um welche Uhrzeit, zusammen Ravioli mit Provolone und einem Dessert aus Tiramisu und Panna cotta.


Neben Massimo wusste nur noch eine weitere Person über die dienstäglichen Rendezvous der Pieperos Bescheid. Alphonso Pati hatte Sergio Thomasso als Unterboss der Piepero-Familie beerbt, nachdem Sergio von Vincenzo verraten wurde.

Die Verhaftung Sergios und der Verrat Vincenzos an der Familie führten dazu, dass Don Piepero seine Führungsriege nahezu komplett austauschen musste.

Da sein zweiter starker Mann für die nächsten Jahrzehnte im Gefängnis war, musste ein neuer Unterboss gefunden werden, der das volle Vertrauen von Don Piepero genoss. Es war schwer, die geeignete Person zu finden, da Don Piepero ein Mann war, der sich komplett abschirmte. Er war um jeden seiner Schritte bedacht und ließ nur wenige Menschen in sein näheres Umfeld. Allein ein ganz kleiner Kreis aus vier Personen der Piepero Organisation wusste genau, wer der Boss der

Bosse war und so hatten sie reichlich Mühe, einen geeigneten Nachfolger für Sergio zu finden.

Schließlich fiel die Wahl auf Alphonso, der ein tatsächliches Verwandtschaftsverhältnis zu Don Piepero hatte. Alphonsos Eltern starben bei einem Verkehrsunfall, als er volljährig wurde und Don Pieperos Frau hatte stark zu kämpfen mit dem Verlust ihrer geliebten Schwester. Beide beschlossen, sich um Alphonso zu kümmern und sie besorgten ihm eine Wohnung mitten in Manhattan.

Ihm fehlte es nach dem Tod seiner Eltern an nichts und Alphonso wusste es zu schätzen, was seine Tante und ihr Mann für ihn taten. Nach und nach involvierte Don Piepero Alphonso mehr und mehr in die Geschäfte der Familie und er bewies stets seine Loyalität, was ihm mit dem Stand des Unterbosses der Organisation gedankt wurde.

Don Piepero hatte mit dieser Personalentscheidung einen zweiten Mann um sich, den er kontrollieren konnte und der stets loyal und ohne weitere Fragen die Befehle von ihm ausführte.

Massimo dagegen wurde auch nachdem sich das Personalkarussell in der Führungsetage der Pieperos drehte nicht abgesegnet und war seitdem Don Piepero zum Boss der Bosse aufstieg sein Consigliere. Beide waren schon seit Kindheitstagen eng befreundet und so war es eine logische Konsequenz für Don Piepero, Massimo zu seiner rechten Hand zu ernennen.

Es war mittlerweile mehrere Stunden nach Mitternacht, als Massimo den beiden die Ravioli reichte. Sie nahmen noch einen Schluck Wein und wollten mit dem Essen beginnen, als der Summer anfing Geräusche von sich zu geben. Massimo und Alica erschraken, denn noch nie wurden die drei an einem Dienstag gestört.

Don Piepero war ein Mann, der nach außen hin immer das gleiche unbeeindruckte Bild vermittelte. Er war ein Mann, der eine analytische

Auffassungsgabe hatte, die seines Gleichen suchte und auch komplexe Zusammenhänge auf die Schnelle verstand. Jeder seiner Befehle und Schachzüge waren lange im Voraus geplant und er war jedem seiner Gegner immer einen Schritt voraus. Ihn konnte nichts aus der Ruhe bringen und er behielt in jeder Situation einen kühlen Kopf.

Er war es, der Massimo das Zeichen gab, dass er nachschauen sollte, wer klingelte und zu seiner Frau Alica sagte: »Beruhige dich! Es kann nur Alphonso sein, der uns stört.«

Massimo verließ den Raum und machte sich auf den Weg nach oben. Nach der Tür kam ein kleiner Gang, der zu einer schweren Sicherheitstür führte, bei der etwas Kraft aufgebracht werden musste, damit sie geöffnet werden konnte. Direkt hinter der Sicherheitstür befand sich wiederum eine weitere Tür. Wurde diese geöffnet, musste ein Regal beiseitegeschoben werden, um in das Innere eines Kühlraums zu gelangen.
Die Tür zum Kühlraum war sowohl von außen als auch von innen mit einem Sicherheitsschloss, ähnlich einem Tresor, versehen. Massimo gab den vierstelligen Code ein und die Tür öffnete sich. Wurde die Tür nicht innerhalb von fünf Sekunden wieder geschlossen, ertönte ein Alarm im Speiseraum von Don Piepero und Alica, der signalisierte, dass beide über einen weiteren versteckten Ausgang fliehen mussten.

Das Alarmsystem war das Neuste auf dem Markt und erst wenige Wochen zuvor von einer Scheinfirma der Pieperos eingebaut worden.

Massimo dachte an das fünfsekündige Zeitfenster, wollte keinen falschen Alarm auslösen, schloss die Tür hinter sich, nahm aus seinem Halfter die Pistole und ging die Treppe hinauf.
Sein Restaurant war komplett dunkel und seine Kellner hatten einen guten Job gemacht, dachte er sich, als er sah, wie ordentlich es war.

Das Restaurant hatte Platz für circa 60 Personen. Der Betrieb lief das ganze Jahr durchgehend und war jeden Tag von 11:00 Uhr vormittags bis 23:30 Uhr abends geöffnet. Es wurden sämtliche italienische Köstlichkeiten angeboten und sein Restaurant war ein Publikumsmagnet.

Aus jeder Bevölkerungsschicht kamen die Leute her, um etwas im *DaMassimo's* zu essen. Ob es eine Familie aus der Mittelschicht war, die ein Abendessen genoss, ob es der Bürgermeister war, der ein Mittagessen mit seiner Liebsten zu sich nahm, oder ob es der Polizeichef New York City's war, der Sonntagsabends mit seiner Frau zum Dinner da war. Jeder wurde von der Atmosphäre und der Authentizität des Essens in den Bann des Restaurants gezogen und keiner ahnte, dass das Restaurant nur ein Schein war, der der Piepero-Familie dazu verhalf, ihre Geschäfte zu führen und dass der Boss der Bosse, einer der meistgesuchten Verbrecher Amerikas, dort ein unterirdisches Büro hatte und jeden Dienstag dort speiste.

Massimo ging an der Theke vorbei, den Gang entlang, links und rechts Tische, auf denen umgedreht Stühle mit den Stuhlbeinen voraus an die Decke zeigten und näherte sich der Eingangstür des Restaurants. Seine Pistole hielt er fest in seiner rechten Hand.

Die Tür war aus einer Art feinem Milchglas. Das Glas war gerieffelt und hatte ein Muster, das sich tagsüber in der Sonne spiegelte. Neben der Tür war ein Lichtschalter, kaum einsehbar in der Ecke. Er betätigte ihn und außerhalb des Restaurants direkt am Eingang erleuchtete Licht. Massimo konnte die Konturen von Alphonso durch das Milchglas erkennen.

Er atmete einmal tief durch, steckte seine Waffe zurück in das Halfter und schloss die große Eingangstür auf. Sie begrüßten sich mit einem Handschlag und er bat Alphonso herein. Anschließend schloss Massimo die Tür hinter sich und Alphonso wieder zu. Sie gingen den Gang hinunter in den Speiseraum, wo Alica und Don Piepero die beiden schon erwarteten.

Sie begrüßten ihren Neffen jeweils mit Küsschen auf die Wangen. Don Piepero bot ihm seinen Platz am Tisch an und holte zwei Stühle, die rechts neben der Theke standen. Massimo und er setzten sich an den Tisch dazu und Alphonso verkündete, dass alle Aufträge erfolgreich ausgeführt worden waren. Dies veranlasste Alica dazu erfreut aufzuspringen, zur Theke zu gehen sowie vier Sektgläser aus der Vitrine und Champagner aus dem Kühlschrank zu holen.

»Die Nacht muss gefeiert werden!«, sagte sie mit einem Lächeln auf den Lippen, als sie wieder an den Tisch ging und alle, bis auf Don Piepero, stimmten freudig mit ein.

Don Piepero zeigte auch im Moment des Triumphes, dem Moment, den er seit sieben Jahren herbeigesehnt hatte, kein Zeichen von Freude in seiner Regung. Er nahm die Worte von Alphonso nüchtern auf und grübelte im Kopf über die nächsten Schritte, die er zu unternehmen hatte, nach, denn seine Rache war noch nicht abgeschlossen und seine Pläne mit der Piepero-Familie standen erst am Anfang.

Es klopfte an Nicks Apartmenttür. Doch erst als das Klopfen lauter und eindringlicher wurde, wachte er auf. Sein erster Blick ging auf den kleinen Wecker, der auf dem Beistelltisch neben dem Bett stand.

Die Uhr zeigte 7:31 Uhr an. Gerade einmal drei Stunden nachdem er aus dem Büro, wo er alle Informationen der Pieperos in sich verschlungen hatte, nach Hause kam, wurde er geweckt. Er setzte sich auf, nahm an der Bettkante Platz und rieb sich den Schlaf aus den Augen.

Während das Klopfen an der Wohnungstür immer lauter wurde, schnappte sich Nick die Hose, die über dem Sessel lag, der am Ende des Betts stand und eilte in Richtung der Tür.

Er hob den Spion an seiner Tür nach oben und sah Carl Wilson, der sich bereitmachte, ein weiteres Mal lautstark mit seiner rechten Faust gegen die Tür zu hämmern. Bevor dies jedoch geschah, öffnete Nick in einem hastigen Zug seine Tür und begrüßte Carl mit einem abgehakten »Hi«, da Nick, aufgrund der Anstrengung an die Tür zu rennen, nach Luft rang.

»Guten Morgen, Nick«, erwiderte Carl.

»Oh man, siehst du fertig aus. So als ob du schon Jahre lang bei uns arbeiten würdest.« Carl schüttelte den Kopf und konnte sich ein Kichern nicht verkneifen.

»Ich bin erst gegen vier Uhr ins Bett gegangen. Ich war die ganze Nacht im Büro.«

»Willkommen bei der New Yorker Polizei!«, entgegnete ihm Carl.

»Mach dich schnell fertig. Es gibt Neuigkeiten und wir müssen los zur Gerichtsmedizin«, fuhr er fort.

Nick zeigte Carl, wo die Küche war und Carl begann Kaffee aufsetzen. In der Zwischenzeit hastete Nick zurück ins Schlafzimmer, zog sich frische Kleidung an und machte sich im Bad fertig, um einigermaßen passabel auszusehen.

Nachdem Nick angekleidet war und Carl den Kaffee in Becher gefüllt hatte, eilten sie die sechs Stockwerke des Apartmenthauses hinunter, da der Aufzug außer Betrieb war.

Das Jackett, das Carl trug, war mindestens zwei Nummern zu groß und dadurch schauten seine Hände nicht hervor, als diese das Auto steuerten. Nick bemerkte diesen Umstand, konnte seinen Blick nicht vom Lenkrad abwenden und hatte ein breites Grinsen im Gesicht.

»Was belustigt dich so?«, fragte Carl, der seinen Blick nicht von der Straße löste.

»Ach, nichts Besonderes. Nur deine Hände sind nicht zu sehen. Es sieht aus, als ob dein Jackett wie von Zauberhand das Auto steuert.«

»Denkst du nicht, ich wüsste nicht, dass diese zu groß geratenen Jacketts lustig an mir aussehen? Ich musste schon viel Häme und Spott ertragen und dennoch wird mich keiner davon abbringen, diese Jacketts anzuziehen.«

»Entschuldige bitte. Ich wollte dich nicht beleidigen, aber es sieht schon sehr lustig aus.«

»Kein Problem und das beleidigt mich nicht«, begann Carl und fing an zu erzählen.

»Mein Vater war im Gegensatz zu mir und auch dir, Nick, ein einfacher Straßenpolizist in Manhattan. Er fuhr oftmals Streife in den Bezirken, wo die Piepero-Familie ihr Unwesen trieb. Sie war zu der Zeit bei weitem noch nicht so aufgestellt, organisiert und stark, wie sie es im Moment ist. Doch hatte sie in New York und an vielen Stellen der Ostküste der Vereinigten Staaten einen wesentlichen Einfluss auf die kriminellen Machenschaften. Die Pieperos versuchten ihren Einfluss in New York City zu dieser Zeit weiter auszubauen und wollten das erreichen, indem sie Straßenpolizisten, wie meinen Vater, schmierten, damit sie ihren Drogenverkauf im Central Park und an anderen belebten Plätzen der Stadt weiterhin ungestraft durchführen konnten.«

Carl musste den Wagen an einer roten Ampel anhalten und drehte sich zu Nick:

»An meinem Vater bissen sie sich jedoch die Zähne aus. Egal, was sie ihm für ein Angebot machten, er lehnte immer wieder ab und er erwies sich gegenüber der New Yorker Polizei und den wohlschaffenden und ehrlichen Bürgern der Stadt als loyal. Er versuchte gegen die kriminellen Handlungen der Pieperos vorzugehen und verhaftete den ein oder anderen kleinen Fisch der Organisation. Doch seine tollkühne und ehrenhafte Art, die er im Dienst für die New Yorker Bürger an den Tag legte, kostete ihm das Leben, denn er wurde von einem der Auftragskiller der Pieperos bei einer routinemäßigen Fahrzeugkontrolle an der 5th Avenue erschossen.«

Die Ampel sprang auf grün und Carl setzte den Wagen wieder in Bewegung.

»Nenn es von mir aus melancholisch, herzerwärmend, rührend oder auch dumm. Aber ich werde meinen Vater immer damit ehren, indem ich seine Jacketts trage, die er sich besorgte, als er zum Detective ernannt wurde. Er sollte nämlich drei Tage nach seinem Tod eine Stelle im Morddezernat beginnen. Ich versuche ihn jeden Tag aufs Neue durch meine Polizeiarbeit stolz zu machen und ich will die Piepero-Familie gottverdammt noch mal, dran bekommen. Sie soll für alles büßen, was sie meinem Vater, meiner Familie und all den Familien, die sie in Trauer und in den Ruin gestürzt haben, angetan haben.«

Nick merkte die Erregung Carls und seine zittrige Stimme. Aber erst als er in sein Gesicht blickte, erkannte Nick, dass Carl Tränen gekommen waren.

Er klopfte ihm mit seiner linken Hand auf die rechte Schulter und sagte mit einer einfühlungsvollen Stimme: »Dein Vater wäre bestimmt stolz auf dich, wenn er dich jetzt sehen könnte.«

Carl nickte ihm dankend zu, wischte sich die Tränen aus dem Gesicht und beide sagten kein Wort mehr für die restliche Fahrt zur Gerichtsmedizin.

Melissa stellte ihren Wagen auf einem schottrigen Parkplatz in der Nähe der Third Avenue Bridge ab. Sie nahm den kleinen Rucksack, der auf dem Beifahrersitz lag und checkte ihr Pistolenhalfter, das um ihren linken Knöchel platziert war. Hierin führte sie immer einen Kleinkaliber Colt mit sich, der mit sechs Schuss Munition bestückt war. Ihre Schlaghosen, die sie trug, waren das perfekte Versteck für die Waffe und keiner konnte auch nur ansatzweise erkennen, dass sich darunter eine Pistole befand.

Sie machte sich auf und ging durch die Straßen Harlems. Sie bog an der Kreuzung 3rd Avenue und 125th Straße in Richtung Westen ab, kam am Marcus-Garvey-Park vorbei, überquerte die Lenox Avenue, stoppte kurz am The Studio Museum, bevor sie weiter zum Apollo Theater lief. An der Kreuzung Morningside Avenue brach sie in Richtung Süden auf, wo sie auf Höhe der 120th Straße in den Morningside Park einbog.

Es war ein schöner Tag gewesen. Die Sonne schien, es war strahlend blauer Himmel und die Temperaturen waren für den Monat März schon sehr mild und freundlich. Aber egal, wie toll das Wetter auch war, dachte sich Melissa, den Teil ihres Jobs, den sie jetzt auszuführen hatte, hasste sie ungemein.

Auf der nordwestlichen Seite des Parks gab es ein größeres Areal, das durch eine Umzäunung von Bäumen, Hecken und Sträuchern schwer einsehbar war. Dort tummelten sich viele der Drogenjunkies, die schnell an neuen Stoff wollten und im Rahmen der Abgeschiedenheit, die dieses Fleckchen des Parks den Junkies bescherte, auch direkt ihren nächsten Schuss Heroin setzen oder die nächste Nase Koks ziehen konnten.

Für Melissa war es ein schrecklicher Ort. All die verlorenen Seelen auf einem Fleck zu sehen, ihnen nicht zu helfen, obwohl sie bei ihrer Vereidigung zur Polizistin geschworen hatte, den Armen und Bedürftigen und den Bürgern New York Citys immer behilflich zu sein. Es war entsetzlich für Melissa, ein ständiger innerer Kampf. Jeden Tag, seitdem sie inkognito bei den Pieperos eingeschleust worden war, focht sie diesen Kampf innerlich mit sich aus.

Sie war nicht mehr auf der guten Seite, viel mehr war das Gegenteil der Fall. Sie machte sich Vorwürfe, da sie mit dem Verkauf des Koks, das in ihrem Rucksack war, die Menschen noch weiter in die Abhängigkeit stürzte und ihnen kein Ausweg aus dem Strudel des Verderbens bot, sondern sie noch tiefer hinein sog.

Melissa dachte an ihre Kindheit, daran, dass sie ohne Mutter aufwuchs. Ihre Mutter war zwar zu Hause, rein körperlich zumindest. Doch sie war dem Heroin verfallen und nur hinter dem nächsten Schuss her, anstatt sich um ihre Töchter zu kümmern. Ihr Vater arbeitete oftmals mehr als zehn Stunden am Tag in einer Autofabrik in Detroit. Der Schichtbetrieb machte es ihm schwer, seine Frau davon abzubringen, Drogen zu konsumieren und etliche ihrer Versuche vom Heroin wegzukommen scheiterten.

Am schlimmsten für Melissa war es, als der Vater nur noch zum Schlafen nach Hause kam und seine restliche Freizeit nicht mehr mit ihr und ihrer Schwester verbrachte, sondern in der Kneipe um die Ecke. Der Alkohol wurde die Droge für Melissas Vater, die er brauchte, um von der gescheiterten Ehe, die sie zweifellos durch den Drogenkonsum der Ehefrau war, zu fliehen. Er sorgte nur noch dafür, dass genug Lebensmittel im Kühlschrank und der Vorratsschrank immer reichlich bestückt waren.

Die Tage an denen der Heroinvorrat ihrer Mutter aufgebraucht war und kein Ersatz auf die Schnelle besorgt werden konnte, waren die schrecklichsten. Jedes Wort, das ihre Mutter hörte, war ein Wort zu viel. Sie schrie, schlug wild um sich und sie hyperventilierte pausenlos. Manchmal verschwand sie für mehrere Tage und Melissa war alleine auf sich gestellt. Sie versuchte dann immer, ihrer kleinen Schwester so viel Liebe und Zuneigung zu geben, wie sie konnte.

Doch all diese Gedanken musste Melissa beiseiteschieben, als sie sich durch die Büsche einen Weg zum Drogenumschlagplatz des Morningside Parks ebnete. Sie wusste, dass sie die Gedanken verdrängen musste und sie redete sich ein, dass sie ihren Job für eine größere Sache auszuführen hatte.

»Denn ihr Job ist der Kampf für das Gute, für etwas Großes, Übergeordnetes. Sie will mit ihrer Arbeit die Piepero Organisation vernichten, ihnen den Garaus machen und sie ein für alle Mal zerstören, sodass die Straßen New York Citys von den Drogen und den Waffen der Pieperos befreit werden«, dachte sie sich, als sie auf ihren gewohnten Platz zusteuerte.

Auch wenn dieser Kampf ein langer Kampf sein sollte und es bedeutete, dass sie gegen ihre innersten Prinzipien verstoßen musste, indem sie Drogen verkaufte und so das Leid der Menschen erstmal verschlimmerte, wusste sie, dass sie doch auf der guten Seite stand und diesen Kampf gewinnen musste.

Melissa versuchte ihren inneren Konflikt abzuschütteln, zündete sich eine Zigarette an und setzte sich auf die Lehne einer Parkbank. Ihre Füße standen auf den Brettern der Bank, die zum Sitzen gedacht waren und sie sah sich um. Sie ließ ihren Blick von links nach rechts schweifen und wieder zurück. Es waren sehr viele Leute auf dem Platz. Einer sah fertiger, verwahrloster und schlimmer aus als der andere. Es waren dutzende verlorene Seelen anwesend, dachte sie sich, als der erste Junkie sie ansprach und das erste Päckchen Koks seinen Besitzer wechselte.

Innerhalb weniger Stunden hatte Melissa alle 20 Päckchen, die sie am Vorabend von Frederico bekommen hatte, verkauft und machte sich auf den Rückweg.

Niemals schlug sie den gleichen Hin- und Rückweg ein, sodass sie die 120th Straße in Richtung Osten lief, bis sie die Kreuzung zur 3rd Avenue erreichte. Sie bog ab und ging in Richtung Norden auf den Schotterparkplatz zu, wo ihr Auto abgestellt war.

Das Autoschloss hakte ein wenig und Melissa hatte große Mühe, den Autoschlüssel beim Umdrehen des Schlosses nicht abzubrechen. Nach ein paar Sekunden hatte sie es geschafft die Autotür zu öffnen und mit einer geübten Handbewegung warf sie den Rucksack auf den Beifahrersitz.

Das Auto sprang auf Anhieb an, was Melissa verwunderte, da es schon einige Jahre alt war und nicht mehr dem neuesten Stand der Technik entsprach. Sie legte den Schalter in den Gang fürs Fahren und machte sich auf den Weg in die Wäscherei *Da Puzzi*, wo sie Frederico treffen sollte.

Carl Wilson fuhr das Auto auf den Besucherparkplatz des Bellevue Krankenhauses. Nick und er stiegen aus dem Wagen und machten sich auf den Weg zum Haupteingang.

»Es wurde die Leiche von Maria D'Aconte gefunden«, durchbrach Carl das Schweigen, das seit der, für Carl aufwühlenden, Geschichte über seinen Vater herrschte.

»Sie war die Ehefrau von Vincenzo, unserem Kronzeugen gegen die Pieperos«, fuhr er fort.

»Oh ja! Den Namen habe ich heute Nacht in den Unterlagen zu den Pieperos gelesen«, gab Nick zu erkennen.

»Ja. Es muss wohl gerade vor ein paar Stunden passiert sein. Es gibt noch nicht viele Informationen, aber es scheint sich etwas mit der Piepero Organisation zusammenzubrauen.«

»Du meinst also, dass hinter den Leichen aus dem Autowrack und dem Tod Maria D'Acontes jeweils die Pieperos stecken?«

»Ich habe keinen Zweifel daran und wir müssen versuchen, diese Taten schnellstmöglich aufzuklären, bevor die Pieperos weiter zuschlagen werden.«

Sie passierten den Eingang, grüßten die Dame, die an der Rezeption saß, und Carl machte sich strammen Schrittes in Richtung der Fahrstühle, die unweit des Haupteingangs entfernt lagen. Nick hatte Mühe, Carls Tempo zu folgen und setzte zu einem kurzen Trab an, um ihn einzuholen.

»Sie wurde hingerichtet. So viel wissen wir bereits. Sie lag gefesselt auf ihrem Bett. Vermutlich, so der Anschein des Tatorts, wurde sie vor ihrer Ermordung vergewaltigt. Es war ein glatter Schuss durch ihre rechte Schläfe. Der Schuss trat links wieder aus ihrem Vorderkopf heraus. Die Patrone wurde in der Wand neben dem Bett sichergestellt.«

»Was ist mit Vincenzo?«, fragte Nick, als der Fahrstuhl kam und sie in den Aufzug einstiegen.

»Wir wissen es nicht. Bisher haben wir keine weiteren Informationen. Unsere Kollegen aus New Orleans untersuchen den Tatort und geben uns alle nötigen Informationen, die sie bekommen können. Toni, Lucas Moldrige und die Behörden aus New Orleans stehen im ständigen Austausch.«

Der Fahrstuhl öffnete sich und sie waren in einem der Kellergeschosse des Krankenhauses angekommen. Es eröffnete sich ein langer Flur vor ihnen, der aus Betonwänden und einer Decke bestand, von der in Abständen von etwa drei Metern jeweils eine Lampe hing, die ein künstliches, klinisches Licht erzeugte, das vor Tristesse nur so schrie.

Nick dachte sich, dass das Bild des Flurs, das sich ihm bot, sehr gut zu dem passte, weshalb sie dort waren. Sie wollten sich Leichen anschauen, die, verkohlt bis zur Unkenntlichkeit, wohl niemals identifiziert werden könnten und das mulmige Gefühl, das er in seinem Bauch hatte, wurde durch die Atmosphäre des Gangs, den sie betraten, nicht besser.

Sie gingen in einem zügigen Schritt den kühlen Gang entlang und Nick versuchte sich daran zu erinnern, woher er den Namen Lucas Moldrige kannte. Er musste ihn ebenfalls im Ordner der Pieperos gelesen haben. Doch er kam nicht darauf.

»Helfe mir bitte auf die Sprünge, Carl. Wer ist Lucas Moldrige?«, wollte Nick wissen, damit seine innerliche Suche beendet wurde und er das fehlende Puzzleteil zu Lucas Moldrige in seinem Kopf fand.

»Lucas ist der Leiter des Zeugenschutzprogramms. Er war federführend damit beschäftigt, dass Vincenzo und Maria in die Anonymität verschwinden konnten.«

Carl blieb vor einer großen Stahltür stehen und hatte sichtlich Mühe, sie zu öffnen. Hinter dem Eingang zur Rechtsmedizin des Bellevue Krankenhauses schloss sich ein kleines Zimmer an, das wie ein Büro aussah. Darin stand ein Schreibtisch, an dem zwei Bürostühle standen. Es gab mehrere Aktenschränke, die voll mit Ordnern waren und auf den Tisch lagen dutzende Stapel an Papier wahllos umher, sodass es wie auf einem Schlachtfeld aussah.

Mittig an der Wand, hinter dem Schreibtisch, prangte eine Urkunde, die ein medizinisches Diplom mit Auszeichnung zeichnete. Unter dem großen Urkundenbild war ein kleineres Bild, das eine Teilnahme zur Fortbildung der Rechtsmedizin bekundete. Den Namen, der sowohl auf dem Diplom als auch auf der Fortbildungsurkunde stand, konnte Nick nicht entziffern, aber es musste ein und derselbe sein. So viel erkannte er.

Nachdem sie das Büro durchquert hatten, folgte die eigentliche Lei-chenhalle. Es war ein großer Raum. Der komplette Boden sowie die ganzen Wände waren gefliest. In der Mitte des Bodens war ein Abfluss zu sehen, neben dem ein Schlauch lag. Es war eine sterile Umgebung, die trostloser nicht hätte sein können. Nicks mulmiges Gefühl in der Magengegend wurde nicht besser.

Er schaute sich den Raum an und sah den Gang, der sich aufmachte und an einem großen silberfarbenen Tisch endete. Dort stand eine Frau, gekleidet in einen Operationskittel und mit Mund-Nasen-Schutz bedeckt, was zur Folge hatte, dass Nick nicht ihr Gesicht erkennen konnte.

Der Gang war gespickt von Tischen auf Rollen, auf denen jeweils eine zugedeckte Leiche lag. Es schauten nur die Füße der Leichname heraus und jeder einzelne davon hatte einen Zettel am großen linken Zeh hängen.

Sie durchschritten den Gang und Nick zählte im Kopf die Toten, an denen sie vorbeiliefen. An der rechten Seite waren es sechs an der Zahl und links sieben.

Am Tisch angekommen, bot sich Nick ein Haufen aus verbranntem Fleisch, Asche und Dreck. Die Frau, die am Tisch stand und aus der Ferne für Nick noch nicht zu erkennen gewesen war, versuchte mit einer Art großer Pinzette, die Teile, die auf dem Tisch lagen, zu sor-tieren. Es sah beinahe so aus, als ob die Frau versuchte, ein Puzzle zu lösen, das jedoch nicht ein schönes Gemälde oder eine Stadt oder ein Landschaftsbild darstellte, sondern zwei Leichen, die komplett ver-kohlt waren. Und die zwei Leichen, die Nick sah und an denen die Frau versuchte ihr Puzzle zu fertigen, kannte er noch vom Vortag nur zu gut.

Nicks mulmige Gefühl schlug in Bauchschmerzen um und er musste kurz innehalten, als er sich klarmachte, dass er erst wenige Tage für die Polizei von New York City arbeitete, aber schon jetzt in einem Leichenhaus stand, zwei verbrannte Leichname vor ihm, und in einem spektakulären Fall ermitteln durfte.

Er wurde aus seinen Gedanken gerissen, als Carl begann: »Hi Stephanie. Das ist Nick Michaels. Ein neuer Kollege von mir direkt von der Polizeischule. Nick, das ist Doktor Stephanie Farmwell. Die beste Rechtsmedizinerin weit und breit.«

Stephanie winkte ab, zog sich ihren Latexhandschuh von der rechten Hand und streckte sie Nick zur Begrüßung hin. Sie nahm ihren Mundschutz aus dem Gesicht und fing an ihre Erkenntnisse zu schildern: »Ihr seid bestimmt wegen den beiden Prachtexemplaren von Leichen hier. Wir haben es mit zwei männlichen Personen zu tun. So viel kann ich schon einmal von der Statur her sagen. Die Identifikation wird sehr schwierig, genauso wie die exakte Bestimmung des Todeszeitpunkts.«

»Wir gehen davon aus, dass die Tat vorgestern Nacht passiert ist, da wir bei Eintreffen am Einsatzort noch Glutnester vorgefunden haben«, fiel ihr Carl ins Wort.

»Ok, das könnte passen. Wichtiger sind ja erstmal die Identifizierung und der Tathergang, denn ich gehe nicht von einem Unfall aus. Es wurde mit einem Brandbeschleuniger und Benzin nachgeholfen. Ich habe zwar noch nicht die Bestätigung aus dem Labor, aber der Geruch, der sich bei Anlieferung der beiden breitmachte, lässt keinen anderen Entschluss zu. Aber ich denke, dass wusstest du ohnehin schon.«

Sie blickte von den Aschenhaufen in Richtung Carl auf, der zustimmend nickte.

»Es müssen Profis am Werk gewesen sein. Durch das Niederbrennen des Unfallwagens und den Grad der Verkohlung der Leichen haben wir wenig Anhaltspunkte und kaum forensisches Beweismaterial, das wir auswerten können. Die Spuren an der Interstate lassen darauf schließen, dass das Auto plötzlich von der Fahrbahn abkam und die Leitplanke durchbrach, woraufhin es die Böschung hinunterkrachte.

Interessant ist allerdings, dass sich auch noch andere Spuren eines Wagens, nicht weit von der Stelle entfernt, befanden, wo das Auto die Leitplanke entzweite. Das würde natürlich die Vermutung bestärken, dass es sich um keinen unabsichtlichen Unfall handelte, da keine weiteren beteiligten Autos am Einsatzort gefunden wurden.«

»Es war mit sicherer Gewissheit kein Unfall. Wir haben auch eine Keramikmünze in einem der Leichname gefunden, wie du sicherlich weißt, und wir wissen alle, was das zu bedeuten hat«, unterbrach Carl sie.

»Ja, natürlich. Ich will nur schildern, was mir alles aufgefallen ist und wie sich das Bild bisher zusammensetzt.«

»Danke, Stephanie!«

Stephanie lächelte kurz auf, wandte ihren Blick wieder auf die beiden Leichen und fuhr fort: »Wir haben die Reifenprofile von der Interstate sichergestellt und sie sind zur genauen Bestimmung des Reifentyps im Labor. Ich erwarte die Ergebnisse morgen beziehungsweise spätestens übermorgen. Währenddessen versuche ich Gebissabdrücke zu nehmen. Bei der größeren Leiche könnte dies einfacher sein, da das Gebiss schon vollständig ausgereift war. Hier haben wir mehr Möglichkeiten, es zu rekonstruieren. Bei dem kleinen Leichnam weiß ich nicht, ob meinem Team und mir eine Rekonstruktion gelingen wird.«

»Du gibst wie immer dein Bestes und ich bin mir sicher, dass du es schaffen wirst, die Leichen zu identifizieren.«

Carl lächelte sie dabei an.

»Danke für deine Hilfe, Steph. Melde dich bei mir, sobald du nähere Informationen hast.«

Carl reichte ihr die Hand zur Verabschiedung.

»Eins noch«, sagte Stephanie.

»Ja?«, gab Carl fragend zurück.

»Hier!«

Stephanie hob den Kopf der großen Leiche nach oben.

»Es sieht aus wie ein Einschlussloch an der Stirn. Doch ich kann das noch nicht ganz bestätigen. Die Leichen sind durch den Unfall und die Verkohlung so stark mitgenommen, dass ich nicht genau identifizieren kann, ob die Einkerbung von einer Kugel stammt oder doch von einem Aufprall.«

Carl trat näher an den Tisch heran und beugte sich nach vorne, um einen besseren Blick auf den Leichenkopf werfen zu können.

»Wenn du mich fragst, kann das alles sein. Aber du bist die Expertin. Gab es bei der anderen Leiche etwas Ähnliches?«

Stephanie legte den Kopf wieder auf die Tischplatte, ging einen Schritt nach links und hob den Kopf der anderen Leiche an. Sie drehte ihn von links nach rechts und wieder zurück.

Der Kopf war vollkommen plattgedrückt und weder für Carl noch für Nick war zu erkennen, dass dies jemals ein menschlicher Kopf gewesen sein könnte. Beide registrierten erst im Leichenhaus, dass sie sich am Tatort nur ungenügend umgesehen hatten. Carl hatte sich an der Unfallstelle nur die andere Leiche genauer angeschaut, da er die Keramikmünze inspizieren wollte und auf Nick prasselten so viele neue Eindrücke auf einmal an seinem ersten wirklichen Tatort ein, dass auch er sich kein genaues Bild von den Leichen gemacht hatte.

»Hier ist schwer zu erkennen, dass es sich überhaupt um einen Kopf handelt«, brach Stephanie das kurze Schweigen.

»Der Kopf wurde vom Aufprall des Wagens so mitgenommen, dass er total entstellt ist.«

Die beiden Polizisten nickten und Carl bedankte sich nochmals bei Stephanie. Nick tat es ihm gleich und die beiden verließen die Leichenhalle.

Es war erleichternd für Nick, als sie aus der Tür hinaus auf dem Gang in Richtung Aufzug waren und schon bald das Krankenhaus verließen. Zwar war er schon öfters bei der Rechtsmedizin gewesen und hatte im

Laufe seiner Ausbildung auch viele Leichen gesehen, doch in der Realität war das noch eine ganz andere Herausforderung für ihn und er war froh, als er wieder frische Luft auf dem Parkplatz abbekam.

Frederico saß in seinem Büro unterhalb der Wäscherei *Da Puzzi* und grübelte über den Auftrag, den er von seinem Bruder bekommen hatte. Er war seinem Bruder in vielerlei Hinsicht dankbar. Er hatte ihn schließlich in die Piepero Organisation gebracht. Ihn in eine Position gehievt, die andere erst nach vielen Jahren bekommen hätten. Wollte jemand Karriere bei der Piepero-Familie machen, musste er entweder direkt aus der Familie abstammen oder sich durch niedere Tätigkeiten wie Lastwagen mit Hehlerware beladen, Prostitution oder Drogenverkaufen hocharbeiten und dabei stets bedingungslos loyal zu der Familie sein. Frederico aber führte von Beginn an ein Drogenlabor zur Lagerung von tonnenweise Kokain. Über sein Lagerhaus im Kellerverlies der Wäscherei liefen alle Kokaingeschäfte ganz New York Citys.

Sein Umschlagslager füllte die Straßen New Yorks mit hunderten von Kilos des weißen Schnees pro Tag. Auf ihn war immer Verlass. Niemand hatte sich jemals über ihn beschwert. Ihm würde auch nie in den Sinn kommen, jemals etwas anderes zu machen, als die Aufgaben auszuführen, die er von seinem Capo erhielt. Schon alleine aus Respekt oder viel mehr aus Angst vor den Konsequenzen, die er bei Ungehorsam oder einem Fehler zu fürchten hatte. Dabei war die Furcht vor seinem Capo weniger groß als die Furcht vor seinem Bruder, wenn er Mist bauen würde.

Mittlerweile arbeitete er mehr als fünf Jahre für die Pieperos und bisher hatte er immer nur von seinem Capo Sonderaufträge erhalten. Daher war es mehr als verwunderlich, als sein Bruder in das Lagerhaus kam und ihm diese Aufgabe gab.

Zuerst freute sich Frederico ob des Wiedersehens mit seinem Bruder. Es war mehr als ein halbes Jahr her, seit sie sich das letzte Mal gesehen hatten. Doch seine Freude wich schnell Bedenken, da er auf so einen Auftrag nicht vorbereitet war.

Es war sein Bruder, der ihn vor all den Jahren von der Straße geholt hatte. Nach der Scheidung von seiner Frau und den Verlust des Sorgerechts an den beiden gemeinsamen Kindern war Frederico in ein tiefes Loch gefallen. Sein Tag wurde von Alkohol, Prostituierten und Zockereien in der Spielhalle bestimmt. Der Alkohol nahm von Mal zu Mal immer mehr zu und es war nur noch eine Frage der Zeit, bis die totale Abhängigkeit nach der weichen Droge drohte. Sein Bruder besuchte Frederico damals öfters, da er bei seiner Mutter unterkam, die schwer erkrankt war. Bei jedem Besuch bemerkte der Bruder, dass es nicht nur der Mutter schlechter ging, sondern auch Frederico weiter abbaute.

Dies ging so weit, dass nach dem Tod der Mutter Frederico auf der Straße landete und sein Bruder die Reißleine zog, indem er ihm eine Perspektive bei der Piepero-Familie gab. Er stattete Frederico zusätzlich mit einer kleinen Wohnung, etwas Geld und einem alten Auto aus und Frederico dankte es ihm mit völliger Abstinenz vom Alkohol und einem tadellosen Job, den er bei den Pieperos machte.

Von Seiten seines Bruders wurde in der ganzen Zeit keine Gegenleistung erwartet. Doch Frederico wusste, dass der Tag kommen würde, an dem eine Entschädigung für die Hilfe, die sein Bruder ihm gab, fällig werden würde. Und dieser Tag kam für Frederico so plötzlich, dass er ungläubig den Auftrag entgegennahm.

Als sein Bruder ihn mit der Aufgabe konfrontierte, war er wie gelähmt. Ihm blieb das »Ja!«, welches er auf die Frage seines Bruders, ob er bereit für die Herausforderung wäre, antworten wollte, im Halse stecken.

Er war nicht so taff, abgebrüht, gewaltbereit und skrupellos wie Alessandro und dessen Truppe. Frederico wusste über die Tätigkeiten, die sein Bruder mit Diego und den anderen für die Pieperos ausführte, Bescheid. Hier hatte Alessandro gegen den Ehrenkodex der Piepero-Familie verstoßen und ihm von seiner Arbeit für die Organisation berichtet. Er konnte davon überzeugt sein, dass Frederico niemanden auch nur ansatzweise davon erzählen würde, da er über den Respekt, den sein Bruder vor ihm hatte, vollends im Bilde war.

Zwar war er auch ein harter Hund, wie Frederico selbst über sich dachte. Doch ein kaltblütiger Killer wie Alessandro wollte er nicht sein – und dennoch hatte er nun die Aufgabe, einen Menschen zu töten.

Das erste Mal in seinem Leben sollte seine Gewaltbereitschaft über Schläge und Tritte hinausgehen. Er sollte einer anderen Person das Leben aushauchen.

Ungläubig fasste er sich an die Stirn, weil er nicht begriff, warum das von ihm verlangt wurde.

Sein Blick lief den Schreibtisch hinunter und er schaute auf das Bild der Person, die er ermorden sollte. Daneben lag ein Zettel mit der Information, wo sich die Person am Abend aufhalten würde und Anweisungen, wie der Mord stattzufinden hatte.

Es war kurz vor 17.00 Uhr und Frederico hatte noch mehr als drei Stunden, bis er am Einsatzort sein sollte. Er erwartete jeden Moment Melissa, die von ihrer Drogenverkaufstour zurückkommen und neuen Vorrat abholen sollte. Die Details des Auftrages legte er behutsam in die oberste Schublade des Schubfaches an seinem Schreibtisch und holte tief Luft, als Melissa ins Büro gestürmt kam.

»Wo ist der Stoff?«, durchbrach Melissa das gedankenvolle Schweigen, welches im Raum lag.

»Hast du schon etwas von einer Begrüßung gehört?«, blaffte Frederico ihr entgegen.

»Ich bin nicht für ein Kaffekränzchen hier. Gib mir den Stoff und ich hau wieder ab«, entgegnete sie genervt.

»Du wirst heute nichts mehr verticken. Wir gehen auf ein Date und haben eine andere Aufgabe.«

»Erzähl mir keinen Mist und gib mir die 50 Päckchen, die ich noch loswerden soll. So wie wir es besprochen hatten. Und auf ein Date mit dir würde mich keiner bekommen. Da müsstest du mich schon mit einer Waffe bedrohen, damit ich mir das überlegen würde.«

In Frederico kam leicht der Zorn hoch: »Wir werden einen anderen Auftrag heute Abend ausführen. Du gehst jetzt heim, duschst dich, ziehst dir etwas Schickes an und bist um acht Uhr wieder hier!« Die letzten Worte brüllte er fasst aus sich heraus.

»Du kannst mich mal«, erwiderte Melissa gelassen. »Hol mir den Stoff. Sofort!«

Frederico schnellte wutentbrannt von seinem Stuhl empor, riss dabei beinahe den Schreibtisch um, ging auf Melissa zu und packte sie mit der linken Hand an ihren langen Haaren. »Ich sagte dir, wir gehen heute auf ein Date!«

Er schlug ihr mit der flachen rechten Hand dreimal ins Gesicht.

»Wir dulden keine Befehlsverweigerung bei uns! Ist das klar?«

Er holte nochmals aus und boxte Melissa mit ganzer Kraft gegen den Brustkorb.

Melissa stieß zurück und bekam keine Luft mehr. Umso stärker sie nach Luft rang, umso panischer wurde sie, als ihre Luftröhre wie zugeschnürt war und sie nur ein Hecheln zustande bekam. Sie kauerte einige Zeit lang in der Ecke neben dem Schreibtisch und kam nach und nach erst wieder zu Atem.

Nach einer kurzen Zeit des Schweigens fragte Frederico: »Habe ich dir jetzt klargemacht, dass du mir gehorchen sollst?«

Melissa nickte bejahend mit dem Kopf, ohne Frederico eines Blickes zu würdigen. Sie erhob sich vom Boden des Büros, ging in Richtung Tür und murmelte:

»Ich bin um 20 Uhr hier.«

Anschließend ging sie aus dem Büro heraus und knallte die Tür hinter ihr zu.

Serge Thomas erledigte noch den letzten Papierkram in seinem Büro, als er auf die Uhr schaute. Es war 19.30 Uhr. Er hatte also noch 90 Minuten Zeit, bis er zuhause sein musste. Sein Gesicht strahlte, denn es versprach ein schöner Abschluss eines guten Tages zu werden. Um 21.00 Uhr sollte er seine Frau und die beiden Söhne begrüßen, die extra auf ein Abendessen vorbeikamen.

Seitdem seine Söhne studierten, sah er sie nur unregelmäßig. Rick, der ältere der beiden, hatte ein Stipendium an der Louisiana State University als Basketballspieler erhalten. Auch wenn der Basketball Ricks Leidenschaft war, wollte er seine zweite Passion, die für Jura, zu seiner Berufung machen und in die Fußstapfen seines Vaters treten.

Serge war mächtig stolz auf seinen ältesten Sohn. Sie telefonierten öfters und tauschten sich über die neuesten innen- und außenpolitischen Geschehen aus.

Der jüngere der Brüder, Julien, hatte ein Stipendium als Footballspieler an der Universität von Michigan und stand in seinem zweiten Collegejahr als Abwehrspieler für die Michigan Wolverines auf dem Footballfeld. Als Hauptfach in seinem Studium belegte er Wirtschaft, was er allerdings nur aus Liebe zu seinen Eltern machte. In Wahrheit setzte er alles daran, professioneller Footballspieler zu werden und einmal in der höchsten amerikanischen Footballliga zu spielen.

Serge war auf seine beiden Söhne unheimlich stolz und konnte es kaum erwarten, sie wiederzusehen. Sie hatten Semesterferien und waren beide für ein verlängertes Wochenende, das sie mit einem gemeinsamen Familienessen beginnen wollten, in die Stadt gekommen.

Serge setzte jeweils noch seine Unterschrift unter zwei Gerichtsurteile, die er heute gesprochen hatte und packte anschließend seinen Aktenkoffer. Es war mittlerweile 19.55 Uhr und er hatte immer noch gut eine Stunde Zeit, um es pünktlich nachhause zu schaffen.

»Das könnte knapp werden bei dem New Yorker Berufsverkehr«, dachte er sich und rief unten in der Lobby an.

»Hi Michelle! Sag bitte Carlos und Louis, dass ich nachhause fahre!«

»Heute so früh, Serge?«, entgegnete ihm Michelle.

Tatsächlich war es unüblich für Serge, vor 21.30 Uhr an einem Wochentag das Büro zu verlassen, doch an diesem Tag machte er eine Ausnahme und erzählte Michelle am Telefon freudestrahlend und mit fröhlicher Stimme von dem geplanten Abendessen seiner Familie.

Nach einem kurzen Plausch legten sie auf, Serge schnappte sich seinen Mantel, riss seine Bürotür auf und hetzte den Gang hinunter in Richtung der Aufzüge. Schon aus der Ferne sah er, dass alle vier Fahrstühle in der Lobby waren und er beschloss die zwölf Stockwerke, die er nach unten musste, über die Treppe zu nehmen.

Das Gebäude des südlichen Bundesgerichtshofs von New York City stammte aus der Mitte des 19 Jahrhunderts mit Aufzügen, die schon lange eine Wartung beziehungsweise eine Generalüberholung nötig hatten. Serge war noch nie gerne Aufzug gefahren. Er war dabei immer etwas klaustrophobisch und nutzte jede Gelegenheit, nicht den Fahrstuhl nehmen zu müssen.

So wetzte er die Treppen hinunter und stellte eine neue persönliche Bestleistung für ihn auf. Es dauerte weniger als drei Minuten und er hatte die 12 Stockwerke überwunden und öffnete die Tür der Tiefgarage.

An der Tür bog er direkt rechts ab, ging zwei Autoreihen geradeaus, danach nach links und nach etwa 100 Metern stand er vor seinem Auto. Seit über 15 Jahren hatte er denselben Parkplatz und er kannte den Weg im Schlaf.

Neben seinem Auto standen schon Carlos und Louis bereit und sie begrüßten Serge mit finsterer Miene wie jeden Tag in den letzten sieben Jahren.

Zu Beginn ihrer Zusammenarbeit hatte es Serge gewundert, dass die beiden niemals ein Lächeln auf den Lippen hatten. Er wusste zwar nicht, wie viel Geld Carlos und Louis für ihre Dienste bekamen, aber sie mussten bestimmt nicht einen weiteren Job annehmen, um über die Runden zu kommen. Außerdem hatten sie mit ihm einen außerordentlich guten Chef abbekommen, der stets gut gelaunt war und ein ernsthaftes Interesse an den beiden zeigte. Aber nach einiger Zeit wurde Serge klar, dass es das Image sein musste, was Carlos und Louis versuchten zu pflegen und daher keine freundliche Miene zeigten. Es konnte nicht erwartet werden, dass Personenschützer immer gut gelaunt waren, wenn sie mehrere Stunden nichts tuend auf ihre Klienten warteten. Aber Serge hatte gehofft, wenigstens ab und an ein Lächeln der beiden zu bekommen. Doch diese Hoffnung blieb über sieben Jahre hinweg vergebens.

»Wir fahren zu mir nach Hause«, sagte Serge in Richtung der beiden.
»Lasst uns die Strecke über die alte Industriestraße nehmen. Ich hoffe, da ist weniger Verkehr und wir kommen rechtzeitig um 21 Uhr an.«
Carlos und Louis nickten Serge stumm zu und stiegen in ihr Auto ein. Serge fuhr mit seinem Wagen voran und dicht dahinter folgte der Pick-up-Truck mit seinem Sicherheitspersonal im Fahrerraum. An jeder roten Ampel, an der sie hielten, schauten sich Carlos und Louis um und Louis hatte seine Hände immer an seiner Uzi Maschinenpistole, während Carlos das Auto steuerte.

Auch wenn sieben Jahre lang nichts passiert war und die beiden sich öfters fragten, warum sie diesen Job machen mussten, waren sie immer auf den Schutz von Serge fokussiert, sobald sie das Gebäude des Bundesgerichtshofs mit ihm verließen.

Es war ein problemloser Heimweg. Alles schien wie immer zu sein. Die Strecke kannten alle Beteiligten gut und die Straßen waren nicht so überfüllt, wie von Serge zuerst angenommen, sodass sich die alte Industriestraße als die geeignete Strecke nach Hause erwies. Das Industrieviertel, das sie durchfuhren, war nahezu menschenleer. Ihnen kamen ein paar Autos entgegen und am Straßenrand, sowohl links als auch rechts, standen Sattelzüge, manchmal nur ein Führerhaus oder auch nur ein Anhänger.

Sie waren noch 20 Minuten von Serges Haus entfernt, als sie einen schmaler werdenden Straßenverlauf durchfuhren und ein lauter Knall ertönte. Es platzte der linke Hinterreifen an Carlos und Louis Pick-up Truck und Carlos hatte einen Moment lang Mühe, nicht die Kontrolle über den Wagen zu verlieren.

Aufgrund der lauten Musik, die Serge in seinem Wagen hörte, bekam er von dem Geschehen hinter ihm nichts mit und wurde erst aufmerksam, als er von hinten die Lichthupe bemerkte, die die Dunkelheit aufhellen ließ.

Er hielt an und wollte aus dem Auto steigen, als er im Rückspiegel wahrnahm, dass Louis wild gestikulierend auf sein Auto zu rannte.

Serge hörte noch Louis schreien: »Bleib im Wagen, bis ich«, als ein weiterer Knall ertönte.

Reflexartig kauerte sich Serge auf dem Fahrersitz zusammen.

Erst nachdem er einige Zeit lang nichts mehr gehört hatte und es still um ihn herum war, traute er sich, sich aus seiner Embryonalstellung, die er auf dem Sitz eingenommen hatte, zu lösen und vorsichtig nach hinten aus der Heckscheibe zu schauen.

Weder Louis noch Carlos waren zu sehen. Er schaute auf den Pick-up, der in der Dunkelheit des Abends kaum zu erkennen war. Serge überlegte kurz, ob er aussteigen sollte, nahm seinen ganzen Mut zusammen und wollte seine Fahrertür öffnen, als das Fernlicht des Pick-ups für einen Moment aufleuchtete und Carlos schrie: »Fahr los, Serge!«

Einen kurzen Augenblick später ertönte hinter Serge das Quietschen der Reifen des Pick-ups. Als sich der Truck in Bewegung setzte, hagelte es von links und rechts Salven aus Maschinenpistolenfeuer auf das Auto ein und kurz nachdem der Truck gestartet war, krachte er in Serges Kofferraum. Es gab einen Schlag und Serges Kopf wurde in die Kopfstütze des Fahrersitzes gepresst und schoss anschließend, als die Autos stehen blieben, wieder ruckartig nach vorne.

Danach war es wieder für einen Moment still. Serge war in einem Schockzustand und konnte erst nach wenigen Sekunden wieder einen klaren Gedanken fassen. Er versuchte panikartig und in Verzweiflung seinen Wagen zu starten und erst nach mehreren Versuchen sprang das Auto an. Jedoch rührte es sich keinen Zentimeter vom Fleck, da es sich mit dem Pick-up verkeilt hatte und dieser eine zu schwere Last war. Der Frontantrieb von Serges Wagen ließ aufgrund des Ballasts am Kofferraum die Reifen nur durchdrehen und ein Wegfahren des Autos war unmöglich geworden.

Serge probierte es dennoch dutzende Male, bis er schließlich einsah, dass es keinen Zweck hatte mit dem Wagen zu fliehen und er sich einen anderen Ausweg aus der Situation überlegen musste.

In diesem Augenblick bereute er es, dass er immer gegen Waffen jeglicher Art war und sich auf den Schutz durch Carlos und Louis verlassen hatte. Er konnte weder Carlos noch Louis sehen und er hatte keine Waffe zur Verteidigung bei sich. Jetzt war er auf sich allein gestellt, als irgendjemand aus dem Verborgenen auf ihn schoss.

Serge wurde aus seinen Gedanken gerissen, als er hörte, wie die Beifahrertür des Pick-ups sich langsam öffnete. Carlos stieg aus dem Wagen aus, warf sich auf den Boden und versuchte, zu der Beifahrertür von Serges Wagen zu gelangen, indem er über den Asphalt der Straße kroch.

Er war blutüberströmt, auf seiner rechten Schulter klaffte eine große Wunde und in seinem rechten Bein steckten zwei Kugeln im Oberschenkel. Nachdem er die Hälfte des kurzen Stückes zurückgelegt hatte, leuchtete aus der Ferne ein Licht aus einer Taschenlampe auf und fixierte ihn.

Carlos nahm seine Pistole und feuerte das ganze Magazin in Richtung der Lichtquelle. Als das Magazin verschossen war, herrschte wieder einen Moment Stille und Serge konnte Carlos laut atmen hören. Es ertönte abermals das Geräusch von Maschinenpistolen und die Kugeln kamen Serge bedenklich nahe, sodass sich die Panik in ihm vervielfachte.

Die Taschenlampe erlosch und es war stockfinster. Alessandro und Diego waren die ersten, die sich aus dem sicheren Versteck hinter einem Lastwagen mit zwei Anhängern hervorwagten. Sie liefen geradewegs auf Serges Wagen zu. Am Auto angekommen, schoss Alessandro Carlos nochmals in den Kopf, der aber ohnehin schon regungslos am Boden lag.

Diego kam an der Beifahrertür des Wagens an. Die Scheibe war, obwohl viele der Maschinenpistolensalven, die zuletzt abgefeuert wurden, das Auto trafen, noch in Takt.

Er klopfte mit dem Griff seiner Pistole an die Scheibe und sagte: »Geehrter Richter Thomas. Machen Sie doch bitte die Tür auf.«

Serge zitterte am ganzen Körper und nahm die Worte Diegos kaum war.

»Herr Thomas! Die Tür aufmachen!«, Diegos Ton wurde eindringlicher.

Serge zeigte jedoch weiterhin keine Reaktion und Diego setzte seine Waffe an, um den Griff der Beifahrertür abzuschießen, als Alessandro die Scheibe der Fahrerseite mit seiner Maschinenpistole einschlug und in das verängstigte Gesicht von Serge blickte. Er packte Serge an den Haaren und zog ihn mit aller Kraft aus dem Auto. Serge schrie vor Schmerzen und seine Schreie verstummten erst, als er in den Lauf der Maschinenpistole von Alessandro starrte.

Diego kam an die Fahrerseite und zerrte Serge an der Schulter vor sich her. Sie liefen am Auto entlang, am Kofferraum vorbei, wo sich der Pick-up mit der rechten Vorderseite komplett in Serges Wagen verkeilt hatte.

Neben dem Autowrack lag der Körper von Louis. Sein Unterkörper war platt in den Asphalt gedrückt. Der Pick-up hatte ihn, beim Versuch zu fliehen, überfahren und nur noch sein Oberkörper und das Gesicht waren zu erkennen. Serge wurde schlecht, als er Louis tot auf dem Boden liegend sah und er musste würgen.

An der Beifahrerseite angekommen, erblickte Serge die von Schüssen durchsiebte Leiche von Carlos. Sie war bis zur Unkenntlichkeit mit Blei vollgepumpt und fast jeder Zentimeter seines Körpers war von Einschusslöchern übersät.

Serge hatte über die Jahre hinweg beim Ausführen seiner Arbeit als Richter am Bundesgericht eine Vielzahl von Leichen gesehen. Manche waren noch übler zugerichtet als Carlos und Louis. Doch es machte einen Unterschied, die Leichen auf Fotos zusehen oder wie hier mitten dabei zu sein in einem Horrorszenario.

Es war zu viel für ihn. Zu viel Blut, zu viel Aufregung, zu viel Angst. Die Leichname zweier Mitarbeiter von ihm, die er ins Herz geschlossen hatte. Einfach alles war zu viel. Serge konnte die Szenerie nicht mehr ertragen und fing an, sich zu übergeben.

Aus der Ferne konnte Alessandro Motorengeräusche hören, die sich dem Schlachtfeld näherten. Er machte sich mit seiner Maschinenpistole bereit, auf alles zu schießen, was auf sie zukam. Als er jedoch sah, was für ein Auto vorfuhr, senkte er sein Gewehr ab und wandte sich wieder Serge zu.

Luca stieg aus dem anfahrenden Auto aus und eilte zu Diego: »Wir müssen uns beeilen. Ein paar Blocks von uns entfernt kommt ein LKW-Konvoi auf uns zu. Circa zehn Fahrzeuge.«

Alessandro ließ seine Maschinenpistole los und sie hing ihm an seinem Oberkörper an einem Gurt, der um seine Schulter gewickelt war, herab. Er nahm sich seine AMG AutoMag III und schoss damit Serge dreimal in die Brust. Dieser sackte nieder, rang nach Luft und Luca stach ihm mit einem Jagdmesser zwischen die Augen.

Anschließend zog er das Messer aus Serges Kopf, vergewisserte sich, dass Serge nicht mehr am Leben war, rannte zu dem Wagen, an dem Guiseppe am Steuer saß und sie fuhren davon.

Die Uhr im Büro des dreizehnten Stocks des Polizeireviers von New York City zeigte kurz nach neun Uhr und es war noch kein Feierabend für Nick in Sicht. Fast jeder der Schreibtische, die Nick einsehen konnte, war noch von Kollegen besetzt. Auch Nicole Spinelli hastete in ihrer unverwechselbaren Art durch das gesamte Büro.

Nick stand seine Müdigkeit ins Gesicht geschrieben. Es waren erst ein paar Tage vergangen, in denen er bei Toni in der Abteilung arbeitete, doch er war schon völlig überarbeitet. Niemand hatte jemals auf der Polizeischule gesagt, dass die Arbeit als Polizist ein Beruf ist, der täglich 24 Stunden volle Aufmerksamkeit abverlangt. Natürlich war ihm bewusst, dass er als Polizist keinen normalen acht Stunden Arbeitstag hätte, doch rund um die Uhr im Einsatz zu sein, war für ihn noch zu viel.

Während er am Schreibtisch saß und sich die Fotos des Tatorts ansah, den Carl und er am Tag zuvor begutachtet hatten, sehnte er sich den Feierabend herbei. Er beschloss, um nicht in den Schlaf zu fallen, sich einen Kaffee aus der Küche zu holen und machte sich auf den Weg dorthin.

Die Küche war in einem der Zimmer, die Nick nicht von seinem Schreibtisch aus Einblicken konnte. Er lief an den Schreibtischen entlang, die alle noch besetzt waren. An Carls Platz machte er halt, der ebenso wie Nick über den Fotos des Tatorts hing und sich das Autowrack nochmals genauer anschaute.

»Möchtest du auch einen Kaffee, Carl?«

Carl hob seinen Kopf und schaute Nick entgeistert an. »Oh, Nick. Ich habe dich gar nicht kommen hören.«

»Das ist auch verständlich bei dem Trubel um diese Uhrzeit hier.«

Beide lachten und Nick fragte Carl nochmals nach dem Kaffee, den Carl jedoch dankend ablehnte.

Nick bog daraufhin in den Gang ab, in dem die Verhörräume lagen und steuerte zielstrebig die letzte Tür des Ganges an. Die Tür zur Küche stand immer offen und er konnte schon von weitem hören, dass die Kaffeemaschine lief. Als er die Küche betrat, sah er Luke Butler sich Kaffee in eine Tasse füllen. Nick hatte keine Lust auf eine Konversation mit Luke und hoffte, dass er unbemerkt kehrt machen könne, als sich Luke in seine Richtung drehte und ihn anlächelte.

»Hi Nick. Willst du auch einen Kaffee? Ich setze gerade noch frischen auf.«

Nick war überrascht, dass Luke so freundlich zu ihm war. Bei seiner ersten Begegnung mit ihm, als er Melissa abführte, machte er in Nicks Augen einen sehr überheblichen Eindruck und er kam extrem unsympathisch rüber.

Und obwohl er seinen ersten Eindruck, den er über Luke hatte, im Inneren obsiegen ließ, und Lukes Freundlichkeit als gespielt abtat, bejahte Nick Lukes Frage nach dem Kaffee und sie kamen ins Gespräch.

Luke fragte Nick nach dessen Wohlbefinden und wollte über seine Eindrücke der ersten Tage in der Abteilung mehr erfahren.

Nick bescheinigte Luke, dass er sich wohlfühle in seinem neuen Beruf und dass er sehr gut von allen aus der Abteilung aufgenommen wurde.

Auf dem Weg zu ihren Schreibtischen plauderten die beiden noch über das aktuelle Arbeitspensum und es war Nick anzuhören, dass er sich noch nicht an die Vielzahl der Arbeitsstunden gewöhnen konnte. Und obwohl Luke sehr nett war und sie ein angenehmes Gespräch führten, konnte Nick nicht anders und tat Lukes zuvorkommende Art weiterhin als aufgesetzt ab. Irgendetwas an Luke störte Nick. Doch er wusste immer noch nicht, was es war.

Die Wirkung des Koffeins im Kaffee ließ nicht lange auf sich warten, Nick wurde wieder munterer und ging weiter die Fotos der zwei verkohlten Leichen und des Autowracks durch. Es gab immer noch keine Anhaltspukte, wer die Personen waren, die so übel zugerichtet wurden. Die ganze Hoffnung von Carl und Nick auf deren Identifikation lag bei Pathologin Stephanie Farmwell.

Plötzlich brach Hektik am kleinen Empfangsbüro von Nicole Spinelli aus und obwohl Nicole immer wie ein aufgescheuchtes Reh im ganzen Büro umherwuselte, verbreitete sich eine Anspannung aus ihrer Richtung, die auch bei Nick nicht unbemerkt blieb.

Sie war am Telefon und ihr war der Schock ins Gesicht geschrieben. Als sie auflegte, rannte sie in Richtung von Tonis Büro, ohne einen der Kollegen an den Schreibtischen, an denen sie vorbeilief, eines Blickes zu würdigen.

Es dauerte keine Minute, nachdem sie die Tür zu Tonis Büro hinter sich geschlossen hatte, dass sie aus dem Büro wieder herauskam, sich in Richtung der Schreibtische blickend positionierte und Carl, Nick und Luke zu sich rief.

Nick erschrak, als er seinen Namen hörte und zuckte kurz zusammen. Er blickte in Richtung von Carl, der sich in dem Moment zu ihm umdrehte und ihm ein Zeichen gab, dass er sofort zu ihm eilen sollte.

Die drei versammelten sich mit Nicole vor Tonis Büro und sie gab die ersten Informationen preis: »Es gab eine Schießerei im alten Industriegelände. Es muss dort wie ein Kriegsschauplatz aussehen. Eine der Leichen wurde wohl als Richter Serge Thomas identifiziert.«

Nicole öffnete die Tür zu Tonis Büro und signalisierte den dreien hereinzutreten.

In Tonis Büro lief ein Fernseher, der hinter dem Schreibtisch auf einer Kommode stand. Der Fernseher war Nick bei seinen bisherigen Besuchen in Tonis Büro noch nicht aufgefallen, doch jetzt war er der Mittelpunkt des Geschehens. Es waren Nachrichten zu sehen, die von einem Massaker in New York Citys alten Industriegelände berichteten. Dabei dröhnte es aus dem Fernseher, dass mindestens drei Tote entdeckt wurden und alles voller Autos und Lastwagen war, die von Kugeln übersät waren. In einem Live-Ticker, der am unteren Fünftel des Bilds durchlief, war von einem kriegsähnlichen Schlachtfeld die Rede, das den Reportern dort begegnet sein musste.

»Es gab eine Schießerei und Serge Thomas wurde als eine der Leichen identifiziert«, wiederholte Toni die Worte Nicoles.

Er blickte in Carls Richtung, der, ebenso wie Nick und Luke, gebannt auf den Fernseher starrte.

»Serge Thomas war doch der Richter, der im Kronzeugenprozess gegen Sergio Thomasso das Urteil fällte«, platzte es aus Nick heraus.

»Ja, genau. Sehr gut! Ich sehe, du hast deine Hausaufgaben gemacht«, entgegnete Toni seinem Neuling im Team.

»Erst Maria D'Aconte und jetzt Serge Thomas. Mir schwant Böses, Toni«, stieg Carl in die Konversation ein.

»Ja. Ich befürchte, dass der Zeitpunkt, an dem sich die Pieperos für die Verhaftung von Sergio Thomasso rächen wollen, nun gekommen ist«, bestätigte Toni Carls Aussage und fuhr fort: »Ihr fahrt zum Tatort und holt euch sämtliche Informationen, die ihr bekommen könnt. Und findet verdammt nochmal heraus, wo Vincenzo D'Aconte abgeblieben ist. Wir treffen uns morgen früh um acht Uhr wieder in meinem Büro.«

Carl nickte Toni zu und verließ, gefolgt von den anderen beiden aus seinem Team, das Büro. Sie packten ihre Sachen, zogen sich jeweils eine Jacke an und machten sich auf den Weg in das alte Industriegelände.

Ruby Tannehill genoss das Essen mit ihrem Mann. Sie waren um acht Uhr verabredet, doch beide wussten, dass Ruby es nicht pünktlich schaffen würde. Sie gingen alle zwei Wochen zusammen aus. In den ganzen 15 Jahren, die sie zusammen waren, war Ruby bei keinem der unzähligen Rendezvous mit ihm pünktlich gewesen.

Beide hatten die Idee von einem festen Tag, den sie gemeinsam verbringen und regelmäßig wiederholen wollten, schon zu einem frühen Stadium ihrer Beziehung gehabt. Ruby war damals schon eine aufstrebende Staatsanwältin und ihr Mann George ein Selfmade Mann, der an der Wall Street ein großes Vermögen verdiente und seitdem in Immobilienprojekte in ganz New York City investierte.

Es war für beide klar, dass sie sich feste Rituale überlegen mussten, wenn sie einen gemeinsamen Weg durchs Leben gehen wollten, da es ohne die Rituale schwierig werden würde, sich aufgrund ihrer Arbeitspensa oft genug zu sehen. So beschlossen sie, jeden zweiten Mittwoch einen

Dateabend zu haben und gemeinsam essen zu gehen. Das hielt ihre Beziehung am Leben und so konnten sie sich mindestens einmal alle zwei Wochen allein sehen und sich austauschen.

Im Laufe der Zeit kristallisierten sich fünf Restaurants heraus, die zu den Favoriten der beiden zählten und heute war das absolute Lieblingslokal von Ruby an der Reihe. Sie speisten im *Las Tapas*, welches ein spanisches Restaurant war, das neben Paella und anderen spanischen Gerichten die besten Tapas von ganz New York servierte.

Als sie mit einer Verspätung von 30 Minuten in das Restaurant kam, wartete ihr Mann schon an ihrem Stammplatz auf sie und hatte Portwein und eine Pincho aus verschiedensten Tapas bestellt, die sie in sich verschlang, sobald sie am Tisch Platz nahm. Sie lächelte ihrem Mann zu, als sie das Essen für einen kurzen Moment unterbrach und bedankte sich bei ihm.

»Gerne, mein Schatz«, antwortete er ihr mit einem verschmitzten Lächeln auf den Lippen.

»Wie war dein Tag?«

Sie schaute zu ihm auf, rollte mit den Augen und signalisierte damit ihrem Mann, dass sie keinen guten Tag gehabt hatte.

Auf die Schnelle fand George kein anderes Gesprächsthema und er entschied sich, sich ebenfalls der Tapasplatte zuzuwenden, bevor Ruby alles allein aß.

Ruby spielte schon lange mit dem Gedanken, als Oberstaatsanwältin für New York City zurückzutreten und sich einer Familie zu widmen, so wie es ihre Mutter immer von ihr wollte und wie sie oft Ruby in den Ohren lag.

Die Arbeit erfüllte sie nicht mehr, so wie es noch vor ein paar Jahren der Fall war, und sie sehnte sich nach mehr. George wollte immer Kinder haben, jedoch steckte er aus Liebe zu ihr mit seinem Wunsch nach einer Familie zurück. Er und Ruby wussten, dass sie eine fabelhafte Karriere vor sich hatte und nachdem sie die leitende Staatsanwältin im Prozess gegen Sergio Thomasso war und federführend bei seiner Verhaftung mitwirkte, wurde sie schnell Oberstaatsanwältin für den gesamten Bezirk New York City.

Aber sie merkte immer mehr, dass ihr Beruf sie innerlich nicht mehr erfüllte und sie sich ein Leben wünschte, das nicht mehr von Terminen geprägt war, sondern ein Leben, das sie selbst bestimmen konnte und das ihr alle möglichen Freiheiten gab.

Sie wusste, dass sie jetzt vielleicht noch eine Chance hätte, mit Anfang vierzig, eine Familie zu gründen oder zumindest es zu probieren und um Geld mussten sich beide schon lange keine Sorgen mehr machen. Es war genug da, um drei Generationen durchzubringen.

Und so beschloss sie, George von ihren Plänen zu berichten, sobald die Pincho abgeräumt war und sie auf den Hauptgang warteten.


Als der Kellner kam und fragte, ob sie mit der Vorspeise fertig seien, wurde Ruby nervös. George antwortete mit einem »Ja« und der Kellner räumte die große Platte ab, auf der die Tapas dekorativ angerichtet waren. Ohne die massive Platte auf dem Tisch lag die komplette Tischmitte frei und der freie Raum machte sich wie eine Schlucht zwischen beiden auf.

Ruby wurde nervöser und nervöser. Sie wollte unbedingt das Gespräch beginnen, bevor ihr Mann merken würde, wie nervös sie war und so brach es aus ihr heraus:

»Ich habe lange darüber nachgedacht, was ich dir jetzt erzähle, und hoffe, dass du mich verstehen kannst.«

In Georges Gesicht machte sich Entsetzen breit und Ruby merkte an der Mimik ihres Mannes, dass das nicht die besten Einleitungsworte waren, die sie gewählt hatte.

»Keine Panik, George«, sie lächelte ihn an und sein Gesichtsausdruck entspannte sich ein wenig.

»Ich bin an dem Punkt angelangt, dass ich nicht mehr eine Marionette sein möchte, die von einem Termin zum nächsten rennt. Seitdem ich Oberstaatsanwältin bin, hat mein Beruf nichts mehr mit Gut gegen Böse zu tun, sondern ist ein reines Politikum. Ich bin es leid, jeden Tag für fünfzehn oder mehr Stunden im Büro zu sein.«

Sie machte eine kurze Pause. George sagte keine Silbe und wartete ab, was seine Frau ihm endgültig mitteilen wollte.

»Auch, wenn wir uns nicht oft sehen und kaum Zeit miteinander verbringen, weiß ich, und ich weiß, dass du genauso denkst, dass wir uns über alles lieben und ich möchte dieser Liebe auf eine neue Ebene verhelfen.«

Georges Blick ließ nicht von seiner Frau ab und Aufregung stieg in ihm empor, als er die Worte hörte.

Ruby fuhr fort: »Ich will versuchen, mit dir eine Familie zu gründen, meinen Job an den Nagel hängen und irgendwo raus aufs Land ziehen, weit weg von New York City.«

In George machte sich ein Gefühl von Freude, Glück und Zufriedenheit breit, als Ruby mit ihrer Ankündigung fertig war. Alles, was er sich jemals für Ruby und sich erhofft und erwünscht hatte, konnte jetzt doch noch in Erfüllung gehen. Er war überwältig, rief einen Kellner zu sich an den Tisch und orderte den teuersten Champagner auf der Karte.

Ruby war erleichtert, dass er ihre Entscheidung so positiv aufnahm und war glücklich. So glücklich, wie schon lange nicht mehr in ihrem Leben.

»Hast du dir das gut überlegt?«, fragte George, nachdem die erste Euphorie abgeklungen war. Obwohl er wusste, dass Ruby solch eine Entscheidung nur angesprochen hätte, wenn sie auch fest davon überzeugt war, musste er nachfragen, um sicher zu sein, dass es kein Scherz von ihr war.

»Natürlich. Ich versuche noch morgen oder übermorgen einen Termin bei Bürgermeister Quincho zu bekommen und ihm meinen Entschluss mitzuteilen.«

George kannte kein Halten mehr vor lauter Glück, stieg von seinem Stuhl auf, fiel seiner Frau um den Hals und küsste sie. Er war so glücklich wie schon lange nicht mehr in seinem Leben.

Der Hauptgang kam und beide stießen mit ihrem Champagner an. George kam nicht umher zu merken, dass die beiden, seitdem sie fröhlich und ausgelassen auf ihr neues Leben anstießen, von einem Mann beobachtet worden waren.

Der Mann saß drei Tische weiter weg von ihnen und seine Blickrichtung kreuzte den Hinterkopf von Ruby. An dem Tisch des Mannes saß noch eine Dame, die dem Tisch von Ruby und George den Rücken zuwandte. George konnte nicht erkennen, ob sie Essen auf dem Tisch hatten. Es war aber eindeutig, dass sie keine Konversation betrieben, da der Mann mit seinem starren Blick auf Ruby verweilte und seine Begleitung ignorierte. George kam es seltsam vor, dass der Mann die beiden anvisierte und er seinen Blick auch nicht abwand, als George seinen Blick eine Zeit lang auf ihn richtete.

Aber nach einer kurzen Zeit widmete George seine volle Aufmerksamkeit wieder Ruby und sie genossen den Abend, der für sie einen neuen Lebensabschnitt einläuten sollte. Er vergaß den Mann drei Tische weiter und sog den Glücksmoment, den Ruby und er hatten, mit jeder Faser seines Körpers auf.

Es wurde spät und das Restaurant leerte sich. Ruby und George beschlossen, noch ein Glas Cava zu trinken und dann den Abend daheim weiter zu genießen.

George legte das Geld auf den Tisch und gab zur Feier des Tages ein ausgiebiges Trinkgeld. Er half seiner Frau vom Stuhl hoch, reichte ihr den Mantel und sie verließen das Restaurant dicht gefolgt von dem Mann und seiner Begleitung, die drei Tische weiter gesessen hatten.

Ruby merkte an der frischen Luft, dass sie ein Glas Sekt zu viel hatte, da der Alkohol ihr in den Kopf schoss und sie war froh, dass sie nur zwei Straßenabschnitte weiter geparkt hatte. George war – wie immer an ihren Dateabenden – mit dem Taxi gekommen, damit sie gemeinsam heimfahren konnten.

»Ich bin der glücklichste Mensch auf der Welt!«, flüsterte George ihr zu und küsste Ruby.

»Genau! Ich auch!«, erwiderte sie und ihre Küsse intensivierten sich.

Sie gingen Hand in Hand die Straße entlang und sahen aus wie zwei verliebte Jugendliche. Beide bemerkten nicht, dass von hinten der Mann näher kam, der im Restaurant den Blick nicht von Rubys Hinterkopf hatte abwenden können.

Er und seine Begleitung waren dicht hinter Ruby und Goerge und er sagte in einem lauten Tonfall: »Entschuldigen Sie bitte. Dürften wir vorbei?«

George drehte sich um und erschrak, als er den Mann sah. Der Mann lächelte und wiederholte nochmals seine Bitte. George entspannte sich daraufhin und machte ihnen Platz zum Überholen.

Die beiden liefen an Ruby und George vorbei und waren einen Meter vor ihnen, als der Mann aus seinem Mantel einen größeren Gegenstand fallen ließ, seine Begleitung fest am Arm packte und mit seiner Begleitung hinter sich herziehend losrannte.

Ruby und George blickten sich entgeistert an und konnten nichts mit der sich gerade abspielenden Szene anfangen, als eine Handgranate einen halben Meter vor ihnen explodierte.

★★★

Schon in weiter Ferne des Tatorts sahen Carl und Luke die Blaulichter. Sie fuhren die langgezogene Straße entlang und Nick, der hinter dem Beifahrer saß, zählte die Anzahl der Lastwagen, die auf der Straße stehen geblieben waren. Sie fuhren an dem Lastwagenkonvoi, bestehend aus elf Fahrzeugen, vorbei und steuerten auf die Menschenmenge zu, die sich in der Nähe der Blaulichter versammelt hatte.

Carl hielt den Wagen unweit vom Tatort entfernt an und sie bahnten sich ihren Weg durch den Menschentrubel. Neben unzähligen Journalisten, die versuchten Bilder und Interviews zu machen, waren auch eine Vielzahl an zivilen Schaulustigen an den Tatort geeilt. Ganz vorne am Absperrband standen die großen Nachrichtensender mit Kameras und Reportern.

Als die drei sich einen Weg durch die sensationsgierigen Menschenmassen bahnten, kam sich Nick vor wie in einem Kriminalfilm. Die Szenerie erinnerte ihn an all die unzähligen Tatortszenen aus dem Fernsehen, die er so liebte.

Carl war der erste, der am Absperrband ankam und er zeigte seinen Dienstausweis dem Polizisten, der große Mühe hatte, die gaffenden Menschen und Reporter im Zaum zu halten. Der Polizist hob das Band an und die drei marschierten darunter her.

Es eröffnete sich ihnen ein Bildnis des Grauens. Es war keine Untertreibung, als die Medien von einem Schlachtfeld und Massaker berichteten. Im Umkreis von mehreren zehn Metern lagen unzählige Patronenhülsen, Salven sowie Mantelgeschosse von Maschinenpistolen. Nick sah einen Pick-up, der verkeilt in einer kleineren Limousine steckte. Eine Leiche, bei der der Unterkörper plattgedrückt war, sowie zwei weitere Leichen, die nebeneinander auf der Straße lagen. Eine der beiden Leichen war voller Einschusslöcher und eine riesige Blutlache hatte sich unter ihr ausgebreitet.

Luke lief zielstrebig an der Leiche vorbei, die nur noch aus Oberkörper und Kopf bestand, und steuerte auf die beiden Leichen, die wie ein Liebespaar aufeinanderlagen, zu. Er musterte die beiden und zeigte anschließend auf die Leiche, die einen großen Einschnitt an der Stirn hatte.

»Das ist Richter Serge Thomas. Definitiv.«

Carl bestätigte Lukes Aussage, als er einen genaueren Blick auf die Toten warf.

»Wir haben jetzt schon zwei Tote, die in direkter Verbindung mit dem Kronzeugenprozess der Piepero-Familie standen«, fuhr Carl fort.

»Und unser damaliger Kronzeuge ist unauffindbar.«

»Es sieht so aus, als ob die Pieperos zurückschlagen würden«, fügte Nick hinzu, nichts ahnend, was ihm noch bevorstand.

»Das glaube ich auch«, sagte Luke und drehte sich zu Carl.

»Wer sind die anderen beiden?«

»Ich gehe davon aus, dass das die Leibwächter von unserem ehrenwerten Richter waren. Nachdem Serge das Urteil gegen Sergio Thomasso fällte, wurde für ihn Personenschutz engagiert. Sieben Jahre lang lief alles problemlos und jetzt scheint die Situation aus dem Ruder geraten zu sein.«

Carls Stimme senkte sich am Ende des Satzes und er blickte nachdenklich auf den Boden.

»Wir müssen alles absuchen. Schaut euch hier überall um und dreht jeden einzelnen Stein um. Wir brauchen so viele Beweismittel wie nötig. Vielleicht finden wir irgendwo Fingerabdrücke, die bei uns registriert sind«, gab Carl die Anweisung und die drei schwärmten aus.

★★★

Es ertönte der Knall der Handgranate und Frederico blieb stehen. Er drehte sich um und schaute in das verwirrte Gesicht von Melissa. Sie konnte kein Wort sagen und Frederico zog sie an die Seite.

»Setz dich hier einen Moment hin. Ich bin gleich wieder da.«

Frederico schubste Melissa zu Boden und rannte in die Richtung, wo sie hergekommen waren. Er blieb an der Ecke stehen, an der er die Handgranate fallen ließ und schaute sich links und rechts um, bevor er seine Tat begutachtete. Es war weit und breit niemand auf der Straße zu sehen und er ging auf die beiden Körper zu, die auf dem Boden lagen.

George fehlte der rechte Unterarm und sein linkes Bein hing in Fetzen von seinem Körper. Er atmete schwach und röchelte vor sich hin. Es hörte sich beinahe an, als ob er Frederico etwas sagen wollte, doch keine klare Silbe kam aus ihm heraus. Frederico nahm seinen Revolver aus der rechten Manteltasche und schoss George zwischen die Augen.

Melissa, die nur unweit von Frederico entfernt regungslos dasaß, zuckte beim Geräusch des Schusses kurz zusammen, konnte sich aber nicht aus ihrer Stellung erheben.

Frederico sah sich noch einmal um. Er konnte immer noch niemanden sehen und nahm sich die Zeit sich zu vergewissern, dass Ruby nicht mehr am Leben war. Ruby lag nur zwei Meter vom leblosen Körper Georges entfernt. Durch die Detonation der Granate hatte sich ein Teil eines Straßenschildes gelöst, das im Bauch von Ruby steckte. Ihr Hinterkopf war vom Aufprall auf den Boden aufgeplatzt und das Blut aus der klaffenden Kopfwunde machte sich auf dem Gehweg breit. Frederico fühlte ihren Puls und spürte nichts. Doch wollte er auf Nummer sicher gehen, setzte abermals seinen Revolver an und schoss ihr ebenfalls ins Gesicht.

Danach rannte er wieder zu Melissa, die immer noch kauernd an der Stelle saß, wo sie Frederico abgesetzt hatte. Ihr Blick war leer und ihr Gesichtsausdruck teilnahmslos. Erst nachdem Frederico sie packte, wieder auf die Beine zerrte und ein paar Mal kräftig durchschüttelte, kam sie zur Besinnung.

Sie stammelte in einem leisen Ton: »Was hast du gemacht?«

Frederico gab ihr keine Antwort, zog sie am linken Arm hinter sich her und lief mit ihr vom Ort des Geschehens weg. Erst nach mehreren Straßenzügen verlangsamte Frederico seinen Gang und er bemerkte, dass sich Melissa von ihm losreißen wollte.

»Wehr dich nicht und komm mit. Wir müssen in unser Lager.«

Frederico drehte sich in Richtung Melissa und blickte ihr ins Gesicht.

Der verlorene Blick war verschwunden und Frederico wusste, dass sie wieder bei Verstand war. Sie hatte ihren ersten Schock über die Ereignisse, die gerade geschehen waren, überwunden und stellte Frederico zur Rede.

»Was hast du getan, will ich sofort wissen?!«

Melissa baute sich vor Frederico auf und hatte einen Zorn in den Augen, der wie Flammen aus ihr herausschoss.

Frederico wollte nicht antworten und sie wieder am Arm weiter weg in Richtung der Wäscherei zerren. Doch Melissa begann sich zu wehren und schlug mit den Fäusten erst die Arme von Frederico beiseite, um dann auf seinen Oberkörper einzuhämmern. Neben den Schlägen, die sie Frederico verpasste, fing sie hysterisch an zu brüllen und wiederholte immer wieder die Worte: »Was hast du getan?«, bis sie in Tränen ausbrach.

Frederico umklammerte sie an ihrem Oberkörper, so dass sie nicht mehr auf ihn einprügeln konnte und flüsterte ihr zu: »Es war ein Auftrag, den ich ausgeführt habe. Mehr musst du nicht wissen.«

Er ließ Melissa wieder los, die zu Boden sackte und das Meer von Tränen, das sie überflutete, nicht mehr aufhalten konnte.

Sie kauerte sich zusammen und blieb auf dem Boden liegen. Frederico beugte sich über sie und sagte: »Ich weiß zwar nicht, wer das war. Aber sie werden den Tod verdient haben.«

Melissa zeigte keine Regung am Boden und Frederico konnte nur noch ihr Schluchzen hören.

»Versuch dich zu beruhigen. Komm morgenfrüh in mein Büro. Mit dir ist heute nichts mehr anzufangen.«

Frederico ließ Melissa auf dem Gehweg zurück und ging zwei Straßenecken weiter, wo er rechts in Richtung Lower Manhattan einbog. Er blickte in die Richtung, aus der er gekommen war und vergewisserte sich, dass Melissa ihm nicht folgte. Als er sich sicher war, alleine zu sein, begann er am ganzen Körper zu zittern an und brach in Tränen aus.

Dr. Stephanie Farmwell genoss solche Tage in ihren Katakomben des Bellevue Krankenhauses. Die Leichenteile vor ihr waren wie Puzzleteile für sie, die sie versuchte ineinander zu setzen. Und sie liebte es zu puzzeln. Bei einigen Teilen gelang das Zusammensetzen schneller, bei anderen dauerte es wiederum länger.

»Und dieses Mal war es ein verdammt schweres Puzzle«, dachte sie sich.

Vor ihr auf dem metallenen Tisch lagen die Überreste der Leichen aus dem ausgebrannten Autowrack, das Carl und sein neuer Kollege, dessen Namen sie schon wieder vergessen hatte, untersucht hatten.

Sie erkannte an dem Blick ihres Ex-Mannes, dass er schnellstmöglich Toni Ergebnisse präsentieren musste. Immer wenn Carl unter Stress litt, wurde sein linkes Auge rot und es sah aus wie eine fürchterliche Entzündung.

Am Anfang ihrer Beziehung zu Carl war sie stets besorgt gewesen, wenn er spät abends stressbeladen nach Hause kam oder gar erst spät in der Nacht den Heimweg vom Büro antrat. Sie war oft alleine zu Beginn der Liaison und das änderte sich erst mit der Anstellung als Leiterin der Rechtsmedizin im Bellevue Krankenhaus. In der Zeit, in der sie den neuen Job antrat und voll im Berufsleben stand, ebbte auch die Besorgnis gegenüber ihrem Mann ab und sie lebten sich vollkommen auseinander.

Beide sahen nach vier Jahren Ehe ein, dass ein Zusammenleben nur stattfinden könnte, wenn sie beruflich einen Schritt kürzertreten würden. Doch sowohl Stephanie als auch Carl wollten das nicht, da der Beruf für sie nicht nur Geld verdienen bedeutete, sondern eine Leidenschaft war. Eine Leidenschaft, die größer war als ihre Liebe zueinander, sodass es zur Scheidung kam.

Auch nach der Scheidung blieben die beiden in Kontakt und sahen sich ab und zu, was sich im Laufe der Jahre allerdings ebenfalls änderte, sodass die Anrufe von ihr beziehungsweise die Besuche Carls im Bellevue Krankenhaus seltener und seltener wurden.

»Eigentlich schade, dass wir keinen Kontakt mehr haben«, dachte sich Stephanie und richtete ihre Gedanken weiter an ihren Ex-Mann.

Erst als ihr Telefon am anderen Ende des Raumes in ihrem Büro klingelte, kam sie von ihren Gedanken ab und zurück in die Realität. Ihre Mitarbeiter, die um die mit Leichen beladenen Metalltische wuselten, stellten ihre Arbeit ein, damit Ruhe im Raum herrschte.

Jeder von ihnen wusste, dass ein Anruf bei Stephanie nur noch mehr Arbeit bedeuten würde und es war mittlerweile schon weit nach 21 Uhr. Die meisten der fünf Angestellten hatten natürlich keine Lust auf eine Nachtschicht.

Stephanie legte das Gebiss, das sie wie ferngesteuert, als sie in Gedanken versunken war, vollständig zusammengesetzt und rekonstruiert hatte, beiseite, ging schnellen Schrittes den Raum entlang und hob den Hörer des Telefons an ihrem Schreibtisch ab.

»Gerichtsmedizin des Bellevue Krankenhauses, Dr. Stephanie Farmwell. Was kann ich für Sie tun?«, sagte Stephanie der noch unbekannten Person am anderen Ende der Leitung des Telefons.

»Hi, Stephanie!«

Sie verstand nichts, da ausschließlich entsetzlicher Lärm zu hören war und die Telefonleitung wie verrückt rauschte.

»Sie müssen lauter sprechen. Ich kann Sie sonst nicht verstehen«, entgegnete Stephanie ihrem Gesprächspartner.

Der Mann an der anderen Leitung war Nick, der von Carl beauftragt wurde, Stephanie und ihre Mitarbeiter anzufordern, den Tatort zu untersuchen, an dem Serge Thomas und seine Leibwächter ermordet wurden.

»Hi Stephanie. Hier spricht Nick.«

Er brüllte ins Telefon und bevor Stephanie etwas erwidern konnte, fuhr er fort: »Nick, der neue Kollege von Carl. Wir waren heute Morgen bei Ihnen.«

»Ah, Nick heißt der junge Mann«, dachte sich Stephanie und antwortet mit einem lauten »Hi, Nick!«, so als ob sie die ganze Zeit genau gewusst hätte, wer er war.

»Es gab eine Schießerei im alten Industriegelände und wir brauchen jede Hilfe. Haben Sie einen Fernseher in Ihrem Büro und können die Nachrichten anschalten?«

Nicks Stimme wurde langsam von dem Gebrüll in den Telefonhörern heiser.

Stephanie antwortete nicht, suchte die Fernbedienung ihres kleinen Empfangsgeräts, das auf einer Kommode stand, und fand sie unter einem Stapel Papier.

Sie wollte schon längst Ordnung in ihrem Chaos auf dem Schreibtisch schaffen und verfluchte ihre unordentliche Art.

Mit einem gezielten Handgriff auf der Fernbedienung, stellte sie das

Nachrichtenprogramm ein und sah das Ausmaß der Schießerei, von der Nick sprach.

Es dauerte nur wenige Sekunden und Stephanie begriff, dass sie mit nahezu ihrem gesamten Team an den Tatort kommen musste.

»Nick«, begann sie in das Telefon zu brüllen.

»Natürlich kommen wir so schnell wie möglich.«

Nick bedankte sich und nach einer kurzen Verabschiedung legten beide auf.

Stephanie war froh, von der Geräuschkulisse befreit worden zu sein, die ihr rechtes Ohr an der Hörmuschel des Telefons hatte ertragen müssen. Sie lief zielstrebig zu ihren Mitarbeitern, in deren Gesichtern die Müdigkeit und Lustlosigkeit zu lesen war.

»Wir müssen sofort los ins alte Industriegelände. Es gab eine Schießerei mit mehreren Toten. Der Tatort sieht aus wie ein Kriegsschauplatz und die ganzen Nachrichten sind voll damit. Sheldon, du bleibst hier und holst aus dem Archiv die Akten mit den Gebissen, die wir für die Datenaufbereitung des FBIs sammeln. Vergleiche die Gebisse mit dem auf dem Tisch hinter mir.«

Sie machte eine Handbewegung zu den anderen und deutete ihnen an, dass sie sich zu beeilen hätten. Anschließend schnappte sie sich ihre Handtasche aus ihrem Büro und verließ, nicht ohne noch ein »Beeilung!« in Richtung ihrer Angestellten zu rufen, den Raum.

Es dauerte keine Minute, bis Stephanies Mitarbeiter alle Sachen gepackt hatten und die Pathologie verließen, um ihrer Chefin hinterherzueilen. Am Krankenhausparkplatz angekommen, teilten sich die fünf auf zwei Wagen auf und fuhren in das alte Industriegelände.

Als sie den Tatort erreichten, versammelten sich weiterhin Menschenmassen, die sensationsgetrieben einen Blick auf das in den Nachrichten angedeutete Schlachtfeld werfen wollten. Es war für Stephanie und ihre

Kollegen ein unübersichtlicher Andrang von Menschen, durch den sie sich erst wühlen mussten, um sich ein Bild von dem Ausmaß des Tatorts machen zu können.

Sie kämpften sich durch die Menge und kamen nach einer gefühlten Ewigkeit an das Absperrband, zu dem Polizisten, der auch schon Carl, Nick und Luke passieren ließ. Stephanie zeigte dem Polizisten ihren Ausweis, der sie als städtische Gerichtsmediziner identifizierte, was jedoch nicht von Nöten war, da ihre Kleidung, ein weißer Ganzkörperanzug aus Microfasern sowie eine Atemwegsschutzmaske, die an einem Gummiband am Nacken um ihren Hals hing, ihre Daseinsberechtigung an Ort und Stelle verriet.

Nach einem kurzen Augenblick, in dem Stephanie versuchte, sich einen Überblick über das Chaos zu verschaffen, teilte sie ihre vier Mitarbeiter auf und gab Anweisungen, dass alles Material eingesammelt werden sollte, das sie finden konnten. Sie wollte so viele Informationen wie möglich sammeln, damit sie schnellstens eine Spur zu den Tätern, die diese Hinrichtung an Serge Thomas und seinen Leibwächtern vorgenommen haben, herstellen konnte.

Die vier teilten sich in alle Himmelsrichtungen auf und machten sich an ihre Arbeit. Stephanie ging auf den Mittelpunkt des Tatorts zu, wo der in Serges Auto verkeilte Pick-up und die drei Leichen lagen.

Als erstes begutachtete Stephanie die Leiche von Louis, die nur unweit von dem Truck entfernt lag. Die Beine an seinem leblosen Körper waren plattgedrückt und im Scheinwerferlicht konnte Stephanie nicht erkennen, wann der Asphalt der Straße aufhörte und die Beine anfingen. Der Unterkörper von Louis lag wie Brei auf der Straße und Stephanie verfluchte innerlich das Licht der Scheinwerfer, die keine klare Sicht auf den Tatort gaben.

Im Oberkörper von Louis konnte Stephanie mehrere Einschusslöcher erkennen. Eine Vielzahl an Projektilen traf ihn, doch Stephanie hatte Schwierigkeiten, die genaue Anzahl zu ermitteln. Sie kramte in ihrem Rollkoffer, der neben ihr stand, und fischte eine Taschenlampe heraus. Sie leuchtete den Körper des Leichnams ab und zählte 13 Schussverletzungen.

Sie strahlte mit der Taschenlampe in Richtung des Pick-ups und konnte die Reifenspuren des Wagens verfolgen, die unmittelbar an der Leiche von Louis anfingen, ein Muster auf den Asphalt zu ziehen.

In das Licht der Taschenlampe trat Carl, der sich aus Richtung der Leichen von Serge und Carlos auf Stephanie zubewegte.

»Hi, Steph!«, begrüßte Carl seine Ex-Frau.

Es gab einen Moment des Schweigens zwischen ihnen, in dem beide dachten, dass ein Treffen zweimal an einem Tag noch nicht mal während ihrer Ehe häufig vorgekommen war.

Ihre Scheidung schlossen sie einvernehmlich, da sie beide einsahen, dass die wenige Zeit, die sie durch ihre Jobs nur miteinander verbringen konnten, nicht ausreichen würde, um eine Beziehung führen zu können, die beide Partner glücklich machen würde. Doch die Liebe der beiden zueinander riss auch nach der Trennung nicht ab und sie freuten sich jedes Mal, wenn sie sich sahen.

»Hi, Carl«, durchbrach Stephanie die kurze Stille, die zwischen den beiden herrschte.

»Ein ganz schön heftiger Tatort, den wir hier haben.«

Carl blickte um sich.

»Da hast du recht. Stimmt es, dass eine der Leichen Serge Thomas ist?«

»Ja, leider Steph. Er liegt nicht weit weg von hier an dem anderen Auto.«

Carl zeigte zu dem Pick-up, wo Nick und Luke um die Leichen von Serge und Carlos standen.

»Wir brauchen dringend sämtliche Informationen, die du hier finden kannst. Es gibt momentan zu viele Todesfälle und Hinrichtungen, die alle auf ein Wiedererstarken der Pieperos hinweisen könnten. Toni springt im Dreieck in seinem Büro und macht uns unheimlich Druck.«

Stephanie entnahm der angespannten Haltung ihres Ex-Mannes, dass er unter enormem Stress stand und versuchte, ihm die Anspannung etwas zu nehmen.

»Ich konnte das Gebiss einer der Leichen, über die wir heute Morgen gesprochen haben, rekonstruieren. Sheldon, einer meiner Assistenten, ist gerade dabei, die Kartei, die wir für das Datenspeicherungssystem des FBIs anlegen, durchzusehen, ob der Gebissabdruck schon hinterlegt ist.«

Stephanies Aussage zauberte ein kleines Lächeln auf Carls Lippen und er bedankte sich sofort bei ihr für die schnelle Arbeit.

»Wir sind fast fertig hier. Ich hole meine beiden Kollegen und wir ziehen uns dann zurück, damit ihr eure Arbeit machen könnt. Wir haben morgen früh eine Besprechung mit Toni und ich würde ihm gerne die neusten Informationen mitteilen. Können wir gegen halb acht morgen Vormittag telefonieren?«

Stephanie nickte stumm und Carl küsste ihr zum Dank auf die Wange.

»Bye, Liebling!«, sagte Carl und ging zu seinen Kollegen zurück.

Als Stephanie wieder allein an der Leiche von Louis war, dachte sie nach.

Liebling hatte er seit dem Tag, an dem sie beschlossen sich zu trennen, nicht mehr zu ihr gesagt.

Es machte sich ein Glücksgefühl in ihr breit, das sie schon sehr lange nicht mehr verspürt hatte, und ihr Gesicht lief zartrosa an.

»Liebling«, hallte es in ihrem Kopf wider, als sie zu Carl blickte und sich ihre Blicke nochmals trafen. Sie winkten sich beide gegenseitig zu, bevor er und seine Kollegen den Tatort verließen.

Einen kurzen Moment lang starrte Stephanie ihrem Ex-Mann hinterher, bis sie sich schließlich wieder ihrer Arbeit widmete.

Der Fahrstuhl zu Nicks Wohnung funktionierte wieder und er war erleichtert, dass er nicht die Treppen hochlaufen musste. Nick hingen die ersten Arbeitstage schwer in den Beinen. Auch wenn er ein sportlicher, athletisch gebauter und durchtrainierter junger Mann war, musste er sich erst noch an die mehr als 15 Stundenschichten bei der Polizei gewöhnen.

Er stieg in den Fahrstuhl ein. Die Knöpfe der Stockwerke waren schwarz und jedes einzelne Stockwerk war in grauer Schrift auf die Knöpfe gepinselt worden. Nick nahm das erste Mal, seitdem er vor weniger als zwei Wochen in das Wohnhaus eingezogen war, die Anzahl der Stockwerke wahr. Es waren 17 – und sein Stockwerk hatte mindestens 15 Wohnungen, sodass er begann zu rechnen. Das Haus musste über 250 Wohnungen haben, sofern alle Stockwerke gleich aufgeteilt waren.

Nick rieb sich am Kinn, während er den Knopf zur sechsten Etage drückte. Er empfand das Haus von außen als nicht so groß. Es lag zentral in einem Block, in dem mehrere Apartmenthäuser nebeneinanderstanden. Das Steinwerk des Hauses war in einem Hellbraun gehalten, das aussah wie Schilfsand. Nick gefiel die Wohnung. Er mochte es sehr, dass, obwohl eine Wohnung neben der anderen folgte, die Nachbarn kaum zu hören waren.

Der Aufzug stoppte in der Etage von Nicks Apartment. Die Fahrstultür ging mit einem lauten Knarren auf und Nick betrat den Flur. Hinter ihm verweilte der Fahrstuhl mit offenen Türen.

Es brannte kein Licht im Flur und Nick wusste nicht genau, auf welcher Seite des Ganges sich der Lichtschalter befand. Das Licht, das der offene Aufzug bot, war zu spärlich, um Nick eine gute Sicht auf die Wände links und rechts von ihm zu geben und er versuchte den Lichtschalter erst an der Wand links von ihm zu ertasten.

Anstatt den Lichtschalter zu finden, stieß Nick jedoch ein Bild von der Wand, das in tausenden von Scherben zerbrach, als es auf den Boden fiel. Zu Nicks Glück war der Boden mit einem Teppich ausgelegt, der den Lärm, den das zerberstende Bild gemacht hätte, etwas abdämpfte.

Nick konnte das Unheil am Boden zwar noch nicht sehen, ahnte jedoch, aufgrund des Geräusches, dass das Bild machte, dass die Stelle des Teppichs, über der das Bild hing, voll von Scherben und Splitter sein musste.

Er seufzte und atmete danach tief durch, wandte sich der anderen Wand zu und fand auf Anhieb den Lichtschalter.

Das Licht durchflutete den Gang. Nick drehte sich um, damit er den Scherbenhaufen begutachten konnte, den er kurz zuvor produzierte, als er aus dem Augenwinkel sah, dass eine Person zusammengekauert vor einer der Wohnungstüren saß.

Der Gang machte sich in einer ewig langgezogenen Geraden breit. Nick hatte Mühe die Person zu erkennen, da sie in Embryonalstellung, ihm mit dem Gesicht abgewandt, an einer der Wohnungstüren niedersaß. Nachdem Nick die Anzahl der Türen zählte, die vor der Tür lagen, vor der die Person kauerte, kam er auf fünf. Verdutzt zählte er nochmals und kam wieder fünf, sodass die Person an der sechsten Tür lag: seiner Wohnungstür.

Nicks Schritte wurden schneller, als er begriff, dass es sich um sein Appartement handelte. Kurz vor der Person am Boden blieb er stehen. Als er sich hinunter beugte, um der Person auf die rechte Schulter zu klopfen, drehte diese sich um und Nick schaute in die verquollenen Augen von Melissa.

Es war nicht zu übersehen, dass etwas mit Melissa nicht stimmte und genauso überrascht, wie Nick war, Melissa spät nachts vor seiner Wohnungstür in Tränen aufgelöst aufzufinden, war er auch mit der Situation überfordert.

Ihm schossen tausende Gedanken durch den Kopf und es dauerte etliche Sekunden, bis er einen klaren Gedanken fassen konnte.

»Was ist los?«, fragte Nick in einem gefassten Ton.

Noch bevor Melissa antworten konnte, umklammerte Nick ihre Schultern und zog sie nach oben.

Beide standen sich gegenüber, seine Frage verhallte in der Luft und sie schauten sich für einen kurzen Moment tief in die Augen, bis Melissa ihren Kopf wandte und ihn auf Nicks linke Schulter fallen ließ. Sie begann zu schluchzen und ihre Tränen schossen nur so aus ihren Augen heraus. Für Melissa brachen alle Dämme in den Armen Nicks und sie weinte unaufhörlich.

Nick war bemüht, seine Wohnungsschlüssel aus seiner Manteltasche zu kramen und dabei mit dem anderen Arm den Griff um Melissas Rücken nicht loszulassen. Nach einer gefühlten Ewigkeit konnte er seinen Schlüssel finden, schloss die Wohnung auf und nahm Melissa, weiterhin fest umschlungen, mit nach drinnen.

Melissas Schluchzen wurde immer intensiver, sodass Nick sie an den Sessel begleitete, der in seinem Wohn- und Esszimmer stand, sie darin Platz nehmen ließ und ihr ein Taschentuch reichte. Er streichelte ihre Wangen und entfernte die Haare, die sich, mit den Tränen verschwommen, an ihren Wangen festklebten.

Nick war noch nicht Herr der Lage und wusste nicht so recht, was er als nächstes machen sollte. Melissa weinte weiterhin bitterliche Tränen und hatte ihr Gesicht mit dem Taschentuch bedeckt.

Ihm fiel der Rat seiner Mutter ein, die Tee als Allerheilmittel für jede erdenkliche Situation ansah. Er trat auf Melissa zu, ging in die Hocke, sodass ihre Gesichter auf gleicher Höhe waren, und fasste sie sanft an den Oberarmen. »Ich werde dir einen Tee machen und anschließend mache ich das Bett. Du kannst heute bei mir schlafen und ich werde mir meinen Schlafplatz auf dem Sofa einrichten.«

Melissa nahm das Taschentuch von ihrem Gesicht, ihre Augen waren noch verquollener als zuvor, und nickte ihm dankend zu.

Während er in der Küchennische das Wasser für den Tee aufsetzte, wurden die Heulgeräusche und das Schluchzen weniger, da sich Melissa allmählich beruhigte.

Als Nick mit dem Tee zurück an das Sofa kam, bedankte sich Melissa und entschuldigte sich für die nächtliche und überfallartige Störung. Nick wusste zwar immer noch nicht, warum Melissa so aufgelöst war und warum sie bei ihm Zuflucht gesucht hatte, doch er genoss jede einzelne Sekunde ihrer Gegenwart, auch wenn es nicht der geeignete Zeitpunkt dafür war. Daher erwiderte Nick auf die Danksagung Melissas, dass sie immer zu ihm kommen könne, egal zu welcher Uhrzeit und egal, worum es geht.

Nach den Worten von Nick schaute Melissa von ihrem Tee auf zu Nick, der schräg gegenüber von ihr auf der Zweiercouch Platz genommen hatte und sagte nochmals laut: »Danke!«

Es entstand eine kurze Pause, in der Melissa sich wieder ihrem Tee zuwandte, Nick jedoch nicht den Blick von ihr ablassen konnte.

»Willst du mir nicht sagen, was dich so aufwühlt?«, versuchte Nick erneut zu erfahren, was mit Melissa los war und durchbrach die Stille. Sofort flossen wieder Tränen Melissas Wangen hinunter und ihr Schluchzen begann von vorn.

Nach einem kurzen Moment versuchte sich Melissa zu sammeln und atmete ein paar Mal tief durch. Sie stellte ihre Tasse auf den Couchtisch, wischte sich die Tränen aus dem Gesicht und hob ihren Blick in Nicks Richtung.

»Ich war dabei, wie zwei Menschen getötet wurden und konnte nichts dagegen tun.«

Ihre Stimme war tränenunterlaufen und ihr Jammern wurde wieder stärker, als sie die Ereignisse des Abends Nick schilderte.

Es war mittlerweile kurz vor Mitternacht. Stephanie und ihr Team waren seit mehreren Stunden damit beschäftigt, jede einzelne Patronenhülse und jedes einzelne Projektil, das sie fanden, aufzusammeln. Außerdem begutachtete Stephanie jede der drei Leichen Millimeter für Millimeter und machte Fotos von allen Reifenspuren, die am Tatort gefunden werden konnten.

Sie war dabei mit einer Pinzette, kleine Partikel des Gummis der Reifenspuren aufzusammeln, die nicht weit entfernt von den beiden Autowracks entdeckt wurden, als jemand zweimal sanft an ihre Schulter tippte.

Stephanie drehte sich um und sah Sheldon, den sie noch im Büro, die Gebissabdrücke auswertend, vermutet hatte.

»Hast du schon einen Treffer?«, fragte Stephanie ohne eine Begrüßung und Sheldon merkte an ihrem perplexen Gesichtsausdruck, dass sie nicht mit ihm gerechnet hatte.

»Nein. Aber ich bekam einen Anruf im Büro. Es gab eine Explosion in Lower Manhattan an der neunten Straße. Es wurden zwei Leichen mit jeweils einem Kopfschuss am Explosionsort gefunden. Man konnte wohl keinen anderen Rechtmediziner mehr erreichen außer uns.«

»Typisch!«, Stephanie verdrehte genervt die Augen ob der fehlenden Arbeitseinstellung ihrer Kollegen.

»Schnapp dir Jose und Dimitri und fahr zu der Explosionsstelle. Den Rest hier mache ich mit den anderen beiden fertig. Arbeitet sorgfältig und lasst keine Beweise zurück am Tatort.«

Sheldon nickte und bevor er Jose und Dimitri suchen gehen konnte, fügte Stephanie hinzu: »Wir treffen uns morgen früh spätestens um sieben Uhr im Büro.«

Er nickte nochmals, auch wenn seine Miene gleichfalls finsterer und verärgerter aussah als noch ein paar Sekunden zuvor.

Don Piepero lehnte sich in seinem Sessel zurück. Er schaute die Nachrichten, die auch spät in der Nacht noch von der Schießerei im alten Industriegelände sowie von der Explosion in Lower Manhattan berichteten.

Sein Büro, wie er es nannte, befand sich direkt neben dem Speisezimmer im *DaMassimo's*. Der Sessel, der hinter einem massiven Schreibtisch aus Wildeiche stand, wurde erst ein paar Tage zuvor geliefert.

Bei der Lieferung aus England kam es wieder und wieder zu Verzögerungen, doch das lange Warten hatte sich gelohnt, wie Don Piepero meinte, als er ihn das erste Mal in seinem Büro stehen sah. Sein Chesterfield-Sessel aus dunkelgrauem Echtleder traf seinen Geschmack genau und er erfreute sich an dem Neuerwerb und dem frischgebeizten Schreibtisch, der vor ihm stand.

Neben dem Schreibtisch, etwa zwei Meter entfernt, befand sich ein kleiner Couchtisch aus Glas. Um den Tisch herum standen vier kleine Sessel, die eher Hockern glichen. Auf dem Tisch stand immer eine Schale mit Obst, die jeden Tag frisch aufgefüllt wurde. An der Wand gegenüber dem Schreibtisch befand sich eine Wohnwand, die aus einer Kommode bestand, auf welcher der Fernseher stand, aus dem die Nachrichten dröhnten. Links und rechts von der Kommode ragte jeweils ein deckenhoher Schrank empor. Im linken Schrank hingen frische Anzüge und der rechte Schrank beherbergte jeweils frische Hemden und Schuhe.

In den Nachrichten gab es wilde Spekulationen, ob die beiden Taten in Zusammenhang stehen könnten. Die Namen der Opfer wurden immer wieder in Livetickern eingeblendet und es war bekannt, dass es sowohl Ruby Tannehill als auch Serge Thomas zu verdanken war, dass der ein oder andere Schwerverbrecher im Gefängnis saß.

Einer der Nachrichtensender schloss die Vermutung, dass die Taten aufgrund der Inhaftierung eines mächtigen Börsenspekulanten an der *WallStreet* stattgefunden haben könnten.

Walter Whittaker war durch Aufkäufe von in finanzieller Not geratenen Unternehmen reich geworden. Dabei ging er immer mit demselben Schema vor. Nach dem Aufkauf der Unternehmen brachte er den wirtschaftlich lukrativen Teil an die Börse, um wenig später die finanzielle Unterstützung aus den Unternehmungen zu ziehen. Die an die Börse gebrachten Unternehmensteile waren durch den finanziellen Engpass nicht mehr überlebensfähig und der Aktienkurs schoss in den Keller. Über Scheinfirmen setzte Walter Whittaker auf den Zerfall der Börsenkurse seiner Unternehmen und wurde mit dieser Geschäftsmethode zum Multimillionär.

Lange Zeit vermutete die Oberstaatsanwaltschaft New Yorks sowie die Börsenaufsicht der Vereinigten Staaten Walter Whittakers Machenschaften und dass er durch sein Firmenkonstrukt von dem Zerfall vieler aufgekaufter Unternehmen persönlich profitierte. Doch konnte ihm nie etwas dahingehend nachgewiesen werden.

Erst als sich zwei Frauen bei der Polizei von New York City meldeten und behaupteten, dass sie von Walter Whittaker vergewaltigt worden seien, konnten Ermittlungen gegen ihn angestellt werden.

Im Ermittlungsverfahren wurde bekannt, dass Walter mehrere seiner Angestellten sexuell belästigt und auch seine Frau mehrfach vergewaltigt hatte. Die Vergewaltigung seiner Frau führte jedoch ins Leere, da diese Tat nicht unter Strafe stand. Die Vergewaltigungen der beiden anderen Damen und die sexuelle Belästigung am Arbeitsplatz von wenigstens drei seiner Angestellten führten jedoch dazu, dass er eine Gefängnisstrafe von mindestens 30 Jahren ohne Chance auf Bewährung bekam.

Der Prozess erfuhr öffentliches Interesse, da im Laufe des Verfahrens bekannt wurde, dass Walter Whittaker ein Antisemit war und rechtsradikale Parolen in seinem täglichen Vokabular vorkamen.

Viele ethnische Minderheitsbewegungen sowie Frauenrechtlerinnen und Friedensgruppierungen verfolgten den Prozess und waren erleichtert, als Serge Thomas den Schuldspruch gegen Walter Whittaker sprach. Ruby Tannehill wurde als Chefanklägerin von den Medien als Staranwältin bezeichnet und sie wurde eine Art Ikone der Frauenrechtsbewegung.

Walter Whittaker nahm die Urteilsverkündung regungslos auf. Seine Wut entbrannte erst, als er aus dem Gerichtssaal geführt wurde. Er drohte mit Vergeltung gegenüber Richter Thomas und der Anwältin Tannehill. Für die im Gerichtssaal noch anwesenden Journalisten waren die Drohungen Whittakers ein gefundenes Fressen und jede Nachrichtenzeitung New Yorks berichtete am nächsten Tag darüber.

Während die Nachrichten nochmals den damaligen Fall Whittaker aufrollten, schenkte sich Don Piepero ein Glas Wasser ein und genoss, was er sah. Massimo Conte öffnete die Tür und trat in das Büro ein. Er blickte einige Minuten lang schweigend auf den Fernseher, um anschließend zu sagen: »Dann weißt du ja Bescheid. Es hat alles geklappt.«

Don Piepero lächelte und bat Massimo, sich auf einen der Sessel am Couchtisch zu setzen, während er aus seinem Chesterfield aufstand und ebenfalls am Tisch Platz nahm.

»Ja«, begann Don Piepero.

»Es sieht so aus, als hätte alles funktioniert. Die Medien versuchen schon, Verbindungen zwischen den beiden Tatorten herzustellen. Aber sie stochern noch im Dunkeln. Aktuell steht Walter Whittaker als Auftragsgeber für die Morde hoch im Kurs.«

Don Piepero machte eine kurze Pause und Massimo nahm es zum Anlass zu fragen: »Also verläuft alles nach Plan?« »Bis jetzt schon. Aber wir sind noch lange nicht am Ziel«, erwiderte Don Piepero, ohne eine Miene zu verziehen.

»Aber bisher denke ich nicht, dass die Medien einen Zusammenhang herstellen werden, der zu unserer Organisation führt«, fuhr er fort und Massimo hörte auf jedes seiner Worte. »Unser Fall damals mit Sergio ist sieben Jahre her und weiß Gott, wie viele gemeinsame Fälle Ruby Tannehill und Serge Thomas seitdem hatten.«

Es entstand wieder eine Pause, doch jetzt wusste Massimo, dass er Don Piepero nicht zu unterbrechen hatte.

»Bekommen wir mit, dass die Polizei keinen Zusammenhang der Taten zu unserer Organisation herstellt, müssen wir sie selbst darauf stoßen. Wir haben noch viel vor und sind lange nicht am Ende. Wir müssen jetzt vorgehen, wie beim Sägen eines dicken Stück Holzes. In stoischer Manier, mit gleichbleibendem Druck auf unseren Gegner einwirken, ohne auch nur einen Millimeter von unserem Plan abzuweichen.«

Sein Ton wurde zum Ende seiner kleinen Ansprache ausdrucksstark und er verlieh seinen letzten beiden Sätzen einen Nachdruck. Massimo verstand sofort und wusste, was ihm Don Piepero mitteilen wollte.

Es sollten alle weiteren Aktivitäten wie geplant stattfinden und Don Pieperos Plan minutiös umgesetzt werden.

Orientierungslos wachte Nick auf. Er musste sich kurz sammeln, bevor er wahrnahm, dass er auf seiner Sofagarnitur eingeschlafen war. Sein

Blick ging in Richtung Schlafzimmer, wo jedoch die Tür angelehnt war und er nicht einsehen konnte, ob Melissa noch im Bett lag.

Völlig übermüdet erhob er sich von seinem Schlafplatz.

Die Zeiger der Uhr verharrten auf sechs.

»Sechs Uhr«, dachte sich Nick. »Verflucht!«

Das letzte Mal als er auf die Uhr gesehen hatte, war es halb vier gewesen. Melissa hatte sich zu diesem Zeitpunkt gerade beruhigt und ihre Erlebnisse zu Ende geschildert. Er musste daraufhin eingeschlafen sein.

Sein erster Gang ging ins Badezimmer, wo er sich Wasser ins Gesicht goss und schnell die Zähne putzte. Danach versuchte er sanft, die Tür zum Schlafzimmer zu öffnen, sodass Melissa nicht geweckt werden würde, doch das Bett war leer. Er schaute sich nochmals in der Wohnung um. Es gab nur das Badezimmer, seinen Schlafbereich und das Wohnzimmer mit der Küchennische und nirgends war eine Spur von Melissa.

Als er realisierte, dass er alleine war, ließ er sein Gesicht hängen, so dass sein Kinn auf die Brust fiel und stieß einen lauten Seufzer aus. Seine Gedanken kreisten um Melissa und um das, was sie den Abend zuvor erlebt hatte.

Immer wieder ging er die Frage im Kopf durch, ob er bei der Besprechung, die später stattfinden sollte, Toni und Carl von Melissas Erlebnis berichten sollte. Er hatte Melissa versprochen, nichts zu sagen. Sie wollte es Toni im Laufe der kommenden Tage selbst anvertrauen. Doch Melissas Verzweiflung, ihr Zusammenbruch vor und in seiner Wohnung und ihr Gesamtzustand brachten Nick zum Grübeln. Er musste ihr irgendwie helfen. Aber er wusste nicht wie.

Seine volle Aufmerksamkeit war bei Melissa, bis er von seinem Wecker, den er jeden Tag auf halb sieben gestellt hatte, aus seiner Gedankenwelt gerissen wurde.

Er nahm eine kalte Dusche, um richtig wach zu werden und zog sich an. Auf dem Weg aus der Wohnung vergewisserte er sich nochmals, dass Melissa nichts bei ihm vergessen hatte. Es war keine Spur von ihrem nächtlichen Besuch zurückgeblieben.

Am Fahrstuhl angekommen, musste Nick verwundert feststellen, dass dieser wieder defekt war, obwohl er noch vor ein paar Stunden funktioniert hatte, sodass ihm nichts anderes übrig blieb, als die Treppen zu nehmen. Er öffnete die Tür zum Treppenhaus und schlurfte gemütlich die sechs Stockwerke nach unten.

Im Büro angekommen war es kurz nach halb acht und Carl war an seinem Schreibtisch am Telefonieren. Nick begrüßte ihn mit einem Lächeln und winkte ihm zu. Carl lächelte zurück und signalisierte Nick mit einer Handbewegung, dass er zu ihm kommen sollte.

Carl legte den Hörer des Telefons auf die Seite, als Nick neben ihm stand, so dass beide hören konnten, was die Person an der anderen Leitung sagte.

Es war Stephanie, die gerade ausführte, was sie und ihr Team alles am Tatort der Schießerei im alten Industriegelände fanden.

»Steph, ich möchte dich nicht unterbrechen. Aber Nick ist gerade zu uns gestoßen. Er hört mit«, fiel Carl ihr ins Wort. »Oh, natürlich! Guten Morgen, Nick«, sagte sie und Nick erwiderte ihre Begrüßung.

»Lass uns direkt weitermachen«, bat Carl Stephanie und sie fuhr mit ihren Ausführungen fort.

Neben den unzähligen Patronenhülsen wurden die Reifenspuren, die sichergestellt wurden, zu Untersuchungen in ein Labor in Connecticut geschickt, um dort mit Reifenabdrücken verglichen werden zu können, die an anderen Tatorten gefunden wurden.

Nachdem Stephanie ihre Erkenntnisse zu Serge Thomas Ermordung zu Ende geschildert hatte, fragte sie die beiden, ob sie schon von der Explosion an der neunten Straße gehört hatten, die sich ebenfalls den Abend zuvor zugetragen hatte. Carl schaute zu Nick, der lässig, ohne sich anmerken zulassen, dass er sehr wohl von dem Vorfall in Lower Manhattan wusste, den Kopf schüttelte und verneinte.

»Nein. Es war spät gestern und heute Morgen sind wir direkt hierhergefahren. Was ist passiert?«

Stephanie ließ Carls Worte kurz sacken und verweilte in einer Pause, bevor sie begann, von der Hinrichtung Ruby Tannehills und ihres Mannes zu berichten.

Carl hörte seiner Ex-Frau aufmerksam zu und sagte kein Wort. Nur an seinem Gesicht erkannte Nick, dass ihm gar nicht gefiel, was er von Stephanie hörte. Es verzog sich zu einer ernsten, besorgniserregenden Miene, wodurch jede Falte in Carls Gesicht erkennbar wurde.

Erst als ein Mann, den Nick nicht zuordnen konnte, von Nicole Spinelli in Tonis Büro geführt wurde, brach die Aufmerksamkeit von Carl ab und seine Blicke widmeten sich ganz der Person, die neben Nicole in das Büro des Chiefs lief.

»Das hat nichts Gutes zu bedeuten«, murmelte Carl in seinen Bart, bevor er sich bei Stephanie entschuldigte, da sie das Telefonat beenden mussten. Er bedankte sich für die Informationen und versprach ihr, sie am gleichen Tag nochmals anzurufen, bevor er auflegte.

Nick überraschte das ruckartige Beenden des Telefonats, da Dr. Farmwell den beiden noch nicht alle Fakten zu der Explosion hatte mitteilen können. Doch bevor er Carl fragen konnte, was es mit dem abrupten Ende des Telefonats auf sich hatte, kam Toni aus seinem Büro zielstrebig auf Carl zugelaufen, um ihm etwas ins Ohr zu flüstern. Danach drehte sich Toni um und war, so schnell er aus seinem Büro kam, auch darin wieder verschwunden.

Keine Sekunde später trat Carl von seinem Schreibtisch hervor, plusterte sich auf und sagte in einem lauten Tonfall: »Alle haben in fünf Minuten in unserem Konferenzraum zu erscheinen. Nehmt Zettel und Stift mit. Es gibt eine Menge zu tun.«

Es dauerte nur wenige Augenblicke nach der Ansage von Carl, bis Hektik im Großraumbüro ausbrach. Alle Kollegen kramten in den Schreibtischen, um Zettel und Stifte aus den Schubladen zu holen. Viele rannten in Richtung der Kaffeeküche, um sich noch einen Kaffee oder Tee zu machen, bevor die Besprechung losging.

Nick blieb erst einmal ruhig und holte seine Schreibutensilien, die auf seinem Schreibtisch lagen. Er war immer noch im inneren Konflikt mit sich und im Zwiespalt, ob er von dem nächtlichen Besuch Melissas bei ihm in der Besprechung berichten sollte. Sein Blick wurde nachdenklich, was nicht unbemerkt blieb, als Luke Butler zu ihm trat und ihm einen schönen guten Morgen wünschte.

»Was ist los, Nick? Etwas aufgeregt vor dem ersten großen Meeting?«

Luke lächelte süffisant und klopfte Nick auf die Schulter.

»Keine Angst. Das wird nicht schlimm werden«, beendete Luke die Begrüßung.

Nick konnte nichts mit der Art von Luke anfangen und empfand seine bloße Anwesenheit als anstrengend. Sein ganzes Gehabe und wie er mit Melissa geturtelt hatte, als sie sich zuvor im Büro getroffen hatten, waren genug für Nick, um zu wissen, dass er und Luke keine Freunde werden würden.

Trotz der Abneigung, die sich bei Nick auftat, als er von Luke angesprochen wurde, begrüßte er ihn mit einem kurzen: »Guten Morgen! Danke, es wird schon gehen«, und machte sich auf den Weg in Richtung des Konferenzraums.

Der Konferenzraum war ein Zimmer, das in etwa so groß war wie das Büro von Toni. Es standen unzählige Stühle in sechs aufeinanderfolgenden Reihen da, die durch einen Gang getrennt wurden. Am anderen Ende des Raums, gegenüberliegend zu der Tür, war ein Whiteboard angebracht, an dem Toni und der für Nick unbekannte Mann standen. Nick betrat den Raum und scannte die Sitze ab. Die Stuhlreihen waren halb besetzt und Nick wollte in einer der Reihen Platz nehmen, wo noch niemand saß, als Carl auf ihn aufmerksam wurde. Er winkte Nick zu sich an einen freien Stuhl rechts von ihm.

»Kennst du den Mann neben Toni?«, fragte Carl. Nick schüttelte mit dem Kopf. »Das ist Lucas Moldrige. Der Leiter des Zeugenschutzprogramms hier in New York City. Ich befürchte, dass es keine guten Nachrichten gibt, wenn Toni und Lucas hier zusammen die Besprechung führen.«

Während Carl die letzten Worte aussprach, füllte sich der Besprechungsraum immer weiter. Es waren über 15 Personen in dem Raum anwesend und in Nicks Kopf schossen die Gedanken nur so herum.

Doch er war noch nicht so weit, um sein Wissen über die Explosion und den Mord an Ruby Tannehill sowie die Rolle von Melissa bei dem Ganzen mit allen Anwesenden zu teilen, sodass er im Geiste beschloss, nichts zu erwähnen und sich die Besprechung stillschweigend anzuhören.

Toni eröffnete die Besprechung mit einem »Guten Morgen« in die Runde und bedankte sich bei allen für das pünktliche Erscheinen.

»Es ist die vergangenen zwei Tage viel passiert, was uns sehr nervös machen sollte.«

Er machte eine Pause und musterte jeden einzelnen im Raum.

»Die nächsten Tage und Wochen werden von uns allen viel abverlangen, soviel kann ich schon einmal sagen. Es wird eine Kraftanstrengung, so wie wir sie bisher selten hatten.«

Eine weitere Pause folgte und Toni lief am Fuße der Stuhlreihen auf und ab.

»Alle hier im Raum haben von der Schießerei gestern Abend gehört, bei der Serge Thomas ums Leben kam«, stellte Toni klar und alle im Raum nickten, so als hätte Toni eine Frage gestellt.

»Außerdem gab es wenig später eine Explosion in der neunten Straße in Lower Manhattan. Hierbei sind die Oberstaatsanwältin Ruby Tannehill und ihr Mann ums Leben gekommen.«

Toni blieb an der rechten Seite des Whiteboards stehen.

»Noch dazu haben wir vor zwei Tagen einen ausgebrannten Wagen an der Interstate 278 entdeckt, in dem zwei bis auf die Unkenntlichkeit verbrannte Leichen waren, wovon eine der beiden eine Keramikmünze mit dem Symbol der Familie Piepero auf der Zunge hatte.«

Toni ließ die Informationen, die er eben mit der Menge teilte, kurz sacken und wandte sich anschließend Lucas zu.

»Wir haben auch Lucas Moldrige hier. Danke für dein Kommen.«

Toni begrüßte Lucas mit einem Handschlag und fuhr fort: »Er ist der Leiter des Zeugenschutzprogrammes hier bei uns. Viele meiner Mitarbeiter werden ihn kennen, aber sicherlich noch nicht alle. Einige wichtige Informationen werdet ihr nun von ihm erfahren.«

»Guten Morgen auch von meiner Seite aus. Ich kann mich Toni nur anschließen. Es ist, wie Toni schon sagte, in den vergangenen Tagen viel passiert, was uns zunehmend Sorgen bereitet.«

Im Gegensatz zu Toni arbeitete Lukas in seiner Ansprache nicht mit dramaturgischen Pausen und schoss die Informationen hintereinander heraus.

»Es gab einen Mordanschlag auf eine Person, die im Rahmen unseres Zeugenschutzprogrammes eine neue Identität angenommen hatte. Es war Maria D'Aconte, die Ehefrau von Vincenzo D'Aconte. Wer Vincenzo D'Aconte ist, muss ich nicht erklären, oder?«

Lucas blickte in den Raum, erwartete aber keine Reaktion von den Anwesenden.

»Von Vincenzo D'Aconte haben wir keine Spur seit dem Mord an seiner Frau. Ebenso von dem Sohn der beiden.«

Als Lucas aussprach, dass Maria und Vincenzo einen Sohn hatten, fing Carl an nervös mit dem rechten Fuß auf und ab zu wippen.

»Wir haben außerdem die Information erhalten, dass Sergio Thomasso, ein damaliger Unterboss der Piepero-Familie, gestern Morgen Tod in seiner Gefängniszelle aufgefunden wurde. Die Todesursache ist noch unklar, aber es sieht nicht nach einem Fremdverschulden aus. Dennoch haben wir eine Autopsie angeordnet.«

Carls Wippen mit dem Fuß wurde schneller, als Lucas seine Ausführungen beendete.

»Lass uns das zusammenfassen, Lucas!«, unterbrach ihn Toni.

Er trat zum Whiteboard, nahm einen Filzstift zur Hand und schrieb alle Namen der Todesopfer auf, die in den vergangenen zwei Tagen umgekommen waren.

Insgesamt standen neun Namen an der Tafel.

»Um diese neun Menschen geht es also.«

Toni nahm den Stift und zog einen großen Kreis um all die Namen.

»Neun Menschen sind innerhalb von 48 Stunden gestorben. Sieben davon hier in New York City. In unserer Stadt. So etwas darf nicht passieren. Niemals! Nicht in unserem Zuständigkeitsbereich.«

Tonis Stimme bebte vor Anspannung bei den letzten Worten und in der darauffolgenden Pause wäre der Aufschlag einer auf den Boden fallenden Stecknadel zu hören gewesen.

Toni atmete zweimal tief durch, bevor er das Wort an Carl richtete: »Carl, konntet ihr schon etwas bezüglich der verbrannten Leichen und der Schießerei im alten Industriegelände herausfinden?«

Als Carl seinen Namen hörte, stoppte das Wippen mit dem Fuß abrupt.

»Ja. Wir haben mit Dr. Stephanie Farmwell gesprochen. Sie ist die Rechtsmedizinerin in beiden Fällen und hat die Tatorte überprüft.«

Weder Toni, der neben Carl der Einzige im Raum war, der wusste, dass Stephanie die Ex-Frau von Carl war, als auch Carl selbst, ließen sich etwas anmerken, als Stephanies Namen fiel.

»Zu der Keramikmünze können wir bisher nur sagen, dass sie das gleiche Symbol eingraviert hatte wie die Münzen, die bei vielen Leichen gefunden wurden, die wissentlich der Piepero-Familie nahestanden. Wir gehen davon aus, dass die Münze eine Art Symbol darstellt, das Verräter brandmarkt. Eine genaue Untersuchung der Münze findet noch im Labor der Rechtsmedizin des Bellevue Krankenhauses statt. Auch wenn wir nicht davon ausgehen, dass irgendwelche Spuren auf der Münze zu finden sind, da sie starken Flammen ausgesetzt war.«

»Gab es neben der Münze noch weitere Spuren, die gefunden wurden?«, fragte Toni.

»Ja. Wir wurden noch weiter fündig. Obwohl die Leichen komplett verbrannt waren, konnte das Gebiss der Erwachsenenleiche rekonstruiert werden. Es gab bisher noch keine Treffer in der Datenbank. Jedoch wird weiter überprüft, ob das Gebiss Ähnlichkeiten zu einem Gebiss aufweist, das schon in der Datenbank des FBIs aufgeführt wird.«

»Erwachsenenleiche?«, fragte Lucas Moldrige.

»Ja. In dem Auto saßen zwei Personen. Eine Leiche, die auf dem Fahrersitz lag, war erwachsen, laut der Aussage der Rechtsmedizin. Die andere Leiche, die im Beifahrerraum lag, war kindlich. Der Knochenbau war noch nicht ausgewachsen«, antwortete Carl auf die Frage.

Lucas und Carl dachten nach. Der ganze Raum war von Stille erfüllt. Kein Stift war zuhören, der auf Papier eine Mitschrift zeichnete. Bis Lucas die Ruhe durchbrach und die These aufstellte, die jeder in dem Raum vor Augen hatte: »Vincenzo und Maria D'Aconte hatten einen Sohn. So wie ich von Toni am Telefon erfahren habe, ist dies neu für euch. Maria ist ermordet worden und es gibt zwei Leichen, die nicht identifiziert werden können. Eine erwachsene Person und ein Kind. Bei der Erwachsenenleiche wurde die Verräterbrandmarkung der Piepero-Familie entdeckt und Vincenzo ist in den Augen der Pieperos ein Verräter. Es liegt auf der Hand, dass die Leichen aus dem Autowrack Vincenzo und sein Sohn sein könnten.«

»Ja«, platzte es aus Carl heraus.

»Aber wie können wir das feststellen und was hatte Vincenzo in New York City zu suchen?«, fragte er direkt hinterher.

»Wir müssen mit unseren Kollegen in New Orleans reden«, entgegnete Lucas, der zu seinen Mitarbeitern schaute, die in drei aufeinanderfolgenden Stuhlreihen saßen.

»Vincenzo muss in den vergangen sieben Jahren irgendwann einmal beim Zahnarzt gewesen sein. Wir müssen nur ausfindig machen, bei welchem. Und zu deiner zweiten Frage: Da haben wir keine Ahnung, aber das werden wir herausfinden.«

Toni schaltete sich ein und hakte bei Carl nach: »Gab es noch weitere Spuren am Tatort?«

»Ja, wir haben Reifenabdrücke sichergestellt. Außerdem haben wir am Tatort der Schießerei, wo Serge Thomas starb, ebenfalls Reifenabdrücke sichergestellt. Hier war es eine Vielzahl an Abdrücken. Diese werden mit den Reifenabdrücken vom Tatort an der Interstate verglichen.«

»Das hört sich gut an. Sonst noch etwas zu den Tatorten, Carl?«

»Nein. Nur das am Tatort drei Leichen gefunden wurden. Der Richter Serge Thomas und seine zwei Leibwächter, die er, seit der Inhaftierung Sergio Thomassos, immer bei sich hatte.«

»Wohl gemerkt, wieder die Piepero-Familie«, schob Carl in einem Nebensatz bedeutungsvoll ein.

»Ansonsten wurden unendlich viele Patronenhülsen verschiedener großkalibriger Waffen gefunden, die alle zu Laboruntersuchungen eingesammelt wurden. Wir gehen zurzeit von mindestens vier, wenn nicht noch mehr Tätern aus.«

Toni bedankte sich bei Carl für dessen ausführlichen Bericht und drehte sich leicht nach links.

»Rachel und Charles, was könnt ihr vom Tatort an der neunten Straße berichten?«

Charles, der von allen nur Charlie genannt wurde, begann: »An der neunten Straße, mittig von Lower Manhattan, kam es gegen halb elf gestern Nacht zu einer Explosion. Vielmehr keine Explosion, sondern Anwohner und Restaurantbesucher berichteten von einem lauten Knall. Kurze Zeit später, maximal eine Minute danach, hörten die Zeugen zwei Schüsse im Abstand von wenigen Sekunden.«

Als Charlie Luft holen wollte, fiel ihm Rachel ins Wort: »Der Tatort befand sich unweit des Restaurants *Las Tapas*. Ein spanisches Lokal, wie der Name schon verrät. Ruby Tannehill und ihr Mann aßen dort öfters und so auch gestern Abend, wie ein Kellner bestätigte.«

Diesmal fiel Charlie Rachel ins Wort und fuhr fort: »Der Kellner bestätigte auch, dass die beiden das Restaurant allein verließen und auch weitere Zeugen, die wir befragt haben, konnten sonst niemanden auf der Straße sehen.«

»Auch Ruby Tannehill war mitverantwortlich für die Inhaftierung Sergio Thomasso's. Es liegt auf der Hand, dass die Piepero-Familie wieder Amok läuft und Rache an allen verübt, die dazu beitrugen, dass Sergio Thomasso eingesperrt wurde«, erläuterte Carl, ohne abzuwarten, ob Rachel und Charles noch weitere Anmerkungen hatten.

»Ja, du hast recht, Carl«, erwiderte Toni.

»Doch müssen wir in alle erdenklichen Richtungen ermitteln. Gerade bei Ruby Tannehill und Serge Thomas gibt es unzählige Personen, die für die Mordanschläge infrage kommen könnten.«

Carl schüttelte ungläubig den Kopf: »Ich sage euch. Alle Ermittlungen, die nichts mit den Pieperos zu tun haben, werden ins Leere laufen. Die Pieperos sind zurück. Das weißt du, Toni, genauso wie ich!«

»Ich wiederhole es nochmals. Wir ermitteln in jede Richtung.«

Tonis Stimme wurde lauter.

»Nichtsdestotrotz müssen wir mit Adrian Wolf reden. Wir müssen wissen, wer noch alles in den Kronzeugenprozess damals involviert war.«

Tonis Ton wurde merklich rauer und er beendete die Besprechung damit, für den nächsten Tag eine weitere Besprechung anzusetzen, in der die Fortschritte der Ermittlungsarbeit präsentiert werden sollten.

Frederico schaute auf die Uhr in seinem Büro. Seine morgendliche Routine war seit seinem Job als Leiter des Lagers »Da Puzzi« jeden Tag gleich. Er war, neben Juanita, die die Aufsicht über die Verteilungs- und Portionierarbeiten im Lager hatte, derjenige, der den Kundeneingang zur Wäscherei nutzte. Alle anderen Mitglieder der Piepero Organisation, die im unterirdischen Verteilungszentrum arbeiteten, gingen über die Tür einer Tiefgarage, die sich nur wenige Häuser weit von der Wäscherei entfernt befand, durch ein verstecktes Tunnelsystem und gelangten nach wenigen Minuten in das Lager.

Sein morgendlicher Weg führte Frederico nach dem Kundeneingang der Wäscherei hinter den Tresen, an dem die Kundschaft bedient wurde, direkt zu einer Tür. Er begrüßte jeden Morgen Tino DaPuzzi, auf dessen Namen die Wäscherei lief und der jeden Tag, sieben Tage die Woche in den letzten vierzig Jahren hinter dem Tresen stand. Tino war ein alter Mann, mit lichtem grauem Haar und einem ungepflegten Oberlippenbart, an dem sich deutlich das gelbliche Nikotin der unzähligen Zigaretten, die er täglich rauchte, abzeichnete.

Das an der Tür hinter dem Tresen anliegende großräumige Zimmer unterhielt eine Vielzahl an kleinen Tischen, auf denen sich jeweils eine Nähmaschine befand. Diese Maschinen wurden von meist jungen Damen bedient, die Änderungsschneidereien an jeglicher Art von Kleidungsstücken sowie Teppichen und Vorhängen machten.

Frederico durchquerte diesen Raum immerzu mit hastigen Schritten, versuchte keinerlei Blickkontakt zu den Näherinnen aufzunehmen und kam am Ende des Zimmers an eine weitere Tür, die sodann in den Kellerbereich der Wäscherei führte.

Sein erster Gang war täglich an seinem Büro vorbei, den weiten Flur entlang, hin zu einer großen Stahltür, über der an der linken Seite eine Videokamera hing. Sofern die Leute, die hinter der Kamera in einem Überwachungsraum im Lager saßen, die Person erkannten, die das Lager betreten wollte, wurde die Tür von innen geöffnet. Frederico ging an den Wachen vorbei, die alle mit einer Maschinenpistole, um die Brust gespannt bewaffnet waren, und begrüßte jeden einzelnen mit Namen.

Anschließend führte sein routinemäßiger Weg zu Juanita, die ein kleines Büro direkt hinter der schwerbewachten Stahltür hatte. Nach einem kurzen Gespräch, in dem Juanita Frederico die neusten Informationen und Kenntnisstände zu den Drogenverkäufen sowie der Sicherheit der unterirdischen Lagerhallen gab, verließ er die Lagerräumlichkeiten wieder und ging in sein Büro.

Doch im Augenblick war alles anders. Es gab keinen Besuch bei Juanita, keine Updates zum Stand des Lagers und auch keine Begrüßung des Wachpersonals. Sein erster Gang führte direkt von der Wäscherei in sein Büro, wo er die Tür hinter sich zu zog und immer wieder nervös auf die Uhr starrte.

Die Gesichtsfarbe von Frederico nahm auch etliche Stunden nach seinem Attentat auf Ruby Tannehill und ihren Mann immer noch keine andere Farbe als aschfahl an und die schlaflose Nacht zeichnete sich ebenso in seinen Gesichtszügen ab.

Er wusste, dass sein Bruder am Morgen noch mal in sein Büro kommen wollte und er wollte vermeiden, dass Melissa auf Alessandro traf, doch Melissa war über eine halbe Stunde zu spät zur vereinbarten Uhrzeit. Melissas Verspätung führte dazu, dass Fredericos Nervosität von Sekunde zu Sekunde anstieg und sein Blick nahezu pausenlos auf die Uhr gerichtet war, die oberhalb seiner Bürotür hing.

Jede Sekundenzeigerbewegung, in der die Tür sich nicht öffnete, ließ ihn mehr und mehr schwitzen und er malte sich in Gedanken aus, was passieren würde, wenn Alessandro hier auf Melissa treffen würde.

Alessandro hatte ihm, bevor er Frederico in die Piepero-Familie brachte, immer wieder das Credo eingebläut, dass er nur eine Kontaktperson aus der Organisation nach oben und nach unten haben darf und daran hielt er sich auch. Die Wachleute der Lagerhalle wussten, dass Frederico der Boss war, jedoch kannten sie seine Identität nicht. Sein Name war lediglich Juanita bekannt, die alles hinter der Stahltür regelte. Die Arbeiter innerhalb des Lagers selbst hatten keine Ahnung von Federico. Sie sahen Juanita als die Chefin an und gaben ihr den Namen »*La Patrona*«.

Sämtliche Lagerarbeiter bis auf die Wachleute waren südamerikanischer Herkunft und auch Juanita stammte aus Kolumbien, sodass alle dachten, dass sie für ein kolumbisches Drogenkartell arbeiten würden und keiner der Handlanger im Lager hatte die Ahnung, dass sie Teil des berüchtigtsten Mafia-Clans in den Vereinigten Staaten waren.

Frederico hatte die geheime Führung des Lagers vollends im Griff. Das in sein Mark eingebrannte Credo der Familie befolgte er mit stoischer Hingabe, bis er eines Tages Melissa in Juanitas Büro traf.

Es kam nicht oft vor, dass Frederico zu einer anderen Zeit als am frühen Morgen zu Juanita ins Büro ging, doch gab es Vorfälle von Drogenmissbrauch und Diebstahl innerhalb der Lagerarbeiter, die dazu führten, dass Unruhe zwischen den Arbeitern aufkam.

Zu der Zeit trafen sich Juanita und Frederico mehrmals am Tag, um zu besprechen, wie diese Unruhe schnellstmöglich im Keim erstickt werden konnte und bei einem dieser Treffen sah er Melissa. Sie war ihm von Juanita als ihre zweite Hand vorgestellt worden und Frederico war gleich auf den ersten Blick hin und weg gewesen. Er hatte noch nie eine solch bezaubernde Frau gesehen. Mit ihren langen brünetten Haaren, ihrer schmalen Silhouette und ihrer Größe machte sie sowohl einen eleganten, aber auch zugleich taffen Eindruck, der nur so vor Selbstvertrauen strotzte. Von der ersten Begegnung an hatte Melissa die gleichen Privilegien wie Juanita und sie konnte bei Frederico ein und aus gehen, wann und wie oft sie wollte.

Zwar wusste Frederico, dass er mit dem Kontakt zu Melissa gegen das Führungscredo der Pieperos verstieß, jedoch glaubte er nicht daran, dass sein Verhalten irgendwann bei seinem Capo herauskommen würde. Doch jetzt musste Frederico befürchten, dass Alessandro und Melissa sich in seinem Büro treffen würden, obwohl keiner von Alessandros Besuch erfahren sowie ihn sehen durfte.

Umso mehr Fredericos Gedanken um Melissa und Alessandro hin und her kreisten und er den Doppelmord, den er verübt hatte, nicht aus dem Kopf bekam, umso nervöser wurde er. Sein linkes Bein begann unter dem Schreibtisch auf und ab zu wippen, von seinem Kopf tropften Schweißperlen auf einen Taschenkalender, der auf seinem Schreibtisch lag und ihm wurde glühend heiß, als plötzlich die Tür seines Büros aufging.

Melissa stürmte hinein und haute ihm ohne Vorwarnung und mit voller Kraft die rechte Faust auf seine linke Backe, sodass Fredericos Kopf nach hinten geschleudert wurde. Es dauert einen Moment, bis er realisieren konnte, was geschehen war. Seine Backe lief nach dem

Einschlag rot an und strahlte eine Wärme in den ganzen Körper aus. Er griff sich an sein Gesicht, um zu ertasten, ob er blutete, konnte aber kein Blut an seiner Hand erkennen.

»Was fällt dir ein?«, fuhr er Melissa mit hochrotem Kopf an. Während er die Frage stellte, schnellte er von seinem Schreibtischstuhl hoch und baute sich vor Melissa auf.

»Was mir einfällt?«, keifte sie zurück.

»Du hast gestern zwei Menschen umgebracht und mich als deine Marionette, als deine Hostess benutzt. Was fällt dir ein, mich so schamlos auszunutzen und nicht in den Plan einzuweihen?«

Melissas Stimme überschlug sich als sie die letzten Worte sprach.

»Dich einweihen? Wer bist du, dass ich dich in meine Pläne einweihen sollte?«, erwiderte Frederico immer noch vor Melissa stehend.

»Ich habe dir schon hunderte Male gesagt, dass hier in der Organisation keine Fragen gestellt werden und du meine Befehle auszuführen hast.«

Er packte Melissa an dem Kragen ihrer Bluse und schubste sie mit einem heftigen Stoß beiseite, um den Weg frei zu haben zu seinem Schrank, auf dem eine Flasche Wasser sowie Gläser und ein Behälter voller Eiswürfel standen. Er füllte sich ein Glas mit Eiswürfeln auf und hielt es an seine linke Backe.

»Von wegen deine Pläne. Du bist doch zu dumm, um deine Schuhe zuzubinden oder warum läufst du immer in Schuhen mit Klettverschluss herum?«

Er hasste es, wenn er von Melissa provoziert wurde. Denn das bedeutete oftmals, dass er ihr gegenüber handgreiflich werden musste, um seine Stellung in der Hierarchie der Pieperos klarzumachen. Doch anders wurde er mit Melissas aufbrausender Art nicht fertig. Er wollte auch nicht, dass Melissa den Respekt gegenüber ihm verlieren würde, sodass er öfters gegenüber ihr handgreiflich wurde, auch wenn ihm das zutiefst zuwider war.

Das Glas, das er an seine Backe zum kühlen hielt, stellte er ab, ging in Richtung Melissa und packte sie fest an ihrer linken Schulter. Er griff mit seiner rechten Hand so fest in die Schulter hinein, dass Melissa der Schmerz im Gesicht stand.

»Natürlich war es nicht mein Plan«, legte Frederico los, den Griff um Melissas Schulter immer fester zudrückend.

»Mir sind diese Personen, die wir getötet haben, vollkommen egal. Ich führe Befehle aus. Das mache ich bedingungslos, oder würdest du die Hand abschneiden, die dich füttert?«

»Wir? Wir haben niemanden getötet. Du hast zwei Leute auf dem Gewissen und ich war nur eine Figur auf deinem Spielbrett!«

Melissa brach unter dem Schmerz, den Frederico mit seiner Hand auf ihrer Schulter ausübte, ein und sackte zu Boden. Frederico lockerte den Griff, was Melissa dazu veranlasste, sich blitzschnell wieder aufzurappeln.

»Weih mich in Zukunft in deine Pläne ein, sofern solche Aufträge nochmals vorkommen sollten und benutze mich nicht als Spielzeug!«

Melissa trat dicht an Frederico heran. Ihr Herz raste vor Zorn und sie konnte sich nur mit Mühe unter Kontrolle halten, um ihn nicht ein zweites Mal zu schlagen.

»Haben wir uns verstanden?«

»Du drohst mir?«

Frederico haute sich wutentbrannt auf die Brust.

»Mir willst du drohen?«

Er schlug sich noch zwei weitere Male auf die Brust, bevor er Melissa an ihrem linken Arm packte, sie an sich zerrte, seine Bürotür öffnete und mit ganzer Kraft aus seinem Zimmer auf den Flur schleuderte. Melissa knallte mit ihrem Rücken gegen die von Fredericos Büro gegenüberliegende Wand und blieb für einen Moment regungslos liegen. Sie konnte nur verschwommen wahrnehmen, dass Frederico zu ihr sagte: »Du gehorchst mir und sonst keinem. Und wenn du mir noch einmal drohst, bringe ich dich eigenhändig um!«

Er zerrte Melissa auf die Beine, stützte sie für einen Moment und brüllte sie an: »Jetzt geh zu Juanita und hol dein Koks!«

Er gab ihr einen Stoß in die Richtung der Stahltür und knallte anschließend seine Bürotür heftig hinter sich zu.

Melissa torkelte leicht benommen und hielt einen Moment inne. Sie versuchte sich zu sammeln und bat nach einem kurzen Augenblick an der Stahltür um Einlass in die Lagerkatakomben.

Als sie die Stahltür durchschritt, drehte sie sich nochmals um und sah einen großen, kräftig gebauten Mann an Fredericos Büro stehen. Bevor der Mann das Büro betrat, wandte er sein Gesicht Melissa zu. Sie konnte ihn aus der Ferne nicht erkennen, doch wusste sie, dass sie diesen Mann noch nie zuvor in den Lagerräumen gesehen hatte.

Rachel und Charles fuhren im Auto in Richtung Metropolitan Gefängnis, das nur ein Dutzend Straßenblocks vom Tatort des Mordes an Ruby Tannehill und ihrem Mann entfernt lag.

»Es ist wieder ein entsetzlicher Verkehr heute.«

Rachel rollte mit den Augen, als sie nach links zu Charles auf den Fahrersitz schaute und auf eine Antwort von ihm wartete.

»Weißt du, was mich stutzig macht?«, fragte Charles, der Rachels Aussage vollkommen ignorierte.

»Was, Charlie? Was macht dich stutzig?«

Er bemerkte ihren gereizten Unterton nicht.

»Es ist eine Handgranate in einem belebten Viertel von Manhattan explodiert. In dem Viertel gibt es viele Wohnungen sowie Restaurants und es tummeln sich zu jeder Tages- und Nachtzeit eine Vielzahl von Menschen auf den Straßen herum.«

Er wendete seinen Blick von der Straße ab, um Rachel anschauen.

»Nach der Explosion sind mindestens noch zwei Schüsse gefallen und uns will jeder erzählen, dass keiner etwas gesehen haben soll.«

Rachel nahm ihre linke Hand zu Charles Gesicht, um es in Richtung Fahrbahn zu drehen.

»Können wir uns darüber unterhalten, während du dich auf die Straße konzentrierst?«

Rachels Unterton wurde immer gereizter.

Charles ging auf Rachels Spielereien keineswegs ein und fuhr mit seinen Ausführungen fort: »Weißt du, was ich meine? Es kann doch nicht sein, dass niemand etwas gesehen hat, obwohl wir zumindest ein paar Ohrenzeugen haben, die zwei, vielleicht drei Schüsse kurz nach der Explosion gehört haben wollen.«

Rachel schüttelte genervt den Kopf, fraß aber ihren Zorn über die Missachtung ihrer Bitte, auf den Verkehr zu achten, in sich hinein und antwortete: »Das stimmt. Es ist unwahrscheinlich, dass niemand etwas gesehen hat. Wir sollten uns eher die Frage stellen, warum uns keiner berichten will, was er gesehen hat. Und was mir noch aufgefallen ist ...« Rachel brach mitten im Satz ab und kramte einen Zettel aus ihrer Handtasche.

Der Zettel beinhaltete drei Namen mit Anschriften. Es waren die Personalien der Zeugen aus dem Restaurant *Las Tapas*.

»Der Platzanweiser sah südeuropäisch aus. Er passt perfekt in das Bild eines spanischen Restaurants und dennoch ist sein Name Leopold Barr. Das ist doch kein südeuropäischer Name. Wenn ich an spanische Männernamen denke, dann an Ruy, Hugo, Pablo und und und. Aber doch nicht an Leopold. Und dann noch dieser Nachname. Barr. Das ist doch kein südländischer Name.«

»Du kannst doch nicht vom Aussehen einer Person auf dessen Namen schließen oder umgekehrt«, erwiderte Charles.

»Natürlich nicht. Aber irgendetwas stimmt bei ihm nicht. Er war so kühl und abgeklärt in seiner Aussage. So als wäre er auf unsere Befragung vorbereitet gewesen.«

Rachel kratzte sich am Hinterkopf. Dies war die Geste, die sie immer beim Nachdenken machte.

»Mein Instinkt sagt mir, dass mit Leopold Barr etwas nicht stimmt. Lass uns nach der Befragung von Walter Whittaker nochmal in das Restaurant fahren. Vielleicht haben wir Glück und Leopold hat heute wieder Schicht. Falls nicht, ermitteln wir seinen Aufenthaltsort und statten ihm einen Besuch ab.«

»Wenn es deinen Instinkt beruhigt, können wir das gerne nochmals machen. Aber ich würde bevorzugen, in diesem Zuge auch nochmal die Anwohner auf der gegenüberliegenden Straßenseite des Tatorts zu befragen. Irgendjemand muss etwas gesehen haben. Nach einer Explosion gehe ich doch ans Fenster, um zu schauen, was auf der Straße los ist und verkrieche mich nicht in meine Wohnung.«

»Nicht jeder ist ein Polizist. Viele werden Angst nach einer Explosion haben und nicht sofort schaulustig nach draußen stürzen.«

Charles dachte einen Augenblick über die Worte von Rachel nach und steuerte das Auto auf den Parkplatz in der Tiefgarage direkt unterhalb des Gefängnisses.

»Ich glaube, dass die Sensationslust bei den Menschen größer ist, als wir erwarten.«

Rachel schnitt Charles den Satz ab, indem sie sagte: »Lass es uns einfach später herausfinden, wenn wir noch mal im *Las Tapas* sind. Jetzt ist das alles nur wilde Spekulation und wir haben nun eine wichtige Befragung vor uns.«

Beide schnallten sich ab und stiegen aus dem Wagen aus. Sie betraten das Gefängnis über den Eingang der Tiefgarage, der zu einem endlosscheinenden Gang führte, der nichts außer kahlen Betonwänden und Überwachungskameras zu bieten hatte.

Das Metropolitan Gefängnis wurde kurz vor der Inhaftierung Walter Whittakers fertiggestellt und bot Platz für Gefangene jeder Sicherheitsstufe. Es war eines der modernsten Gefängnisse in den Vereinigten Staaten und sah von außen aus wie ein Bürogebäude. In seiner Architektur passte es sich nahtlos an die angrenzenden Gebäude an und fiel als Haftanstalt nicht ins Auge.

Aufgrund des fehlenden Schutzes von außen durch hohe Mauern und Zäune gab es im Inneren ein Labyrinth aus verwinkelten Gängen, vielen Blöcken und einer unzähligen Anzahl an Bereichen, die durch Sicherheitsleute und massiven Türen abgeriegelt wurden.

Rachel und Charles mussten auf ihrem Weg zu dem Besucherbereich des Blocks E sieben dieser schwer bewachten Zonen durchlaufen und wurden bei jeder einzelnen aufs Neue durchsucht. Rachels Laune, die ohnehin schon nicht sonderlich gut aufgrund des alltäglichen Stadtverkehrs von Manhattan war, wurde durch die ständigen Kontrollen nicht besser und schlug in Fassungslosigkeit um.

»Wenn wir noch durch eine einzige solche Kontrolle müssen, verliere ich die Nerven!«, sagte Rachel, als sie den siebten Sicherheitsbereich durchlaufen hatten.

»Ich kann es nicht fassen, dass die Leute sich hier nicht untereinander abstimmen können. Es kann doch jeder sehen, dass wir Detectives sind. Oder aus welchem Grund sollten wir unsere Marken an einer Kette um unseren Hals tragen? Bestimmt nicht aus ästhetischen Gründen.«

»Bist du jetzt fertig?«, fragte Charles. Sein Ton war nun auch deutlich gereizter als noch bei der Autofahrt ins Gefängnis.

»Wir sind gleich da. Ich sehe das Schild am Ende des Flurs. Da müsste der Besucherraum sein«, schoss er noch schnell nach, bevor Rachel weiter ihre Hasstirade vertiefte. Der Wachmann, der die beiden begleitete und vor ihnen herlief, schaute sich zu Charles um und nickte ihm zustimmend zu. Er machte eine Handbewegung zu den beiden und deutete an, dass Rachel und Charles durch die Tür gehen sollten, die sich neben dem Schild *Besucherbereich Block E* befand.

Direkt hinter der Tür schloss sich eine weitere Kontrolle an. Als Rachel die letzte Hürde sah, ließ sie den Kopf nach hinten fallen und seufzte laut.

»Was soll das?«, brummelte sie vor sich hin und zeigte zum wiederholten Male ihre Dienstmarke und ließ den Inhalt ihrer Handtasche auf den Tisch vor ihr fallen.

Sie rollte mit den Augen, als sie ihren Tascheninhalt wieder einpacken durfte und zu Charles aufschloss, der schon am Anfang des Ganges wartete, an dem sich die kleinen Besucherräume hintereinander hervortaten.

Sie wurden von einem der Vollzugsbeamten nach ihrem Aufenthaltsgrund befragt und anschließend in den Besucherraum E – 3 7 geführt. Hier wartete bereits Walter Whittaker, der in Handschellen gefesselt an einem kahlen weißen Tisch saß und in Richtung Tür blickte, von der aus zuerst Charles und danach Rachel in den Raum eintraten.

Walter war nicht nur an den Händen gefesselt, sondern hatte auch noch dicke Ketten um seine Beine hängen. Er sah auf den ersten Blick aus wie ein Schwerverbrecher und Rachel erschrak, als sie Walter das erste Mal gegenübertrat.

Aus dem Hintergrund des Raumes ertönte eine Stimme: »Wir mussten ein paar strengere Sicherheitsvorkehrungen treffen, da unser Gefangener sich nicht so gerne an die Gefängnisregeln hält.«

Der Wachmann, der in einer dunklen Ecke des Besucherzimmers stand, lächelte verschmitzt auf, als er den Satz beendet hatte.

»Danke. Das wissen wir sehr zu schätzen, dass sie besorgt um unsere Sicherheit sind«, wandte sich Charles dem Mann in der Ecke zu und beide setzten sich gegenüber von Walter an den Tisch.

Walter war in seinen Fünfzigern und hatte das Aussehen eines waschechten Börsenhais an der *Wall Street*. Seine grau melierten Haare kämmte er jeden Tag zurück und für den besseren Halt rieb er Unmengen von Seife in seine noch üppig vorhandene Haarpracht. Seine Statur war schlank und er war an die zwei Meter groß. Er wusste von seinem gutaussehenden Erscheinungsbild und sein Gesichtsausdruck strotzte nur so vor Selbstbewusstsein.

Rachel stellte sich einen Moment lang Walter in einem teuren maßgeschneiderten Anzug vor, hatte das Bild eines klassischen, aalglatten Beraters vor sich und ein Schauer durchfuhr ihren ganzen Körper. Nicht nur sein selbstgefälliges Grinsen, das er, seitdem sich Rachel und Charles im Raum befanden, aufgesetzt hatte, sondern auch der Umstand, dass er für die Vergewaltigung und sexuelle Belästigung mehrere Frauen hinter Gittern saß, füllte Rachel mit Zorn und Wut, sodass sie am liebsten an ihn herantreten wollte, um ihm sein Grinsen aus dem Gesicht zu wischen.

»Hallo, mein Name ist Charles Rosen und das ist meine Kollegin Rachel Green«, begann Charles die Befragung.

»Wir sind Detectives der New Yorker Polizei und sind in der Einheit des organisierten Verbrechens tätig.«

»Es ist mir eine Ehre, Sie in meinem bescheidenen Reich willkommen heißen zu dürfen, liebe Detectives.«

Walter blickte zu Rachel, als er seine Begrüßung zu Ende gesprochen hatte und zwinkerte ihr zu.

»Ich würde Ihnen, wehrte Rachel Green, natürlich die Hand geben, aber ich bin buchstäblich mit dem Tisch verbunden und daher etwas eingeschränkt in der Bewegung.«

Er riss seine Arme demonstrativ nach oben, als er den Satz ausgesprochen hatte, sodass die beiden gegenüber sehen konnten, dass seine Handfesseln an den Tisch gekettet waren. Danach zwinkerte er nochmals Rachel zu, der schlagartig die Galle hochkam.

»Wie kann ich Ihnen behilflich sein, Detectives?«, fragte er an Charles gewandt, nachdem er seine Hände wieder auf den Tisch zusammengefaltet zurückgelegt hatte.

»Können Sie hier Nachrichten verfolgen?«, antwortete Charles mit einer Gegenfrage.

»Selbstverständlich. Ich habe beziehungsweise hatte bis vor kurzem das Privileg, eine Stunde am Tag im Aufenthaltsraum Nachrichten zu verfolgen.«

»Was heißt, Sie hatten das Privileg?«, stieg Rachel in die Befragung mit ein.

»Wissen Sie«, Walter stoppte kurz zu einer dramatischen Pause.

»Ich bin ein Mann, der in einem bestehenden Ökosystem, wie hier das Gefängnis, nicht alles so hinnimmt, wie es ist. Ich durchleuchte alle systemrelevanten Teile. Nicht nur beruflich habe ich das immer so gehandhabt. Nein, auch privat. Und auch hier im Gefängnis habe ich nie mit konstruktiver Kritik hinter den Berg gehalten. Doch hier wird es nicht gern gesehen, wenn sich Intellektuelle, wie ich es nun mal bin, gegen die bestehende Ordnung aufgebehren.«

Er machte abermals eine kurze Pause.

»Meine Verbesserungsvorschläge stießen immer wieder auf taube Ohren bei diesen Neandertalern.«

Er schaute mit einem abfälligen Blick in Richtung des Gefängnisbeamten, der in der Ecke aushaarte, bevor er seine Ausführung beendete.

»Und letzte Woche gab es eine kleine Revolte im Block C des Gefängnisses, wo ich bis zu diesem Tage gefangen gehalten wurde, und die Direktion gab mir die Schuld, den wütenden Mob aufgeheizt zu haben.«

»Das brachte Sie hierher, in die Sicherheitszone E für Schwerstkriminelle?«, wollte Rachel wissen.

»Ja, genau. Die Anschuldigung zum Anzetteln einer Gefängnisrevolte und, nun ja, das Widersetzen gegen die Verlegung in diesen

Block, wo zwei Beamte verletzt wurden. Leicht verletzt, wohlgemerkt.«

Walter blickte Rachel tief in die Augen und fuhr fort: »Und sehen Sie, was Sie aus mir machen? Gefesselt wie ein unhöriges Tier. Es ist eine Schande, wie die Staatsmacht mit einem Wirtschaftsverbrecher, der ich sein soll, umgeht.«

»Wirtschaftsverbrecher? Sie? Sie sind ein mieses, frauenverachtendes Ekel, dass in der dunkelsten Zelle in einem tiefen Verlies bis zum Ende Ihrer Tage dahinvegetieren sollte«, erboste sich Rachel mit zorniger Stimme.

Während ihrer Ansage in Richtung Walter Whittaker beugte sie sich über den Tisch, um ihm Angesicht zu Angesicht die Worte an den Kopf zu werfen, was den Sicherheitsbeamten im Raum in Alarmbereitschaft versetzte. Doch bevor dieser eingreifen musste, nahm Charles den linken Arm Rachels und zog sie wieder auf ihren Stuhl zurück.

»Also, Frau Green. Warum fahren Sie denn so aus der Haut? Alles, was mir diesbezüglich zur Last gelegt wurde, habe ich mit den Frauen einvernehmlich durchgeführt. Es kam nie zu einer sexuellen Handlung, die nicht von der Frau und mir gewollt war. Ich bin ein unschuldiger Gefangener des Staates.«

Nachdem er seine Unschuldsbekundung ausgesprochen hatte, lehnte er sich mit einem breiten Grinsen zurück und hatte Rachel genau da, wo er sie haben wollte.

»Kommen wir zurück zu unserem Anliegen«, nahm Charles sachlich wieder die Befragung auf.

»Sie haben also keinen Zugang zu Nachrichten aller Art im Moment?«

»Nein. Sie müssen eines hier verstehen«, Charles hob die Hand und signalisierte, dass Walter aufhören sollte weiterzureden.

»Beantworten Sie bitte die Fragen so kurz und knapp wie möglich. Wir haben viel zu tun.«

»Wenn es sein muss«, Walter ließ sich mit einem Schulterzucken in die Lehne des Stuhls fallen.

»Dann haben Sie noch nicht vom Tod von Ruby Tannehill, ihres Ehemanns und Serge Thomas gehört?«

»Nur, weil ich hier zurzeit keine Möglichkeit habe Nachrichten zu schauen oder zu lesen, heißt das nicht, dass ich von der Außenwelt abgeschnitten bin.«

»Also, wussten Sie es oder wussten Sie es nicht, bevor wir es Ihnen sagten? Sie sollen eine präzise Antwort geben, verdammt nochmal.«

Rachels Ton hatte von ihrem Zorn noch nichts verloren.

»Ja, ich wusste davon schon«, lächelte Walter in ihr Gesicht.

»Das wundert mich sehr, dass Sie davon schon wussten. Es ist noch keine 24 Stunden her, dass es zu der Ermordung der drei Personen kam und im Gefängnis, im höchsten Sicherheitsbereich der ganzen Justizvollzugsanstalt, wusste ein Häftling schon von den Vorkommnissen. Da stellen sich viele Fragen auf einmal für mich.«

Charles sprach nicht nur seine Verwunderung aus, sondern sie stand ihm auch ins Gesicht geschrieben.

»Bevor ich auf diese Fragen, die sie sich nun im Kopf schon stellen, antworte, und meine Antwort lohnt sich zu hören, habe ich eine Gegenfrage. Warum ermittelt das Dezernat für organisierte Kriminalität in diesen Fällen?«

»Nun gut. Ich glaube Ihnen, dass sich Ihre Antworten auf meine Fragen lohnen. Daher gebe ich Ihnen einen Vertrauensvorschuss und beantworte Ihre Frage. Aber verspielen Sie nicht unser Vertrauen.«

Charles hob die Hand und drohte Walter, als er ihm sein Vertrauen aussprach.

»Glauben Sie mir, ich werde Sie nicht enttäuschen.«

»Ok. Die Morde stehen in Zusammenhang mit weiteren Morden, die alle dem organisierten Verbrechen, beziehungsweise einem Verbrechersyndikat, zugeordnet werden könnten. Nichtsdestotrotz haben Sie nach Ihrer Verhaftung ebenfalls Rache an Ruby Tannehill und Serge Thomas geschworen und da wir in alle Richtungen ermitteln müssen, sind wir hier.«

»Und jetzt sind Sie dran, Herr Whittaker«, unterbrach Rachel Charles Ausführungen.

»Quid pro quo, Walter!«

»Quid pro quo, Rachel«, wiederholte Walter den Satz von ihr.

»Da haben Sie vollkommen Recht. Aber lassen Sie mich eins raten. Sie gehen davon aus, dass die Morde auf die Rechnung der Piepero-Familie gehen, nicht wahr?«

Walter hielt kurz inne, um die Reaktion der beiden ihm gegenüber abzuwarten. Doch Rachel und Charles blieben unberührt, sodass er direkt mit seiner Ansprache weitermachte.

»Sie beide wären gute Pokerspieler. Ihnen kann man so schnell nichts entlocken. Doch ich bin da mittlerweile anders gestrickt, was vermutlich daran liegt, dass ich nichts mehr zu verlieren habe, weil ich hier bis zu meinem 83. Lebensjahr versauern werde. Ich werde es Ihnen offen sagen. Ich habe die Morde in Auftrag gegeben, um mich zu rächen an den beiden Personen, die mich hier hineingebracht haben.«

Weder Rachel noch Charles sagten etwas und verfolgten die Aussage Walters gebannt weiter.

»Jetzt unterbrechen Sie mich nicht, wenn ich zu viel erzähle?«, fragte er in die Runde, ohne eine Antwort zu erwarten.

»Da ich jetzt Ihre Aufmerksamkeit habe, sage ich Ihnen einen Namen, an den Sie sich wenden sollten, wenn Sie die Fälle gelöst bekommen wollen. Ich werde Ihnen diesen einen Namen verraten und danach schweigen. Fragen Sie in dem Restaurant *Las Tapas* nach einem Platzanweiser namens Leopold Barr, sofern Sie dies noch nicht getan haben sollten.«

Rachel riss erstaunt die Augen auf und ihr Pokerface wich einer Art von, »habe ich es dir nicht gesagt« und »da haben wir es«, als sie Charles anblickte.

Seitdem er im Ruhestand war, hatte sich für Adrian Wolf die Anspannung, die er in seinen vierzig Dienstjahren bei der New Yorker Polizei tagtäglich verspürt hatte, wie in Luft aufgelöst. Diese Anspannung wurde in seinen letzten neun Berufsjahren um ein Vielfaches größer, als er der Abteilung *Organisiertes Verbrechen* vorstand.

In dieser Zeit arbeitete er rund um die Uhr und auch daheim bei seiner Frau konnte er keine Minute abschalten. Seine Gedanken kreisten von Sekunde zu Sekunde um die Arbeit und er verspürte enormen Druck.

Als die Ermittlungen gegen die Piepero-Familie an ihren Höhepunkt gelangten und die Inhaftierung Sergio Thomassos kurz bevorstand, war er nächtelang nicht nachhause gekommen. Seine Frau und er hatten sich in dieser Phase seiner Karriere nur gesehen, wenn sie sich kurz in das Büro nach Manhattan verirrte, um nach Adrian zu schauen. Für ihn gab es damals nur die Arbeit und sein gesamtes Privatleben und Umfeld mussten zurückstecken.

Umso glücklicher war er, als er den Entschluss gefasst hatte, nach dem Mammutprozess gegen Sergio Thomasso und die erfolgreiche Unterbringung Vincenzo D'Acontes und dessen Familie im Zeugenschutzprogramm einen Schlussstrich zu ziehen und seine Arbeit auf dem Höhepunkt seines Schaffens einzustellen, und immer noch seine Frau an seiner Seite zu wissen.

Vom ersten Tag seiner Pensionierung an genoss er sein Dasein als Rentner in vollen Zügen. Sie hatten sich ein kleines Häuschen mitten in einem dünn besiedelten Waldgebiet in der Nähe New York Citys gekauft und die Kinder samt Enkelkindern kamen mehrmals im Jahr zu Besuch. Das Zuhause war für Adrian ein Ort der Ruhe und Entspannung geworden, was er sich in seiner aktiven Zeit als Polizist nie hätte träumen lassen. Die Idylle, in der er lebte, war für ihn ein Pol an innerem Frieden und Gelassenheit.

Die Frühlings- und Sommertage verbrachte er meist mit seiner Frau im Garten, wo sie eine Vielzahl an verschiedenen Gemüsesorten und Kräutern anpflanzten. Adrians Frau ging meistens einmal wöchentlich in die Stadt, um Fleischwaren, Butter und Getränke zu kaufen, doch überwiegend ernährten sich die beiden autark von den angebauten Lebensmitteln aus ihrem Garten.

Fast jeden Abend saßen die beiden auf der Terrasse, wo sie den gesamten Garten überblicken konnten und eine ungehinderte Sicht auf den angrenzenden Wald hatten. Dabei konnte er einer seiner Leidenschaften nachgehen und die Vielzahl der Tiere, die sich im Garten und im Wald bemerkbar machten, beobachten.

Adrian und seine Frau führten ein glückliches und zufriedenes Leben, weit weg von dem Trubel und der Hektik der Großstadt sowie den physischen und psychischen Belastungen, denen die beiden durch Adrians ehemaligen Beruf ausgesetzt waren. Doch die Gelassenheit, Ruhe und die Idylle sollten sich schnell ändern, als Carl, Luke und Nick in das Auto stiegen und von Manhattan aus in Richtung des Wohnorts der beiden steuerten.

»Wie war das damals, als Sergio Thomasso verhaftet und ihm der Prozess gemacht wurde?«, fragte Nick Carl, der angespannt auf dem Beifahrersitz saß.

»Zu der Zeit gab es eine Schwemme an gefälschten elektronischen Produkten, die auf dem Schwarzmarkt in Chinatown verkauft wurden, woraufhin wir eine Sondereinheit in unserer Abteilung bildeten, die versuchte, die Hintermänner der geschmuggelten Waren zur Rechenschaft zu ziehen.«

Luke lenkte den Wagen ruppig über den löchrigen Asphalt und bei jedem Schlagloch, das er mitnahm, wurde Carl blasser um die Nasenspitze.

»Toni stand als Deputy Chief der Abteilung dieser Sondereinheit vor und hatte alle Hände voll zu tun mit der Koordination dieser Truppe, die oftmals groß angelegte Fahndungen und Durchsuchungen in Chinatown unternahm.«

Der Wagen blieb vor einem Diner kurz vor der Auffahrt auf den Freeway stehen.

»Ich hole uns noch Kaffee, bevor wir weiterfahren«, entgegnete Luke den beiden und machte sich auf den Weg in den Imbiss, als Nick und Carl im Einklang zustimmend nickten.

»Und plötzlich, mitten in den Ermittlungen zu den Chinatown Fälschungen, spazierte Vincenzo D'Aconte in unser Büro. Wir waren so lange Zeit machtlos gegenüber der Piepero-Familie gewesen und dann hatten wir endlich eine Zeugenaussage eines ranghohen Mitglieds gegen sie in der Hand. Nur durch Zufall war ich an diesem Tag im Büro und nahm den ersten Kontakt mit Vincenzo auf. Adrian Wolf riss sofort die Ermittlungen an sich und bildete seine eigene Sondereinheit aus ihm, mir und Edward 'Eddy' Kelce. Wir mussten komplett Stillschweigen über unsere Ermittlungen halten und durften keinem aus der Abteilung und auch niemandem außerhalb davon berichten. Adrian hatte die Befürchtung, dass, umso größer der Kreis der Mitwissenden werden würde, umso größer würde die Gefahr werden, dass etwas voreilig an die Presse gerät und die Piepero-Familie Wind von den Ermittlungen gegen sie bekommen würde.«

»Dann warst du einer der ersten, der mit dem Fall Vincenzo und Sergio in Berührung kam?«, fragte Nick erstaunt.

»Nicht nur einer der ersten. Ich war der Erste! Mit mir hat Vincenzo seine erste Aussage geführt.«

Luke kam aus dem Diner zurück und stieg in das Auto. Er überreichte den beiden ihren Kaffee und startete den Wagen in Richtung des Freeways.

»Eddy und ich waren die Detectives, die Sergio Thomasso festgenommen haben«, fuhr Carl fort, der seinen Blick nach hinten auf den Rücksitz zu Nick gerichtet hatte.

»Wir observierten Sergio für mehrere Wochen. Immer abwechselnd. Mal zwölf Stunden Eddy. Mal ich zwölf Stunden. Ab und zu übernahm sogar Adrian eine Observierung. Wir studierten Sergios Gewohnheiten und hatten nach wenigen Tagen schon ein erkennbares Bewegungsmuster gezeichnet. Wir überließen jedoch nichts dem Zufall und versuchten das Muster zu verfeinern und zu erhärten, sodass wir noch etliche Wochen die Observation aufrechterhielten.

Doch dann war es eines Tages so weit. Adrian verspürte Druck von allen Seiten. Immer mehr, allen voran Toni, wollte wissen, was Eddy und ich den ganzen Tag machen würden und Adrian gab uns das »Ok« für den Zugriff.«

Carl legte eine kurze Pause ein und wandte seinen Blick zu Luke, der mit abwesendem Blick das Auto lenkte. »Konzentrier dich auf den Verkehr!«, sagte Carl in harschen Ton zu Luke, während er ihm gegen die Schulter haute.

Luke schüttelte perplex den Kopf, gab aber keine Widerworte.

»Was passierte bei dem Zugriff?«, fragte ihn Nick, sodass sich Carl wieder ihm zuwandte und nicht mehr auf die Straße blickte.

»Der Zugriff lief reibungslos. Wir hatten uns den perfekten Moment in Sergio Thomassos Tagesablauf ausgesucht, um zuzuschlagen. Jeden Donnerstagabend gegen elf Uhr gönnte sich Herr Thomasso einen Wodka on the Rocks in einer noblen Bar mitten in Downtown. Hier war er einmal die Woche für circa eine Stunde allein ohne jegliche Begleitung und dort schlugen wir zu.«

Luke setzte den Blinker nach rechts, um auf die Abfahrt des Freeways zu gelangen, als Nick entgegnete, dass dies eine Abfahrt zu früh wäre und er auf dem Freeway bleiben sollte. Daraufhin zog Luke das Lenkrad nach links, um von der Ausfahrtsspur wieder auf den Freeway zu steuern. Der plötzliche Spurwechsel rüttelte das Auto und dessen Insassen gehörig durch, was Carl zu der Ansage verleitete, dass auf der Rückfahrt Nick fahren sollte.

»Die Festnahme war an sich keine große Sache. Wir gaben uns Sergio beim Verlassen der Bar zu erkennen und er kam widerstandslos mit auf das Revier.«

»Wie haben die Kollegen und Toni reagiert, als eure verdeckte Ermittlung ans Licht kam?«, fragte Nick, der immer neugieriger wurde.

»Viele der damaligen Kollegen hatte es übel aufgestoßen, dass wir nicht das Vertrauen hatten, es der ganzen Abteilung mitzuteilen. Und Toni, na ja. Er war alles andere als begeistert. Aber das war sowohl Adrian, mir als auch Eddy klar. Wir konnten es Toni nicht verübeln, da jeder von uns als stellvertretender Abteilungsleiter, der in die Ermittlungen nicht eingeweiht wurde, sich maßlos aufgeregt hätte und so tat es auch Toni.«

Diesmal setzte Luke auf die richtige Abfahrt an und sie fuhren vom Freeway herunter auf eine endlos lange Straße mit dutzenden Abzweigungen. Links und rechts der Straße entlang standen unzählige Bäume. An manchen Stellen verengte sich die Straße, sodass der Weg wie eine Allee aussah.

Die Unterhaltung zwischen Carl und Nick brach ab, da Carl nun damit beschäftigt war, Luke den Weg zum Haus von Adrian zu erklären, was höchste Konzentration erforderte, da die Straßen in dieser ländlichen Gegend, weit weg vom Schmelztiegel New York Citys, teils enorm verwinkelt waren.

»Wir biegen bei der nächsten Einkerbung links in den Wald ab«, sagte Carl, die Richtung mit seinem linken Arm anzeigend.

»Danach haben wir es fast geschafft.«

Die drei passierten die letzte Abzweigung und bogen links ab. Die Straße wurde merklich enger und die Bäume kamen dem Wagen bedrohlich nahe. So nahe, dass Luke manchen Ästen nicht mehr ausweichen konnte und diese mit einem kurzen, aber lauten Kratzen das Auto berührten.

Eine für Nick gefühlte Ewigkeit dauerte es, in der sie immer tiefer in den Wald hineinfuhren, bis sie auf ein massives Holzhaus stießen, das sich plötzlich am Ende des Weges empor tat. Dabei bildet das Haus von Adrian Wolf den Beginn einer Talsohle, die zu einem Fluss führte.

Luke drehte sich zu Nick auf den Hintersitz um, als er das Auto kurz vor dem Haus zum Stehen brachte und sagte: »Wenn wir uns so etwas leisten wollen, dann müssen wir wohl die Karriereleiter nach oben steigen.«

Carl schüttelte sofort den Kopf und noch bevor Nick etwas erwidern konnte, schloss er kichernd an: »Das Haus stammt nicht von dem Lohn, den er als Chief bekam. Das wurde seiner Frau von ihren Eltern vermacht, als diese vor wenigen Jahren starben. Um so ein Haus zu kaufen, braucht es mehr als einen Job bei der Polizei. Aber das soll nicht heißen, dass sich unsere Arbeit nicht lohnt. Der Lohn ist nur nicht finanzieller Natur, sondern eher ein Gefallen an die Gesellschaft, um dieser ein sichereres Leben zu ermöglichen. In unserem Beruf geht es eher um die stille Anerkennung und die Arbeit für den Menschen als um Geld. Aber das habt ihr bestimmt längst gemerkt.«

Carl lächelte die beiden an, als er seinen Satz beendet hatte und stieg aus dem Wagen aus.

»Wartet erst einmal hier im Auto. Ich begrüße zuerst Adrian allein und kläre ihn über unser Anliegen auf, bevor ich euch dazu hole.«

Nick und Luke nickten zustimmend und Carl begab sich in Richtung der kleinen Holztreppe, die sich vor dem Haus befand und direkt auf die Eingangstür verwies.

Er klingelte, doch es kam kein Geräusch aus dem Haus. Nachdem er nochmals geklingelt hatte, nahm er die enorme Holzkugel, die an der Tür hing, in die Hand und hämmerte sie mit voller Wucht dagegen. Als der Hall des Dongs, den er produzierte, erloschen war, lauschte Carl in das Haus hinein, doch er vernahm wieder kein einziges Geräusch.

Nach einem kurzen Moment des Wartens, ob sich nicht doch noch etwas in dem Haus bewegte, winkte er Luke und Nick herbei, die sich sofort aus dem Auto begaben und auf Carl zuliefen.

»Was ist los?«, fragte Nick, der als erstes an der Treppe ankam.

»Es öffnet niemand die Tür und Adrians Hund höre ich auch nicht. Wahrscheinlich sind sie nicht da. Aber lasst uns einmal das Haus abgehen und schauen, ob alles in Ordnung ist.«

Carl ging wieder die Treppe hoch, um von der Veranda aus durch die Fenster ins Innere zu schauen. Nick lief auf der linken Seite des Hauses in Richtung Garten, während Luke sich auf der rechten Seite in den Garten aufmachte. Er kam dabei an der Garage vorbei, die offen stand. Es war eine Doppelgarage in der zwei Autos standen.

»Mit dem Auto sind sie nicht unterwegs«, dachte er sich, als er die Garage genauer inspizierte. Hinter den Autos stand jeweils ein Fahrrad an die Wand gelehnt, sodass ein Ausflug mit dem Rad auch nicht infrage kam.

Luke lief wieder aus der Garage heraus und ging einen schmalen Gang zwischen Hauswand und Garage entlang. Auf den Zehenspitzen stehend erkannte er, dass es die Küche der Wolfs sein musste, da an einer Holzmontur kleinere Kochtöpfe und Suppenkellen hingen. Jedoch war nichts von Adrian oder seiner Frau zu sehen.

Er ging weiter am Haus entlang und sah noch ein zweites Fenster, das etwas versetzt weiter höher lag als das Küchenfenster. Ein kräftiger Sprung nach oben reichte jedoch nicht aus, um bis an die Fensterscheibe heranzukommen. Er probierte es nochmal mit einem zweiten Satz nach oben, jedoch ohne Erfolg.

Nachdem er die Hausseite abgelaufen hatte, kam er in den Garten. Luke war überwältigt von dem Panorama, das ihm geboten wurde. Der Garten, den er auf über 1.000 Quadratmeter schätzte, grenzte an einen Weg, der direkt auf einen Fluss zulief, an dem ringsherum großgewachsene Tannen standen. Vom Garten aus konnte man das Plätschern des Flusswassers vernehmen und hatte einen Ausblick von mehreren hundert Metern über den Fluss hinweg.

Erst als Luke ein Geräusch aus der Nähe des Hauses vernahm, wandte er sich vom Flusspanorama ab und drehte sich der Rückseite des Hauses zu. Er sah Nick wild gestikulierend in seine Richtung winken. Nick signalisierte ihm, dass er leise sein sollte, indem er den Zeigefinger der rechten Hand auf seinen Mund legte und winkte mit der linken Hand Luke herbei. Als Luke näherkam, bemerkte er erst, dass sich vor Nick auf dem Boden ein lebloser Körper befand.

Es war der Körper eines Schäferhundes, der vor Nicks Füßen lag. Der Hund hatte eine Wunde am linken hinteren Bein, die aussah wie ein Einschussloch. Der Kopf des Hundes war zertrümmert, sodass Teile seines Schädels offenlagen. Das Gras war an der Stelle, wo das Blut aus dem Hinterbein und dem Kopf austrat, rot eingefärbt.

Nick legte seine linke Hand auf den Körper des Hundes, als Luke zu ihm kam.

»Der Körper ist noch warm. Es kann noch nicht lange her sein, seit der Hund gestorben ist.«

Luke riss die Augen auf, als er Nick hörte und entgegnete blitzschnell: »Okay. Ich gehe nach vorne zu Carl und informiere ihn über den Fund. Wir werden in das Haus gehen und sehen, ob wir Adrian und seine Frau finden.«

»Mach das. Ich werde mich hier umschauen und versuchen, über die Terrassentür aus in das Haus zu kommen.«

Bevor Luke losging, schaute er Nick in die Augen, sagte ihm, dass er auf sich aufpassen sollte, und legte seine linke Hand auf Nicks Schulter.

Nick war zu perplex, um etwas zu erwidern. Er stand vom Gartenboden auf, schaute Luke kurz verwirrt hinterher und machte sich in Richtung Terrasse auf.

Die Terrasse verlief über die ganze Breite des Hauses. Rechts von der Terrassentür befand sich ein gemauerter Grillplatz, an dem nach oben hin ein Schornstein empor stieg. Auf der linken Seite standen zwei Garnituren bestehend aus jeweils einem runden Tisch sowie vier Stühlen. Es war komplett sauber auf der Terrasse. Nick empfand sogar, dass es unnatürlich sauber war, nahezu steril für einen Ort im Freien.

Er trat an die Terrassentür heran, nachdem er sich noch einen Moment lang umgeschaut hatte, aber keine auffälligen Dinge entdeckt hatte und drückte beherzt gegen die Holztür, die sich mit einem lauten Knarren problemlos öffnete. Seinen ersten Schritt in das Haus machte er mit Bedacht. Da der Leichnam des Hundes noch warm war, konnte es immer noch sein, dass sich Personen im Haus aufhielten, die nicht hätten da sein sollen, und er konnte nicht abschätzen, was ihn erwarten würde.

Als er mit beiden Beinen die Terrassentürschwelle übertreten hatte, atmete Nick tief durch, schloss seine Augen und versuchte sich an die Polizeischule zu erinnern, wo er solche Situationen unzählige Male theoretisch durchgespielt und praktisch geübt hatte. Hierbei wurde ihm und seinen Polizeischülerkollegen immer wieder mantraartig eingebläut, sich nie alleine in eine Gefahrensituation zu begeben. Doch jetzt gab es kein Zurück für ihn und er musste allein den hinteren Teil des Hauses durchsuchen.

Nachdem er sich verinnerlicht hatte, was er in der Polizeischule gelernt hatte, worauf er bei einer Hausdurchsuchung zu achten hatte und wo die Gefahren lauerten, sah er sich in dem Raum um. Es war das Wohnzimmer, in dem er stand. Direkt vor ihm befand sich eine Couchgarnitur, die komplett mit Plastik überzogen war. Nick schüttelte den Kopf beim Anblick des in Plastik eingepackten Sofas, da er nicht begreifen konnte, warum überwiegend ältere Menschen, ihre Sitzmöbel in Plastik umhüllten.

Ihm fiel jedoch sofort auf, dass auch das Wohnzimmer, ebenso wie die Terrasse, steril wie ein Operationssaal war. Selbst in dem großen Kamin, der sich an der Wand gegenüber der Couch befand, war kein Hauch von Asche zu sehen. Der Anblick des Wohnzimmers brachte in ihm wieder ein Kopfschütteln hervor, da er im Vergleich dazu an sein eigenes Wohnzimmer dachte, als er plötzlich aus dem vorderen Teil des Hauses ein klirrendes Geräusch und einen dumpfen, lauten Schlag hörte.

Sein Herz fing sofort an zu rasen und sein Körper pumpte sich voll mit Adrenalin. Er versuchte sich zu beruhigen, indem er seine Atemfrequenz drosseln wollte, doch es gelang ihm nicht.

Erst nachdem er drei laute Klopfzeichen aus dem Vorderteil des Hauses vernahm, begann sich sein Körper ein wenig zu entkrampfen. Er erinnerte sich daran zurück, dass in der Polizeiausbildung gesagt wurde, dass bei Verlust der Kommunikationsfähigkeit mit seinem Team jeder versuchen sollte, sich auf eine bestimmte Weise bemerkbar zu machen. Nick war sich sicher, dass die Klopfzeichen von Carl und Luke vom anderen Ende des Hauses kommen mussten, sodass er auf die Wand des Kamins zuschritt und dreimal fest mit seinen Fingergelenken dagegen schlug, um sich ebenso bemerkbar zu machen.

Nachdem er ein paar Sekunden lang still an seiner Position an der Wand verharrte, hörte er Geflüster aus dem Vorderbereich. Er konnte klar die Stimme von Carl erkennen, der anscheinend Anweisungen in Lukes Richtung gab, sodass sich Nick wieder etwas weiter entspannte und mit dem Durchkämmen des Hauses fortfuhr.

An dem Wohnzimmer schloss sich rechts davon die Küche an und vor Nick erhob sich in der Mitte der Küche ein großer, rechteckiger Block aus Granit, auf dem eine Holzplatte befestigt war, die als Küchenzeile zum Anrichten der Mahlzeiten diente. Ihm fiel auf den ersten Blick auf, dass die Küche nicht in dem gleichen Reinigungszustand war wie das Wohnzimmer und die Terrasse. Es hingen zwar die kleinen Töpfe und Suppenkellen, wie es Luke bereits von draußen erblicken konnte, fein säuberlich an der Holzvertäfelung der Wand, aber der Messerblock, der neben dem Herd war, wurde umgestoßen, sodass die Messer quer über die Küchenplatte verteilt waren.

Er ging um die massive Granitgarnitur herum, um sich ein Bild von der gesamten Küche zu machen, als er eine ältere Frau zwischen dem Granitblock und der eigentlichen Küchenzeile auf dem Boden liegen sah. Sofort wich er einen Schritt zurück, als er bemerkte, dass er in Blut gelaufen war und sein Schuh sich mit der roten Flüssigkeit vollsog.

Die Frau lag auf dem Bauch, das Gesicht zum Ofen gedreht, sodass es Nick nicht direkt sehen konnte. An ihrem Hinterkopf steckte noch ein Messer, dass Nick als ein Küchenmesser aus dem Messerblock identifizierte. Ihr ganzer Körper war von Messerstichen übersät, so-dass die Frau unheimliche Qualen hatte erleiden müssen, dachte er sich. Der ganze Boden zwischen Granitgarnitur und Küchenzeile war mit Blut überflutet, das teilweise noch flüssig war und die leblose Frau, ebenso wie der tote Hund im Garten, war noch warm. Nick versuchte noch ihren Puls zu fühlen, doch vergebens, was in Anbe-tracht der Stichverletzungen, die der Frau zugefügt wurden, für ihn zu erwarten war.

Nick erhob sich aus seiner gebückten Haltung, blickte sich in der Küche um und ging vorsichtig aus dem Zimmer heraus, sodass er kei-ne Spuren verwischen konnte. Er ging den Flur entlang, der in den Eingangsbereich des Hauses führte und schaute in die Gästetoilette sowie in den Hauswirtschaftsraum hinein, doch er entdeckte nichts. Am Eingang angekommen, sah er haufenweise Glassplitter von einem zerbrochenen Bild, das nicht weit entfernt von der Eingangstür angebracht war.

»Hier mussten Luke und Carl in das Haus gekommen sein, was auch die lauten Geräusche erklärte«, dachte sich Nick.

Nachdem er Carl und Luke nicht im Erdgeschoss des Hauses fand, ging er die breite Treppe nach oben, die zu einem langen Flur führte, in dem sich jeweils zwei Türen links und rechts befanden, die in die Schlafgemächer und den Hobbyraum führten.

An der Wand gegenüber der hinteren linken Tür sah Nick Carl, der zusammengekauert an der Wand lehnte. Nick ging schnellen Schrittes auf Carl zu, als er bemerkte, dass Carl weinte. Als er Nick vor sich bemerkte, wischte Carl sich die Tränen aus dem Gesicht und zeigte in das Zimmer hinein, das gegenüber von ihm lag.

Luke kniete über einem leblosen Körper, der einen älteren Mann zeigte, der stark übergewichtig war. Sein Kopf musste mit Schlägen und Tritten malträtiert worden sein, denn seine Augen waren geschwollen und blau unterlaufen. Außerdem konnte Nick erkennen, dass seine Wangen- und Backenknochen eingeschlagen waren. Der Leichnam lag auf dem Rücken und in seinem Herzen steckte ein großes Messer, das das gleiche Muster wie die Messer aus dem Messerblock der Küche hatte.

»Das ist Adrian«, sagte Carl in einer bibbernden Stimme, den Tränen wieder nahe.

»Sie töten alle. Sie werden uns alle töten, Nick!« Carl schlug sich die Hände über den Kopf und fing an zu schluchzen.

Nick nahm ihn in den Arm und versuchte ihn zu beruhigen.

Luke, der sich die Leiche von Adrian genauer angeschaut hatte, kam aus dem Zimmer heraus und flüsterte Nick zu: »Ich suche das Telefon und versuche Toni im Büro zu erreichen. Außerdem rufe ich Stephanie Farnwell und ihr Team an.«

★★★

Nick schwirrten unzählige Gedanken im Kopf herum, während er auf den Fahrstuhl wartete, der ihn in das Stockwerk seines Apartments führen sollte. Das Puzzle fügte sich für ihn nicht zusammen und er ging alle Ereignisse der vergangenen Tage nochmals durch.

Was übersah er nur?

Irgendetwas musste er übersehen.

Er verbiss sich in den Gedanken, dass etwas bei den Vorfällen, die in Zusammenhang mit der Piepero-Familie standen, nicht stimmte. Er hatte es im Gespür, dass er etwas Naheliegendes übersah. Doch er kam nicht auf die Lösung.

Es war zu spät für klare Gedanken. Er war schon wieder länger als 15 Stunden im Einsatz und hatte wieder mehr Leichen gesehen, als ihm lieb war. In seinem Kopf ging er nochmals alle Ereignisse chronologisch durch, doch er fand die Lösung nicht.

Erst als er kurz vor seiner Apartmenttür stehen blieb, bemerkte Nick, dass Melissa an seiner Tür lehnte. Diesmal nicht wie die Nacht zuvor wie ein Häufchen Elend in ihren eigenen Tränen versunken, sondern in einem langen, weißen, sommerlichen Kleid, das gleichzeitig für einen Ball, aber auch für einen Clubbesuch passend wäre.

In den Augen von Nick sah sie wunderschön aus und ihm verschlug es die Sprache, als er sie anblickte, was von Melissa nicht unbemerkt blieb: »Sehe ich so blöd aus in dem Fummel, oder warum sagst du nichts?«

»Ganz im Gegenteil«, fing Nick an zu stammeln.

Es entstand einen Moment lang Stille und Nick versuchte sich zu beruhigen. Er konzentrierte sich auf die Worte, die er als nächstes sagen wollte: »Ich habe noch nie eine schönere Frau als dich gesehen!«

Nick lief knallrot an, als er seine Worte beendete, war aber heilfroh, den Satz fehlerfrei über die Lippen bekommen zu haben.

»Wollen wir jetzt hier draußen rumstehen und du starrst mich weiter an oder können wir in deine Wohnung gehen?«, fragte Melissa in einem harschen Ton, um über ihre Verlegenheit von Nicks Kompliment hinwegzutäuschen.

»Natürlich schließe ich uns auf«, erwiderte Nick, der anschließend in seiner linken Hosentasche nach dem Schlüssel kramte und die Tür zu seinem Apartment aufschloss.

Melissa setzte sich auf das Sofa, auf dem sie tags zuvor noch bitterliche Tränen vergossen hatte.

»Willst du etwas trinken?«, fragte Nick Melissa, während er sich von seinem dunkelgrauen Jackett befreite.

»Ja. Hast du Alkohol da?«

Nick verzog sein Gesicht, da er wusste, dass er ein paar Bier im Kühlschrank hatte, aber mehr nicht.

»Ich schaue in der Küche nach. Ich bin gleich wieder bei dir.«

Er lief durch die offene Küchentür und schloss sie hinter sich. Sein erster Blick ging die Küchenzeile auf und ab, doch er sah nichts außer dreckigem Geschirr, einer Küchenrolle und seine Kaffeemaschine. Im Kühlschrank war, wie von ihm befürchtet, nur Bier, doch dann sah er, dass im Gemüsefach eine Flasche Sekt lag, die ihm seine Eltern zum Einzug in die Wohnung geschenkt hatten.

Sein Lächeln, dass ihm der Anblick der Flasche Sekt auf die Lippen zauberte, verging wieder schlagartig, als er bemerkte, dass in keinem seiner Schränke ein Glas stand, das auch nur annähernd nach einem Sektglas aussah.

Generell hatte er kein einziges sauberes Glas mehr, sodass sich Nick zwei Gläser aus dem Berg an benutztem Geschirr nahm, diese schnell spülte und die Küche wieder verließ.

»Oh, Sekt.«, begegnete ihm Melissa, als er dabei war, die Flasche zu öffnen.

»Hast du nicht auch Bier da?«

Nick hob sein Kopf, lächelte Melissa an und sagte: »Natürlich. Ich hole uns zwei. Ich wusste nicht, was du lieber magst. Aber Bier ist natürlich immer gut.«

Er wandte sich von Melissa ab, um mit der Sektflasche wieder in die Küche zu laufen, als ihm Melissa hinterherrief: »Du kannst auch die Gläser wieder mitnehmen. Wir trinken aus der Flasche.«

Nicks Grinsen wurde breiter.

Er kannte sich deutlich besser in seiner Küche aus, wenn es um Bier ging. Mit einem gezielten Handgriff zog er die oberste Schublade an seiner Küchenzeile auf, nahm den Flaschenöffner heraus und hatte im Handumdrehen die beiden Bierflaschen geöffnet.

Melissa nahm eine der Flaschen entgegen, als Nick wieder in das kleine Wohnzimmer kam und sich gegenüber von ihr in den Sessel setzte. Erst jetzt, als er klare Gedanken beim Anblick von Melissa fassen konnte und nicht nur auf ihr Erscheinungsbild in dem weißen Kleid fixiert war, sah Nick, dass Melissa neue Blessuren im Gesicht hatte.

»Was ist passiert? Hast du Schmerzen im Gesicht? Ich hole dir einen Eisbeutel«, sprudelte es aus Nick heraus, als er sich von seinem Sessel erhob, um wieder in die Küche zu gehen.

»Nein. Setz dich bitte wieder hin. Ich habe alles, was ich brauche hier«, antwortete Melissa, zeigte auf das Bier und schaute Nick verschmitzt an.

»Dann sage mir wenigstens, was bei dir los ist. Warum hast du so viele Schrammen im Gesicht?«

»Weißt du«, setzte Melissa an. »Wir haben es mit vielen gefährlichen Menschen zu tun, wenn wir in die Piepero Organisation eindringen. Ich wusste das von Anfang an. Dort sind skrupellose und unbarmherzige Personen am Werk, die der Organisation treu und loyal verpflichtet sind. Das Einzige, was alle bei den Pieperos vereint, ist eben diese Loyalität zu der Organisation und zum Credo, das niemand niemanden verrät. Um weiter in die Organisation vorzudringen, muss ich meine

Loyalität und meine Verschwiegenheit unter Beweis stellen und bin der Brutalität der Personen mit Macht ausgeliefert. Ich werde den Weg so lange gehen, bis ich in die Spitze der Organisation gekommen bin und handfeste Beweise liefern kann, um die komplette Piepero-Familie zu zerstören. Erst dann haben wir unser Ziel erreicht.«

»Ich verstehe das alles«, erwiderte Nick. »Doch wäre es nicht sinnvoller, weniger Druck auf deinen Ansprechpartner in der Organisation auszuüben und mit langsamen Schritten zu versuchen, die Pieperos komplett zu infiltrieren?«

»Wir haben die Zeit nicht. Wir müssen schnell handeln und ich muss versuchen, so schnell wie möglich an Informationen über den Führungskreis der Piepero-Familie zu gelangen. Durch die Organisation wird fast die komplette Ostküste der Vereinigten Staaten mit Heroin und Kokain versorgt. Niemand kann sich ausmalen, wie viele durch die Piepero-Familie abhängig von den Drogen wurden und wie viele Junkies an einer Überdosis gestorben sind. Außerdem tauchen im Moment zu viele mysteriöse Tote auf, die mittel- oder unmittelbar in Verbindung zu den Pieperos stehen.« Melissa machte eine kurze Pause.

»Verstehst du, Nick? Wir haben keine Zeit!«

»Natürlich verstehe ich das. Aber warum sollte die ganze Last bei dir liegen? Wir müssen doch versuchen, mehrere Leute in die Organisation zu schleusen.«

Melissa grinste, als sie die Aussage von Nick hörte.

»Man merkt dir noch deine Träumereien von einer perfekten Welt an. Als ich vor ein paar Jahren frisch von der Polizeischule kam, hatte ich diese Phantasie auch noch. Die Gedanken davon, dass es eine perfekte Welt geben kann und ich dazu beitragen werde, diese mit meinem Dienst bei der Polizei zu erschaffen. Aber davon musst du dich verabschieden. Wir können höchstens dazu beitragen, die Welt an einem Tag, für einen kleinen Moment, vor einem oder mehreren bösen Menschen zu beschützen, ja vielleicht zu befreien. Doch lange hält der Frieden nicht an, denn es rücken immer wieder neue, bösartigere Menschen nach und nehmen den Platz desjenigen ein, den wir gedacht haben, losgeworden zu sein. Es ist der Kampf gegen Windmühlen, den wir Tag für Tag eingehen und in den wir unsere ganze Kraft und Energie stecken.«

Melissa winkte ab, nachdem sie Nick ihre düsteren Ansichten bezüglich des Polizeiberufs erläutert hatte.

»Warum opferst du dich dann so auf, wenn du die Einstellung hast, dass der Kampf über Kurz oder Lang nur verloren werden kann? Ich habe wenigstens meine Phantasie einer perfekten und heilen Welt noch, zu der ich etwas beitragen will.«

»Ich mache das alles, weil ich glaube, dass durch die Zerschlagung der Piepero Organisation ein interner Machtkampf in der Familie ausbrechen wird, der dazu führt, dass es keine vereinte Organisation mit dieser Struktur und Macht mehr geben wird. Die Organisation wird in einem Scherbenhaufen enden und viele kleine Ableger werden sich bilden, die sich im besten Fall gegenseitig bekriegen werden. Dann haben wir es als Polizei einfacher, die kleinen Gruppen an Mafiosi zu unterlaufen und zu zerschlagen. Wir werden immer gegen das organisierte Verbrechen kämpfen müssen. Aber wir können es uns einfacher machen, als es jetzt ist und ich werde alles in meiner Macht stehende tun, dass wir es in Zukunft einfacher haben werden, die nachkommenden Generationen an Mafiosis hinter Gittern zu bekommen.«

»Aber warum du alleine?«, wiederholte Nick seine Frage.

»Es ist alles eine Frage des Budgets. Du weißt, dass wir in unserer Abteilung nur zehn Mitarbeiter haben. Davon sind wir sechs Ermittler, eine Sekretärin, Toni und zwei, die nur die Büroarbeit machen. Wir sechs Ermittler arbeiten rund um die Uhr an der Piepero-Familie. Als ich mich freiwillig zu der Undercover-Aktion bei der Piepero-Familie meldete, wusste ich, dass wir nicht mehr Männer als dich bekommen würden und keine weiteren erfahrenen Beamten, die wir mit in die

Organisation einschleusen könnten. Dennoch meldete ich mich aus Überzeugung davon, dass ich taff genug bin, diesen Job zu machen und einen Beitrag zur Vernichtung der Pieperos leisten kann.«

»Jeder weiß, dass du taff genug dafür bist. Das habe ich an meinem ersten Tag bei unserer ersten Begegnung direkt gemerkt und Toni weiß das sicherlich auch, sonst hätte er dich nicht auf diesen Job angesetzt. Doch warum haben wir nicht mehr Budget? Die essentielle Verbrechensbekämpfung in New York City bedeutet doch nun mal die Bekämpfung der Piepero-Familie.«

»Es war nach dem Kronzeugenprozess um Vincezo D'Aconte und der Inhaftierung Sergio Thomassos lange Zeit ruhig um die Verbrechen der Pieperos geworden. Viel zu ruhig meiner Meinung nach. Sie konnten sich von dem Wirbel um den Prozess erholen und neu aufstellen. Und, wenn du mich fragst, beginnen sie mit den Morden der vergangenen Tage einen Rachefeldzug.«

»Auch Carl ist fest davon überzeugt, dass die Pieperos einen Rachefeldzug gestartet haben«, sagte Nick und fügte hinzu, dass irgendetwas bei der ganzen Sache nicht stimmte.

»Was soll nicht stimmen?«, entgegnete ihm Melissa.

»Ich weiß es noch nicht, aber es ist doch eigenartig, dass eine Person aus dem Zeugenschutzprogramm stirbt, wir zwei nicht identifizierte Leichen haben, auf die die Beschreibung von zwei vermissten Personen aus dem Zeugenschutzprogramm passt und das Adrian und seine Frau ermordet wurden, genau zu der Zeit, zu der wir auf dem Weg zu ihnen waren.«

»Adrian und seine Frau sind tot?«, fragte Melissa entsetzt.

Nick erschrak, als ihm bewusst wurde, dass diese Information neu für Melissa war und sie Adrian Wolf kannte.

»Oh, es tut mir leid. Du wusstest es noch nicht!«

Nick hielt kurz inne bevor er ergänzte: »Wir haben vor wenigen Stunden die Leichen der beiden in ihrem Haus draußen in den angrenzenden Wäldern New Yorks gefunden. Sie wurden beide kaltblütig erstochen.«

»Das ist ja entsetzlich«, sprudelte es aus Melissa heraus. »Er war wie ein zweiter Mentor für mich, als ich von der Polizeischule kam. Zwar hatte ich nie ein so gutes Verhältnis zu ihm wie zu Toni, da er ein Jahr nachdem ich den Dienst antrat, in den Ruhestand ging. Doch werde ich meine Anfangszeit unter ihm bei der Polizei niemals vergessen.«

»Es tut mir leid. Hätte ich gewusst, dass du den Beginn deiner Karriere bei der Polizei mit ihm verbindest, wäre ich etwas rücksichtsvoller gewesen und hätte seinen Tod nicht beiläufig in einem Nebensatz erwähnt.«

Es entstand eine kurze Pause, bei der Nick auf sein Bier starrte.

»Es ist ok, glaube ich. Wir hatten lange Zeit keinen Kontakt mehr und er wusste sicherlich, auf was er sich einließ, als er Vincenzo D'Aconte als Kronzeugen gegen ein ranghohes Mitglied der Piepero-Familie aussagen ließ. Der Tod ist in unserem Geschäft allgegenwärtig, musst du wissen. Wirklich überall ist er zufinden, wie ich gestern Abend schmerzlich selbst feststellen musste.«

Melissa liefen Tränen über die Wange, als sie an die Ereignisse der vergangenen Nacht dachte.

»Ich hole dir ein Taschentuch«, sagte Nick und sprang von seinem Sessel auf, um in Richtung Küche zu gehen.

»Nein, bleib bitte hier. Wir müssen über deine Anmerkung reden, dass irgendetwas nicht stimmen würde, da die Vorfälle tatsächlich eigenartig sind.«

»Es war heute der Leiter des Zeugenschutzprogramms in einer Besprechung mit uns«, erklärte Nick, als er sich wieder auf seinen Sessel gesetzt hatte.

»Lucas Moldrige ist sein Name«, ergänzte er. »Kennst du ihn?«.

»Nein, den Namen habe ich noch nie gehört«, beantwortete Melissa die Frage.

»Wer außer die Abteilung von Lucas Moldrige hat noch Kenntnisse über den Aufenthaltsort von Vincenzo und seiner Familie gehabt?«

»Das ist schwer zu beantworten.«

Melissa dachte einen Moment lang nach.

»Aber ich glaube, dass der Kreis der Mitwissenden äußerst klein ist und sich nur in den Führungsriegen der Polizei abspielt. Es wird nur ein kleines Team aus der Abteilung von Lucas wissen sowie Lucas selbst und vielleicht der Polizeichef. Mehr vermute ich nicht.«

»Das dachte ich mir«, erwiderte Nick.

»Ich gehe davon aus, dass, so wie wir dich undercover bei den Pieperos eingeschleust haben, im Gegenzug die Pieperos jemanden bei der Polizei als Informant haben.«

»Es werden viele Polizisten auf der Gehaltsliste der Piepero-Familie stehen«, entgegnete ihm Melissa.

»Ja, kleine Fische. Straßenpolizisten, vielleicht ein paar Detectives. Aber es muss jemanden geben, der an eine Vielzahl an Informationen herankommt, die aktuell enorm wichtig für die Piepero-Familie sind. Wie beispielsweise der Aufenthaltsort der D'Acontes. Und solche Informationen hat, wie du sagst, kein einfacher Streifenpolizist, sondern nur jemand, der enormen Einfluss hat.«

Nick riss seine Augen immer weiter auf, als er seinen Gedanken Melissa mitteilte und es hielt ihn kaum mehr auf seinen Sessel, als er zum Ende seiner Darstellung kam.

»Setz dich wieder«, holte Melissa ihn auf den Boden der Tatsachen zurück.

»Hast du schon einmal an einen Zufall gedacht?«, fragte sie Nick.

»Was meinst du mit Zufall?«, antwortete er perplex.

»Na ja. Vielleicht hat ja auch Vincenzo seine Frau getötet und ist danach mit seinem Kind untergetaucht, die beiden Leichen aus dem Autowrack sind aus einem anderen Grund von den Pieperos getötet worden und der Tod von Vincenzos Frau steht in keinem Zusammenhang mit ihnen.«

Nick schaute Melissa skeptisch an, bevor er sie fragte, ob sie selbst daran glauben würde, was sie gerade sagte.

»Natürlich nicht. Aber wir als Polizisten müssen jede Möglichkeit in Erwägung ziehen und dürfen uns nicht auf einen Lösungsweg versteifen. Was ist denn die Ansage von Toni, in welche Richtung ermittelt wird?«, hakte Melissa nach.

»Toni will natürlich so schnell wie nur möglich, Ergebnisse sehen. Er hat uns in Teams aufgeteilt und jedes ist an einem anderen Mordfall der vergangenen Tage dran. Rachel und Charles haben deinen Fall übernommen und Carl war nach dem Tod von Adrian total geschockt und ist jetzt auch noch dortgeblieben, um der Spurensicherung zu helfen. Von der einen Leiche haben wir einen Gebissabdruck, der mit den zahnmedizinischen Unterlagen von Vincenzo verglichen werden soll. Hier weiß ich allerdings noch nicht, ob es schon eine Kontaktaufnahme gab. Morgen früh ist wieder ein Treffen mit dem ganzen Team anberaumt. Vielleicht erfahre ich dann mehr. Hast du schon Toni gesprochen und ihm von gestern erzählt?«

»Nein, ich konnte noch nicht. Und ich weiß nicht, ob wir uns morgen treffen können. Ich habe noch keine Bestätigung von Toni erhalten. Du musst morgen früh gleich Charles, Rachel, Toni und Carl einweihen, dass ich mit bei der Ermordung von Ruby Tannehill und ihrem Mann war. Ich weiß, wer der Mörder der beiden ist, jedoch weiß ich nicht, wer den Auftrag zur Ermordung gegeben hat.«

»Ja, das werde ich auf alle Fälle direkt vor der Besprechung machen.«

»Danke dir. Ich weiß deine Unterstützung sehr zu schätzen.«

Melissa lächelte Nick nach ihren letzten Worten an.

»Ich denke seit ein paar Tagen schon länger über etwas Weiteres nach«, begann Nick.

»Ist noch etwas passiert, wovon ich nichts mitbekommen habe?«, fragte Melissa, die eigentlich die Unterhaltung beenden wollte.

»Nein! Nur weiß ich nicht, was ich von Luke halten soll.«

Melissa verschluckte sich beinahe an ihrem Bier, das sie angesetzt hatte, als sie Nick hörte und musste anfangen zu grinsen.

»Warum das?«, fragte sie.

»Er ist mir irgendwie unsympathisch. Schon als ich ihn das erste Mal sah, mit dir, empfand ich sein ganzes Erscheinungsbild und Getue als aufgesetzt und das hat sich seitdem nicht geändert.«

»Ist da jemand eifersüchtig?«, fragte Melissa mit einem breiten Grinsen.

Nick atmete tief durch und stammelte: »Ich weiß es nicht und wenn, würde es einen Grund dafür geben?«

»Du bist süß«, sagte Melissa, als sie die erröteten Wangen von Nick sah.

»Luke und ich kennen uns schon eine Ewigkeit und wir sind nur Freunde. Wusstest du, dass Luke verheiratet ist und eine kleine Tochter hat?«

»Nein, das wusste ich nicht!«, erwiderte Nick.

»Also! Keine Panik an dieser Stelle. Luke ist sehr nett, aber nicht nur zu mir, sondern zu allen anderen aus der Abteilung auch. Das ist einfach seine Art. Aber weißt du, was das Beste ist, um dich auf andere Gedanken zu bringen?«

Nick schüttelte den Kopf.

»Dann zeige ich es dir!«

Melissa stieg von der Couch auf und hatte den Blick tief in Nicks Augen gerichtet. Während sie um den kleinen Sofatisch herum in Nicks Richtung lief, zog sie mit der linken Hand den Reisverschluss ihres Kleides am Rücken auf. Sie nahm Nicks Hand, als sie bei ihm stehen blieb. Nicks Gesicht lief knallrot an, als Melissas Hand seine Hand berührte. Sie zog seine Hand auf ihr Dekolleté. Nick wusste nicht, was er machen sollte und seine Unsicherheit kam schlagartig zum Vorschein. Melissa führte Nicks Hand weiter zu ihrer Schulter und stieß die Ärmel des Kleides mit einer zuckenden Bewegung nach unten, sodass ihr Kleid von ihrem Oberkörper rutschte. Anschließend zog Melissa Nick an seinen Haaren zu sich und sie küssten sich leidenschaftlich.

Als Stephanie mit ihrem Team am Tatort ankam, konnte Carl nicht anders und ließ seinen Gefühlen freien Lauf. Er umarmte sie, fiel ihr regelrecht um den Hals. Sofort schossen ihm wieder die Tränen ins Gesicht.

Stephanie wusste aus ihrer Ehe mit Carl, wie gut befreundet er mit Adrian war. Sie wusste ebenso, dass die Freundschaft zwischen den beiden auch noch nachdem Adrian in den Ruhestand ging weiterhin bestand und Carl ihn mehrmals im Jahr in seinem Haus besuchte. Genau in dem Haus, wo Carl im Augenblick, aufgelöst in seinen Tränen, fest umschlungen von Stephanie, stand.

In den Armen von Stephanie gab es für Carl kein Halten mehr. Seine ganze Anspannung, die sich aufgrund der ereignisreichen letzten Tage aufgestaut hatte, entlud sich in einem Meer aus Tränen.

»Adrian war mehr als ein Vorgesetzter für mich«, wiederholte Carl immer wieder, während sein Kopf weiter auf Stephanies Schulter lag.

Ihr weißer Overall wurde dabei immer durchnässter an der Stelle, an der Carls Kopf lag.

»Ich weiß doch«, sagte Stephanie und streichelte ihm sanft über den Hinterkopf.

»Versuch dich etwas zu beruhigen. Ihr werdet die Mistkerle dranbekommen, die für all die Taten verantwortlich sind.«

»Es passieren so viele Morde und es ist nur eine Frage der Zeit, bis der nächste geschieht«, schluchzte Carl.

»Es stirbt einer nachdem anderen, der in den Fall von Sergio Thomasso verwickelt war und das Morden wird bestimmt erst Enden, wenn alle umgebracht wurden, die für die Inhaftierung von Sergio verantwortlich waren.«

Carls Tränen wurden mehr und mehr. Es glich fast einem Nervenzusammenbruch, den er in den Armen von Stephanie hatte.

Stephanie wurde bewusst, als Carl in ihren Armen lag, dass so viel Nähe zwischen ihnen, wie in diesem Moment, in der ganzen Zeit ihrer Ehe nicht vorhanden gewesen war. Ihre Begegnung am gestrigen Abend, am Tatort der Ermordung von Serge Thomas, und das heutige Wiedersehen machten sie nachdenklich. So verletzlich hatte sie Carl noch nie gesehen und ihr wurde ebenfalls bewusst, dass er vielleicht einfach nur ihre Nähe in all den Jahren ihrer Ehe gebraucht hätte, auch wenn Carl nie ein Anzeichen dahingehend gemacht hatte.

Keiner der beiden fühlte sich während ihrer Ehe geborgen, aber keinem der beiden schien das wichtig zu sein. Das hatte Stephanie zumindest bis zu diesem Augenblick gedacht, an dem Carl in Tränen aufgelöst an ihrer Schulter kauerte. Sie spürte wieder diese Verbindung von ganz zu Beginn ihrer Bekanntschaft mit ihm. Er hat sich zwar immer als starker und taffer Mann präsentiert und Stephanie war von seinem Beruf als Polizist und später von seiner Beförderung zum Detective sehr beeindruckt gewesen, doch wusste sie auch, dass Carl einen weichen, zerbrechlichen Kern hat.

Die fürsorgliche und aufopferungsvolle Art, die Carl zu Beginn ihrer Beziehung hatte, ließ Stephanie an eine andere Seite von Carl glauben, die nichts mit einem hartgesottenen Polizisten zu tun hatte. Und jetzt, über 15 Jahre nach ihrer ersten Begegnung, lange nach ihrer Scheidung, zeigte Carl diese Seite an ihm, an die Stephanie immer geglaubt hatte.

Sie fühlte sich zu Carl so stark hingezogen wie seit Jahren nicht mehr. Die Gedanken an ihre gescheiterte Ehe, die Gefühle, die sie im Moment verspürte und die Tatsache, dass ihre große Liebe vor ihr stand, zerbrechlich wie niemals zuvor, gingen an Stephanie nicht spurlos vorbei und ihr kamen ebenfalls die Tränen.

Sheldon tippte Stephanie zweimal leicht auf die Schulter, die sich erschrocken umdrehte, immer noch Carl in ihren Armen haltend.

Er flüsterte ihr zu: »Darf ich dich kurz stören?«

Stephanie wischte sich mit ihrer linken Hand die Tränen aus ihrem Gesicht.

»Ja, natürlich. Was ist los? Habt ihr etwas gefunden?«

Sheldon nickte.

»Wir konnten etliche Fingerabdrücke auf den Tatwaffen sicherstellen und werden diese zur Überprüfung an die Polizei geben. Wir haben alle Beweismittel sichergestellt, die wir finden konnten und sind mit der Spurensuche fertig.«

»Okay. Ich schaue mir die beiden Tatorte nochmals an und dann können wir gehen.«

Sie wandte sich wieder Carl zu: »Ich bin gleich wieder bei dir. Dann fahre ich dich nach Hause, wo du dich ausruhen kannst.«

»Danke«, keuchte Carl und Stephanie verließ mit Sheldon den Eingangsbereich des Hauses.

»Ist alles ok?«, fragte Sheldon Stephanie, als sie die Treppen zu dem Zimmer hochgingen, in dem Adrians Leiche lag. Ihm waren die Tränen, die Stephanie im Gesicht hatte, nicht verborgen geblieben.

»Ja! Es ist ok. Wir kannten beide Adrian und das hat uns doch etwas aufgewühlt.«

»Sollen wir die Beweisaufnahme einem ortsansässigen Gerichtsmediziner geben, wenn du eine Verbindung zu den Getöteten hast?«

»Nein. Das ist in Ordnung. Wer weiß, was wir hier für Kollegen haben«, entgegnete Stephanie Sheldon und zeigte damit ihre Abneigung gegenüber einer Vielzahl ihrer Kollegen, die sie meistens als schludrig und nicht präzise genug arbeitend empfand.

Nachdem Stephanie die beiden Leichen begutachtet und sich das Haus gründlich angeschaut hatte, ging sie wieder auf Carl zu, der immer noch im Eingangsbereich stand. Er hatte sich etwas beruhigt und ihm kullerten nur noch vereinzelt Tränen die Wangen hinunter.

»Wir sind fertig«, sagte Stephanie in Carls Richtung. Hinter ihr kamen Sheldon und Jose hervor, vollgepackt mit Koffern und allen möglichen Utensilien, die sie in Plastikfolie eingepackt vom Tatort mitnahmen.

»Ihr fahrt die Sachen direkt zu uns ins Labor und gebt die Tatwaffen zum Fingerabdruckabgleich zur Polizei. Ich komme nach, sobald ich Carl bei ihm daheim abgesetzt habe«, gab Stephanie die Anweisung an ihre beiden Mitarbeiter, die sich umgehend auf den Weg in Richtung Auto machten.

»Es tut mir leid, dass du mich so sehen musstest. Aber ich konnte einfach nicht anders und musste meinen Gefühlen freien Lauf lassen«, versuchte Carl eine Erklärung für seinen gefühlten Nervenzusammenbruch zu finden.

Stephanie nahm ihren Blick weg von der Straße und schaute Carl an, der auf dem Beifahrersitz saß.

»Du musst dich doch keineswegs dafür entschuldigen, dass du geweint hast. Ein langjähriger Freund von dir wurde bestialisch ermordet. Da würde es jedem so gehen. Und wenn es nach mir ginge, hättest du mir diese Seite von dir schon viel früher zeigen dürfen.«

Carl ignorierte die Anmerkung von Stephanie und versuchte das Thema wieder auf den Tatort zu lenken.

»Konntet ihr genug Beweismaterial sammeln?«, fragte er.

Stephanie seufzte und es stimmte sie traurig, dass Carl nicht auf ihre Aussage reagierte. Dennoch beantwortete sie seine Frage: »Die zwei

Küchenmesser, mit denen Adrian und seine Frau umgebracht wurden, waren von Fingerabdrücken übersät. Wir hoffen darauf, dass wir auf jedem Messer ein paar vollständige Abdrücke herausfiltern können, die wir dann für einen Vergleich mit den Fingerabdrücken in unserer entstehenden Datenbank nutzen können. Außerdem haben wir bei Adrians Frau einen Schuhabdruck aus Blut gefunden, der zwar nicht vollständig ausgeprägt ist, wir jedoch schauen, ob wir den Abdruck im Labor auf eine kleine Anzahl an möglichen Schuhen reduzieren können.«

»Danke, Stephanie. Das klingt gut. Ich weiß, dass du eine der besten in deinem Fachgebiet bist und ich bin froh, dass du uns bei den Ermittlungen unterstützt.«

»Ich gebe mein Bestes«, erwiderte Stephanie auf die Lobeshymne von Carl auf sie.

»Aber ich mache mir Sorgen um dich«, fuhr sie fort.

»Du erwähntest, dass du befürchtest, dass die Piepero Organisation erst das Morden beenden würde, sobald alle Tod sind, die zur Inhaftierung von Sergio Thomasso beigetragen haben. Und soweit ich mich noch erinnern kann, warst du der führende Ermittler bei der Befragung von Vincenzo als auch von Sergio.«

Ihr Blick ging wieder in Richtung Carl, der ihren Blick nicht kreuzte und starr auf die Straße schaute.

»Ich stand nicht in der Öffentlichkeit. Zumindest wurde ich der Öffentlichkeit nicht als Ermittler in dem Fall vorgestellt. Die Presse bauschte stark Ruby und Serge auf und auch Adrian wurde öfters erwähnt. Er hielt mit Ruby damals auch eine Pressekonferenz ab. Ich war immer nur im Hintergrund, was mich damals nicht störte und mir jetzt erst recht zugutekommt. Um mich mache ich mir keine Sorgen. Du weißt, dass ich ein guter Polizist bin und ein sehr gutes Team um mich habe. Würde es Anzeichen geben, dass auch ich gefährdet bin, hätte Toni mich schon längst aus der Schussbahn genommen.«

Er legte seine linke Hand auf den rechten Oberschenkel von Stephanie und fuhr fort: »Mach dir wirklich keine Gedanken um mich. Ich bin schon lange genug in dem Job und weiß, wie ich mit jeder Gefahrensituation umzugehen habe. Ich werde die Dreckskerle schnappen, die für die Morde verantwortlich sind. Egal wie lange es dauert und wie viel Zeit es kostet. Am Ende werden wir, wir die Guten, über das Böse siegen und mir wird nichts passieren. Du wirst sehen.«

Carl war wieder der Alte, dachte sich Stephanie, nachdem er seine Kampfansage beendet hatte. Sie hoffte inständig darauf, dass er recht behalten würde mit seiner Aussage und er wirklich unversehrt aus der Sache herauskam.

»Hoffen wir es, Carl. Hoffen wir es!«

Ihre Stimme senkte sich beim Wiederholen des Satzes, sodass zum Schluss nur noch ein Flüstern zu hören war.


Den Rest der Fahrt schwiegen beide. Erst kurz vor Ankunft an dem kleinen Häuschen von Carl, das er sich nach der Scheidung von Stephanie zugelegt hatte, fiel ihr ein, dass sie Carl noch zwei wichtige Neuigkeiten mitteilen wollte.

»Morgen früh kommt ein Zahnsachverständiger zu mir, der mit mir die Unterlagen von Vincenzos Gebissabdrücken durchgehen will. Wir vergleichen das Gebiss mit dem Gebiss aus der Leiche des Autowracks. Lucas Moldrige hat wohl etwas Druck gemacht in New Orleans, um die Untersuchung zu beschleunigen.«

Carl zeigte ein kleines Lächeln, als er die Neuigkeit erfuhr. »Das ist sehr gut. Rufst du mich morgen im Büro an, wenn du das Ergebnis hast?«

»Natürlich. Du bist der Erste, der es erfährt.«

»Danke dir. Das weiß ich sehr zu schätzen.«

»Aber noch was. Wir haben die Reifenabdrücke untersucht, die wir auf der Interstate und am Tatort der Schießerei vom Tod Serge Thomas gefunden haben. Es gibt dort identische Reifenspuren. Wir haben sie an ein Labor in Nagahut, West Virginia geschickt, die Experten auf dem Gebiet sind. Sie wollen uns bis übermorgen mitteilen, ob der Reifen identifiziert werden kann.«

Carls Lächeln wurde breiter und er stieg aus dem Auto aus, als Stephanie den Wagen vor Carls Haus zum Stehen brachte. Er ging an die Fahrertür, wo Stephanie die Scheibe heruntergelassen hatte und lehnte sich ins Auto.

Er drückte ihr einen Kuss auf die Lippen, bedankte sich nochmals bei ihr für all die Hilfe und sagte: »Ich liebe dich. Ich werde dich immer lieben!«

Danach drehte er sich um und ging in Richtung Haustür. Stephanie kurbelte das Fenster hoch und sagte leise zu sich selbst: »Ich liebe dich auch! Ich dich auch!«

Es war eine dieser Nächte, in der Alexander Quincho sich so zeigen konnte, wie er war. Er musste sich nicht verstellen, musste niemanden gefallen und konnte sagen, was er wollte. Solche Auszeiten von seinem Beruf, der ihn ansonsten rund um die Uhr in Beschlag nahm, genoss er in vollen Zügen. Er war locker und frei in den Augenblicken, in denen er mit vier seiner Freunde Poker spielte.

Sie trafen sich nicht oft, viel zu selten, wie Alexander meinte. Doch gerade die Seltenheit der Treffen machte es für Alexander besonders und er fühlte sich in seine Jugendzeit immer dann zurückversetzt, wenn er mit seinen vier Jungs, wie er sie nannte, zusammen am Tisch saß, Karten spielte, Bier trank und die ein oder andere Zigarre genoss. Für ihn war es Erholung vom stressigen Alltag. Als Bürgermeister einer der weltberühmtesten Städte und eines der Reisemagneten schlechthin mit mehreren Millionen Touristen jährlich stand er immerzu in der

Öffentlichkeit und all seine Entscheidungen wurden von den Bürgern New York Citys und den Medien scharf verfolgt und beäugt. Am Pokertisch konnte er für ein paar Stunden all seine Arbeit vergessen und die Last, die auf seinen Schultern lag, fiel von ihm ab.

Alexander war sich seines Ansehens und eines möglichen Imageschadens bewusst, der aufkommen würde, sobald die Öffentlichkeit von den illegalen Pokerspielen erführe, die unregelmäßig bei ihm in seiner Garage stattfanden. Daher lud er sich nur die engsten Vertrauten ein, die er von Kindheitstagen an schon kannte, beziehungsweise die er im Laufe seiner Karriere kennengelernt hatte. Er konnte seinen Mitspielern am Tisch voll vertrauen und nichts von dem, was in der Pokerrunde gemacht oder gesagt wurde, drang an die Öffentlichkeit. Auch wenn sie sich nicht oft trafen, waren sie eine eingeschworene Gemeinschaft, die Alexander zusammengeführt hatte. Bevor es zu den Pokerspielen bei Alexander kam, kannten sich die anderen vier nicht. Erst durch die gemeinsamen Abende freundeten sich alle miteinander an.

»Oh, es ist schon spät. Ich werde nach der nächsten Hand aussteigen, da ich morgen früh einen Operationstermin habe. Der Patient wäre sicherlich hoch erfreut, wenn sein Arzt nicht wie ein totales Wrack aussieht, wenn er operiert wird«, sagte einer der fünf mit einem Schmunzeln über den Lippen in die Runde.

»Jungs, das ist ein gutes Signal. Ihr wisst, wie sehr ich unsere Nächte hier am Pokertisch schätze und ich will euch sicherlich nicht rauswerfen. Aber morgen steht eine wichtige Debatte an, auf die ich mich noch vorbereiten muss«, löste Alexander die Pokerrunde auf.

»Lasst alles stehen und liegen. Ich räume noch auf. Es macht zu viel Lärm im Haus, wenn wir jetzt alle in der Küche herum trampeln.«

Sie spielten noch eine Hand, bevor alle aufstanden und nacheinander die Garage über die kleine Tür in Richtung Auffahrt verließen. Alexander blieb in der Tür stehen und verabschiedete sich von den vieren, die in ihre Autos stiegen und davonfuhren.

Es vergingen ein paar Minuten, als es an der Tür zur Garage klopfte und Alexander erschrak. Er ging zu der Tür und öffnete sie.

»Hast du was vergessen?«, fragte Alexander perplex, als Massimo Conte vor der Tür stand.

»Nein. Aber ich muss noch mit dir reden. Können wir uns setzen?« Massimo zeigte auf die Stühle am Pokertisch, die noch nicht von Alexander weggeräumt worden waren.

Alexander antwortet mit einem »natürlich« und die beiden nahmen am Pokertisch wieder Platz.

»Was ist passiert?«, fragte er Massimo, als beide sich gegenüber saßen.

Massimo nahm einen Schluck Bier aus seiner Flasche, die noch auf dem Tisch stand.

»Wie lange kennen wir uns schon? Über dreißig Jahre, nicht wahr?«, begann Massimo.

Alexander stimmte durch ein Kopfnicken zu.

»Du hast mir immer alles erzählt und mich in dem Glauben gelassen, dass wir die besten Freunde wären. Ist es nicht so?«, folgte die nächste Frage von Massimo.

»Ja, natürlich habe ich dir immer alles erzählt. Und ich habe dich nicht nur in dem Glauben gelassen, dass wir beste Freunde sind. Nein, du bist wirklich mein engster Vertrauter«, erwiderte Alexander, der völlig ahnungslos vom Anliegen Massimos war.

»Aber worauf willst du hinaus? Es geht dir doch nicht um einen Freundschaftsbeweis. Ich habe dir Dinge von mir anvertraut, die sonst niemand kennt und du weißt alles von meinem Leben und bist über alles im Bilde.«

»Doch hast du mir eine wichtige Sache verschwiegen. Eine für mich äußerst wichtige Sache, die mich jetzt nochmal hierherführt.«

»Was für eine Sache?«

Alexander stieg ein mulmiges Gefühl den Magen auf. Er wusste immer noch nicht, auf was Massimo hinaus wollte, doch merkte er, dass es eine ernste Lage war, da er seinen langjährigen Weggefährten noch nie so angespannt gesehen hatte.

»Ich weiß, dass das Folgende jetzt schizophren klingen mag, da ich dir vorhalte, dass du mir wichtige Dinge aus deinem Leben verschwiegen hast, aber ich schon lange Zeit ein großes Geheimnis vor dir, nein sogar vor fast allen Leuten, habe.«

Massimo machte eine kurze Pause, um einen weiteren Schluck von seinem Bier zu nehmen.

»Du isst doch so gerne bei mir im Restaurant, nicht wahr?«, fragte er Alexander.

»Ja, natürlich. Das weißt du doch. Aber was soll das Ganze hier? Sag endlich, warum du mich sprechen wolltest.« Alexanders Ton wurde rauer und er war sichtlich genervt.

»Beruhige dich, mein Freund. Was ich dir mitteilen werde, lohnt die späte Störung.«

Er trank den Rest seines Bieres in zwei großen Schlücken aus und fuhr fort: »In meinem Restaurant hält Don Piepero mit seiner Frau jede Dienstagnacht ein Dinner.«

Es herrschte Stille. Alexander wusste nicht, wie er darauf reagieren sollte. Sein bester Freund offenbarte ihm, dass in dessen Restaurant der berüchtigtste Gangsterboss der ganzen Vereinigten Staaten und einer der gefürchtetsten Männer überhaupt wöchentlich zum Essen kommt. In das Restaurant, das er und seine Frau gleichermaßen gerne mögen und wo sie mehrmals monatlich essen gehen.

»Was?«, platzte es nach einem Moment der Stille aus Alexander heraus.

»Du kennst die Identität von Don Piepero?«

»Du verstehst nicht«, antwortete Massimo.

»Um Don Piepero kennenzulernen, muss man in seinen engsten Kreis aufgenommen worden sein. Man muss ein Verbündeter, ein Kämpfer für die gleiche Sache sein. Man muss ein Mitglied der Pieperos sein.«

Alexander konnte nicht fassen, was Massimo ihm erzählte, sodass er völlig ungläubig stammelte: »Willst du mir damit sagen, dass du ein Mitglied der Piepero Organisation bist? Der Organisation, die das ganze Land mit Drogen überflutet, mit Waffen überschwemmt und mitverantwortlich für viele Todesopfer ist?«

Die Anspannung, die Massimo zu Beginn seiner Offenbarung gehabt hatte, war mittlerweile entwichen und er saß vollkommen ruhig an seinem Platz.

»Ich bin nicht nur Mitglied der Pieperos. Ich bin die rechte Hand Don Pieperos. Ich bin sein Consigliere. Alle Fäden habe ich in der Hand und alle Machenschaften der Organisation laufen bei mir zusammen.«

Massimo erweckte den Eindruck, als erzähle er von seinem letzten Strandurlaub, so relaxt und abgebrüht antwortete er auf Alexanders Frage.

»Ich kann das nicht glauben. Massimo! Soll das ein Scherz sein?«, fragte Alexander, der sichtlich geschockt war.

»Nein, ich scherze nicht. Überhaupt nicht.«

Alexanders Blick ging zur Uhr, die etwas weiter links von Massimos Platz an der Wand hing.

»Aber wenn du der Consigliere Don Pieperos bist, musst du schon Ewigkeiten Kontakt zu ihm haben und ein Teil der Organisation sein. Anders hättest du nie so weit in der Hierarchie aufsteigen können. Was bewegt dich jetzt dazu, mich über dein dunkles Geheimnis um halb drei mitten in der Nacht aufzuklären?«

Massimo holte tief Luft, bevor er antwortete: »Genauso, wie du nicht wusstest, dass ich Teil der Pieperos bin, weiß niemand bei den Pieperos, dass wir beide in Kontakt stehen, geschweigen denn, dass wir so eine enge Freundschaft haben. Wüsste Don Piepero von unserer Freundschaft, hätte er über mich versucht, Macht über dich und dein Amt zu erlangen. Er hätte dich versucht zu kontrollieren. Dich hätte er zu einer seiner Marionetten mit viel Einfluss gemacht, damit seine Macht und Kontrolle stärker und stärker wird.«

Er machte eine kurze Pause und Alexander blieb still, unterbrach ihn bei seinen Ausführungen nicht, weil er endlich wissen wollte, auf was Massimo hinauswollte.

»Ich dachte mir oft, dass ich dir über meine Arbeit bei den Pieperos berichten sollte. Und es wäre gut gewesen, denn so hätte ich vielleicht verhindern können, dass du eine der federführenden Personen außerhalb der Polizei bei der Inhaftierung von Sergio Thomasso warst.«

Alexanders Puls begann schneller zu werden und ihm lief kalter Schweiß den Rücken hinunter.

»Mit deiner Machtdemonstration gegenüber uns hast du die ganze Organisation in die Bredouille gebracht und es hat mich viel Überzeugungskraft gekostet, dass Don Piepero deinen Tod bisher nicht in Auftrag gegeben hat.«

Der Puls von Alexander wurde immer schneller und schneller. Er wusste um die Morde, die in den letzten Tagen in seiner Stadt passiert waren. Er stand in regem Austausch mit den ermittelnden Behörden, die erwogen, seinen Personenschutz zu erhöhen, sofern er öffentliche Termine wahrnahm.

War es nun für den Personenschutz zu spät? Wollte sein bester Freund ihn töten? Was war die Absicht hinter dieser surrealen Szene?

All diese Fragen schwirrten in Alexanders Kopf herum und er konnte sich keine Antwort auf die Fragen machen. Er hatte bis zu diesem Zeitpunkt immer geglaubt, dass er Massimo besser kannte als er sich selbst, doch das war wie weggeblasen. Er wurde jahrelang von ihm an der Nase herumgeführt und konnte ihn nun nicht mehr einschätzen. Sollten das vielleicht seine letzten Stunden sein? Aber warum jetzt und nicht schon vor Jahren, als Sergio Thomasso verhaftet wurde?

Die Gedanken ließen ihn nicht los und es machte sich mehr und mehr Panik bei Alexander breit.

»Hätte Don Piepero gewusst, dass wir uns kennen und du hättest trotzdem die Ermittlungen gegen uns so weit getrieben, wie du es eben getan hast, wäre ich in Ungnade gefallen und nicht mehr am Leben. Ich konnte es abwenden, dass sowohl du als auch ich sterben würden. Doch jetzt zieht sich die Schlinge um meinen Hals immer enger zu, da Don Piepero den Entschluss gefasst hat, dass es Zeit für Rache ist an all denjenigen, die beinahe für den Zusammenbruch der Piepero-Familie gesorgt hatten.«

»Und dabei fiel auch mein Name«, brach es aus Alexander heraus und bevor Alexander einmal tief Luft holen konnte, entgegnete Massimo: »Genau!«

Alexanders Nervosität machte sich nun im ganzen Körper breit, was auch Massimo bemerkte, da Alexanders Hand zu zittern begann.

»Du verstehst mich falsch. Du brauchst keine Angst zu haben. Oder denkst du wirklich, dass ich dir, meinem langjährigen besten Freund, etwas antun könnte? Glaubst du das allen Ernstes?«

»Nein, natürlich nicht«, versuchte sich Alexander selbst zu beruhigen.

»Siehst du. Dann entspann dich. Mir war es wichtig, dass ich dir vor meinem Plan mein Herz ausschütte.«

»Welcher Plan?«, fragte Alexander, bei dem sich allmählich die Nervosität zu legen begann.

»Ich werde mich morgen früh den Behörden stellen und über die gesamte Piepero-Familie Auskunft geben. Ich als die rechte Hand von

Don Piepero weiß über alle Machenschaften der Organisation Bescheid und kann sie komplett zum Einsturz bringen.«

Alexander atmete tief durch und der Brocken, der in seinem Magen lag, war wie weggeblasen, als er die Worte von Massimo hörte.

»Das ist ein weiser Schritt«, entgegnete ihm Alexander. »Aber sage mir. Wie kann ich mich schützen, wenn mein Kopf eine Zielscheibe für euch ist?«

»Darüber brauchst du dir keine Sorgen zu machen. Don Piepero ist fest in dem Glauben, dass ich mich persönlich um dich kümmern werde. Ich habe mich ihm förmlich angebiedert, ihn im wahrsten Sinne des Wortes darauf gebracht, dass ich dich töten werde. Ich werde morgen in meiner Aussage erwähnen, dass du eines der Hauptziele Don Pieperos bist, sodass die Beamten gar nicht anders können, als dich rund um die Uhr zu überwachen. Solange zumindest, bis meine Aussage die Pieperos in die Knie gezwungen hat.«

Alexander stieß ein lautes »Puh« heraus.

»Das ist sehr harte Kost für eine so späte Uhrzeit und ich habe noch eine Reihe an Fragen an dich.«

»Die kannst du gerne stellen, aber hol uns bitte erst mal noch ein Bier«, schlug Massimo vor.

»Sehr gute Idee«, sagte Alexander und stieg von seinem Stuhl auf, um die Tür zum Eingangsbereich des Hauses zu öffnen.

Als Alexander Massimo seinen Rücken zuwandte, schoss der von seinem Stuhl hoch, holte einen kleinen Stoffbeutel, der mit einer Kugel beschwert war, aus seiner Jackettasche und zog ihn mit voller Wucht über den Hinterkopf Alexanders, der sofort in sich zusammensackte und auf den Boden fiel.

Massimo machte anschließend die Tür zum Haus der Quinchos auf, um zu sehen, ob jemand von dem dumpfen Schlag, den Alexander machte, als er zu Boden fiel, aufgewacht war. Doch es rührte sich niemand im Haus.

Er schloss die Tür wieder, beugte sich über den regungslosen Körper von Alexander und betrachtete sein Werk.

Alexanders Körper lag auf dem Rücken. Der Kopf war seitlich nach links gedreht, sodass Teile seines Hinterkopfs sichtbar waren. Massimo konnte erkennen, dass der Einschlag seines Totschlägers eine klaffende Wunde am Hinterkopf zurückgelassen hatte, die stark zu bluten anfing.

Massimo kniete sich an den Kopf Alexanders und ohrfeigte ihn mehrmals, sodass er wieder zu Bewusstsein kam.

»Was ist passiert?«, röchelte Alexander, seine Augen wild hin und her bewegend.

»Bleib ganz ruhig, mein Bester«, sagte Massimo mit sanfter, beinahe friedvoller Stimme und er streichelte Alexander über den Kopf.

»Du hast doch nicht etwa geglaubt, dass ich mein Lebenswerk wegschmeißen würde, nur weil du und so ein paar Penner vor sieben Jahren dachtet, dass ihr uns in die Enge getrieben hättet? Don Piepero und ich haben so vieles geopfert für die Organisation. Einfach alles haben wir dafür getan, dass wir ganz oben stehen, bis zu dem Tag, an dem ihr angefangen habt herumzuschnüffeln. Doch jetzt werden wir stärker emporsteigen als jemals zuvor. Aber das wirst du nicht mehr erleben.«

Massimos Augen blitzten auf, als er die Worte zu Ende sprach und Alexander, der trotz seiner Kopfverletzungen wieder bei vollem Bewusstsein war, ahnte, was als nächstes passieren würde. In seinen Augen machte sich die Panik breit, die Massimo schon zu Beginn seiner Offenbarung gegenüber Alexander darin gesehen hatte.

Es vergingen noch ein paar Minuten, in denen Massimo still auf Alexander blickte, bis er seine Hände um Alexanders Hals legte und zudrückte.

Alexander strampelte und versuchte sich noch mit aller Kraft, die er besaß, zu wehren, doch er hatte keine Chance gegen Massimo.

Nach ein paar Minuten des Todeskampfes machte Alexander seinen letzten Atemzug, bei dem er seine Augen nochmals voll aufriss, um in das Gesicht seines ehemals besten Freundes und jetzt Mörders zu schauen.

Toni war überrascht, als er aus dem Aufzug stieg und Licht im Großraumbüro brennen sah. Es war eine der Nächte, in der er nicht zur Ruhe kam und wenig Schlaf hatte. Solche Nächte wiederholten sich immer öfters, sodass es immer häufiger vorkam, dass er sehr früh morgens im Büro erschien. Er genoss dann regelmäßig die Ruhe, die er hatte, wenn er als erstes das Büro betrat und allein war.

Doch heute war es anders. Er ging den Flur entlang in Richtung der Lichtquelle und sah Rachel und Charles an ihren Schreibtischen sitzen. Als Charles den herantretenden Toni erblickte, sprang er von seinem Schreibtischstuhl auf, lief ihm entgegen und begrüßte ihn mit einem lauten: »Guten Morgen, Toni! Wir haben dir etwas Wichtiges mitzuteilen. Hast du direkt Zeit für uns?«

Während Charles Toni begrüßte, stand auch Rachel von ihrem Schreibtisch auf, ging den beiden entgegen und begrüßte Toni mit einem Winken.

»Guten Morgen, ihr beiden! Natürlich habe ich Zeit für euch. Kommt direkt mit in mein Büro.«

Toni legte als erstes sein Jackett ab, als sie in seinem Büro angekommen waren.

»Was führt euch so früh hierher, Charlie?«

Er blickte zu seiner Wanduhr, die er im Büro stehen hatte, um sich zu vergewissern, dass es wirklich so früh war, wie er angenommen hatte – und die Uhr zeigte tatsächlich erst 5.55 Uhr.

»Vorweg: Entschuldige bitte den Überfall in den frühen Morgenstunden«, begann Charles, der sofort von Rachel unterbrochen wurde: »Warum entschuldigst du dich? Wir haben eine heiße Spur in dem Mordfall Ruby Tannehill. Das kann nicht lange warten.«

Charles schüttelte resignierend den Kopf, über die Hektik, die Rachel verbreitete und winkte ab.

»Na dann, legt los. Was habt ihr?«, schmunzelte Toni über das Schauspiel der beiden.

Immer wenn er mit Rachel und Charles allein war, hatte er das Gefühl, mit einem langjährig verheirateten Paar zusammen zu sein, da die beiden ständig am Zanken waren. Das verleitete Toni des Öfteren auch darüber nachzudenken, ob die beiden in andere Teams aufgeteilt werden sollten. Da sie jedoch ihre Arbeit hervorragend zusammen ausführten, sah er dafür keine wirkliche Begründung und ließ Rachel und Charles weiter zusammen investigieren.

»Wir sind gestern der Spur gefolgt, die die Presse aufgetan hat und sind in das Metropolitan Gefängnis gefahren, um Walter Whittaker zu dem Mordfall von Ruby Tannehill und ihrem Mann zu befragen«, begann Rachel.

»Hierbei hat uns Walter gestanden, dass er den Mord an Ruby Tannehill, ihrem Ehemann und Serge Thomas in Auftrag gegeben hat«, führte Charles fort.

Toni ließ sich in seinen Stuhl fallen.

»Dann haben diese Mordanschläge also nichts mit den Pieperos zu tun.« Erleichtert seufzte er auf.

»Offensichtlich nicht«, entgegnete ihm Rachel. »Wir waren gestern Abend nochmals im *Las Tapas*, wo Ruby und ihr Mann vor dem Mord zum Essen verabredet waren.«

Charles hielt sich kurz zurück, um die weiteren Schilderungen seiner Kollegin zu überlassen.

»Wir hatten hier eine etwas eigenartige Befragung mit dem Platzanweiser gehabt. Vielmehr war die Befragung nicht eigenartig, sondern sein Name passte nicht zu seinem äußeren Erscheinungsbild. Ich dachte mir, dass der Name erfunden sei. Doch auch Walter Whittaker ließ den Namen des Platzanweisers fallen. Er soll die Morde ausgeführt haben.«

»Leopold Barr ist der Name des mutmaßlichen Auftragskillers«, ergänzte Charles.

»Ok. Wir haben also ein Geständnis eines in Gefangenschaft sitzenden Auftraggebers und den Namen der Person, die die Morde ausgeführt haben soll«, fasste Toni zusammen.

»Sagt mir bitte, dass ihr Leopold Barr festnehmen konntet und er in einem unserer Verhörräume sitzt.«

»Da müssen wir dich leider enttäuschen«, antwortete Rachel.

»Wir konnten Leopold im *Las Tapas* nicht antreffen. Ein Kellner, mit dem wir auch in der Mordnacht gesprochen hatten, hat uns berichtet, dass Leopold aushilfsweise im Restaurant angestellt ist und er erst seinen zweiten Arbeitstag hatte.«

»Habt ihr eine Adresse von ihm ausfindig machen können?«

»Ja, das konnten wir«, sagte Charles, der diesmal die Antwort schneller gab als Rachel.

»Wir haben ihn gestern Abend jedoch nicht mehr angetroffen und wollten jetzt direkt wieder hinfahren.«

Rachel schob einen Zettel über den breiten Holzschreibtisch zu Toni, auf dem die Adresse Leopolds stand, die beide aus dem Restaurant bekommen hatten.

»Das ist sehr gut. Was habt ihr für einen Eindruck von der Wohngegend gewinnen können, die hier auf dem Zettel steht?«

Charles war verwundert über die Frage, doch Rachel wusste, worauf Toni hinauswollte.

»Die Gegend ist nicht die feinste, aber es waren wenig bis keine Gangaktivitäten zu beobachten gestern Abend. Das Haus ist etwas abgelegen und hat mehrere Parteien. Es sieht nicht heruntergekommen aus. Wir haben zwar mit keinem der Nachbarn gestern gesprochen, damit wir Leopold nicht vorwarnen mit unserer Anwesenheit, aber ich denke, dass wir beide alleine die Verhaftung übernehmen können und erst einmal keine Verstärkung brauchen werden.«

Nun Begriff auch Charles, was Toni mit seiner Frage beabsichtigt hatte, und stimmte seiner Partnerin zu, dass keine Verstärkung von Nöten sei.

»Ihr seid erfahren genug und ich vertraue auf eure Intuition. Legt aber sämtliche Schutzkleidung an, die ihr habt, bevor ihr die Verhaftung vornehmt.«

»Sicherlich werden wir uns bestmöglich schützen. Du weißt, was wir für ein starkes Team sind«, sagte Rachel, die dabei eine abwinkende Handbewegung machte, um die Gefahr herunterzuspielen.

»Was konntet ihr noch von Walter Whittaker in Erfahrung bringen?«

»Nichts«, entgegnete Charles.

»Er sagte uns Leopolds Namen und zeigte keinerlei Regung auf weitere Fragen«, fügte Rachel Charles einsilbiger Antwort hinzu.

»Ok. Dann schaut, dass ihr mir Leopold hierher schleppt und wir weitere Informationen aus ihm herausbekommen.«

Charles und Rachel nickten, stiegen von ihren Stühlen auf und verließen Tonis Büro.

Noch bevor Nick an seinen Platz ging, sah er Carl an seinem Schreibtisch sitzen. Carl hatte seinen Kopf über einen Stapel Papier gebeugt und stütze ihn mit beiden Händen seitlich ab.

»Guten Morgen«, grüßte Nick seinen Kollegen.

»Wie geht es dir? Hast du den gestrigen Tag einigermaßen gut überstanden?«, fragte Nick sanftmütig und klopfte Carl dabei auf dessen linke Schulter.

»Guten Morgen!«, antwortete Carl und schaute zu Nick hoch.

»Danke dir der Nachfrage. Adrians und der Tod seiner Frau haben mich ganz schön mitgenommen. Das muss ich zugeben, aber das spornt mich nur umso mehr an, die Dreckskerle, die dafür verantwortlich sind, ins Gefängnis zu befördern.«

»Das weiß ich«, sagte Nick.

»Und wir werden jeden hinter Gitter bringen, der für die Morde in den vergangenen Tagen verantwortlich ist.«

Nick schaute auf den Papierberg, der sich vor Carl angehäuft hatte, und sah Bilder vom Tatort aus Adrians Haus. Danach blickte er sich im Büro um und sah, dass alle Plätze leer waren.

»War nicht für 8.00 Uhr ein Meeting bei Toni anberaumt, bei dem alle teilnehmen sollten?«, fragte Nick, der währenddessen auf die Uhr, die an einer Säule im Büro hing, schaute.

»Ja, klar!«, war Carls saloppe Antwort.

»Aber müsste das Büro dann nicht gefüllt sein? Wo sind denn Rachel, Charles und Luke sowie die Mannschaft von Lucas Moldrige?«

»Lucas ist schon in Tonis Büro und der Rest kommt sicherlich noch«, schüttelte Carl den Kopf, der den Grund der Nachfrage von Nick nicht verstand.

»Aber in fünf Minuten ist es soweit.« Nick zeigte auf die Uhr und Carl hob seinen Blick.

»Oh, das ist in der Tat seltsam«, wunderte sich nun auch Carl über die Leere im Büro.

»Ich hatte ganz mein Zeitgefühl vergessen, während ich Adrians Akte durchschaute.«

Noch bevor Nick auf Carl antworten konnte, ertönte zeitgleich das Fahrstuhlsignal und Tonis Bürotür öffnete sich. Aus dem Fahrstuhl stieg Luke aus und aus Tonis Büro kam Lucas Moldrige hinter Toni in Richtung Carl und Nick zugelaufen.

»Das trifft sich sehr gut, dass wir euch drei hier versammelt haben«, eröffnete Toni, der Luke zu sich winkte, als er an Carls Schreibtisch stehen blieb.

»Guten Morgen«, entgegnete Luke, als er, noch in Jacke, zu den vier Herren aufschloss.

Ein »Guten Morgen« der anderen vier schallte Luke entgegen, bevor Toni weiter ausholte: »Es gibt gute Nachrichten von Rachel und Charles zu berichten. Sie haben in dem Fall von Ruby Tannehill, ihrem Mann sowie Serge Thomas gute Fortschritte gemacht und sie sind gerade dabei, einen Verdächtigen zu verhaften.«

In Nicks Kopf blitzten die Gedanken hoch: Hatte Melissa Rachel und Charlie einen Tipp gegeben? Warum hatte sie bei ihrem nächtlichen Besuch nichts davon erwähnt? Und was hat Serge Thomas damit zu tun? Davon erwähnte Melissa absolut nichts.

»Es hat sich herausgestellt, dass die Presse mit ihrer Vermutung recht behielt und Walter Whittaker den Auftrag zur Ermordung der drei gegeben hat.«

Nick schnürte es die Kehle zu, als er die Worte von Toni hörte.

»Walter Whittaker? Was sollte Walter Whittaker mit dem Tod von Ruby zu tun haben?«, dachte sich Nick und es stieg Panik in ihm auf, als er Toni weiter zuhörte.

»Rachel und Charles konnten die Adresse des Auftragsmörders ermitteln und sind dahin unterwegs. Leopold Barr heißt der Verdächtige und war zur Tatzeit im Restaurant *Las Tapas*.«

Leopold Barr, dachte Nick für sich. Diesen Namen hatte Melissa nicht erwähnt.

Es dauerte noch einen Augenblick, bis es Nick dämmerte, doch dann schossen die Worte wie eine Pistolenkugel aus ihm heraus: »Toni, ich unterbreche dich nur ungerne. Aber das muss ein Irrtum sein.«

»Wie kommst du darauf?«, fragte Toni verwundert, der nicht mit einer Unterbrechung seiner Auskunft gerechnet hatte.

»Ich muss euch sagen, dass Melissa heute Nacht mit mir Kontakt aufgenommen hat.« Nick verschwieg erstmal, dass Melissa schon die zweite Nacht hintereinander bei ihm gewesen war.

Toni und Carl rissen die Augen weit auf, als sie die Worte aus Nicks Mund hörten.

»Melissa war unmittelbar bei der Ermordung von Ruby und ihrem Mann dabei. Sie schwört, dass sie nichts von dem Plan der Ermordung wusste. Vielmehr wurde sie von einem der Drogenchefs der Pieperos zum Essen ins *Las Tapas* eingeladen. Ein Kerl namens Frederico. Mehr weiß Melissa auch nicht. Als Ruby das Lokal mit ihrem Mann verließ, gingen auch Melissa und ihr Begleiter und sie verfolgten die beiden. Plötzlich ließ Frederico eine Handgranate vor Ruby fallen und riss Melissa anschließend schnell weg, bevor die Granate explodierte. Melissa beteuert, dass alles so schnell ging und sie nicht reagieren konnte.«

Es herrschte absolute Stille im Büro, während Nick weiter den Tathergang schilderte: »Nach der Explosion ging Frederico noch mal zurück und Melissa hörte zwei Schüsse. Als er wieder zu ihr kam, gab es einen Streit und Melissa und Frederico gingen getrennt ihrer Wege.«

Carl schoss von seinem Stuhl, als Nick zu einer Pause ansetzte.

»Ich habe es doch die ganze Zeit gewusst, dass die Piepero-Familie hinter all den Morden steckt«, platzte es aus Carl heraus.

»Walter Whittaker und die Pieperos müssen gemeinsame Sache machen und versuchen, falsche Fährten zu legen.«

Langsam dämmerte es auch Toni: »Das würde bedeuten, dass Rachel und Charles in eine Falle getappt sind und ins offene Messer laufen.«

Die Gesichter von Toni, Luke, Carl und Nick waren von Panik gezeichnet. Einzig Lucas Moldrige stand unbeteiligt dabei und zeigte keine äußerliche Regung.

»Ihr müsst sofort zu der Adresse fahren, die mir Rachel gegeben hat. Wir versuchen, sie von hier aus zu warnen und schicken so viele Einheiten wie nur möglich zu ihnen.«

Toni gestikulierte wild in Richtung Nicole, um sie herzubewegen. Er gab die Anweisung zur Warnung von Rachel und Charles an Nicole weiter, holte schnell die Adresse auf dem handbeschriebenen Zettel aus seinem Büro und schickte Carl, Luke und Nick schwer bewaffnet und in voller Schutzausrüstung los.

Innerhalb weniger Minuten waren die drei im Auto und Carl drückte das Gaspedal durch, während sie mit Blaulicht durch die morgendlichen Straßen New York Citys rasten. Carl nahm jede sich erdenklich aufkommende Lücke, um schnell auf den Straßen voranzukommen. Nick hatte große Mühe sich seine kugelsichere Weste auf der Rückbank des Wagens anzuziehen, da er durch Carls rasanten Fahrstil ordentlich durchgerüttelt wurde.

Die Fahrt dauerte eine halbe Stunde und obwohl Nick alle 20 Meter dachte, dass Carl einen Unfall bauen würde, kamen sie unversehrt an der Adresse an, wo Leopold Barr wohnen sollte.

Die Straße vor dem Haus war mit Polizeiautos und dem Wagen von Charles zugeparkt. Es war lediglich eine Fahrspur frei. Carl stellte das Auto neben einen der Streifenwagen ab und schaute, dass er nicht die freie Spur zuparkte, falls im Laufe des Einsatzes ein Krankenwagen gerufen werden musste.

Die drei stiegen aus dem Auto aus. Luke und Nick mit jeweils einer Maschinenpistole bewaffnet und Carl hatte eine Remington 870 zur Hand. Sie gingen langsam und in aller Vorsicht auf das Gebäude zu, als ihnen Rachel und Charles, dicht gefolgt von drei Streifenpolizisten entgegenkamen.

»Wir sind es nur«, rief Rachel Carl entgegen, als sie die drei schwerbewaffneten Kollegen ihnen entgegenkommen sah.

Carl machte eine Handbewegung zu Luke und Nick und die beiden ließen ihre Waffen sinken, die sie im Anschlag hatten.

»Geht es euch gut?«, fragte Carl, während er auf Rachel und die anderen zulief.

»Ja, es ist alles ok. Es gab einen kurzen Schusswechsel mit einer Person, die sich in der Wohnung des Verdächtigen aufhielt. Wir haben die Person eliminiert, jedoch handelte es sich nicht um die Zielperson.«

»Gut. Aber habt ihr gehört, dass das hier eine Falle sein muss? Nick hatte Kontakt mit Melissa, die die Piepero-Familie für die Morde verantwortlich macht. Wir müssen hier ringsum alles absperren lassen.«

Während Carl einen der Streifenpolizisten zu sich herwinkte, hielten unbemerkt von der Heerschar an Polizisten zwei Wagen in der Nähe des Tatorts an. Bei beiden Autos wurden die Scheibe der Beifahrerseite sowie die Scheibe des Rücksitzes der Fahrerseite heruntergekurbelt.

Aus dem offenen Fenster der Beifahrerseite stieg aus dem einen Fahrzeug ein Mann mit einer Maschinenpistole empor. Aus dem anderen Fahrzeug kam ein Mann mit einer Panzerfaust hervor. Aus den Scheiben der Rückbänke ragten Maschinenpistolenläufe und das Feuer aus Maschinenpistolenkugeln begann ohne Vorwarnung auf Tonis Einheit sowie alle anderen Polizisten einzuprasseln.

Als die Panzerfaust auf eines der parkenden Polizeiautos schoss und der Sprengkörper auf sein Ziel traf, gab es eine laute Explosion. Anschließend fuhren die beiden Wagen mit quietschenden Reifen davon und hinterließen einen Schauplatz wie im Bürgerkrieg, voller Autotrümmern, zersplitterten Fenstern, Einschusslöchern an Hauswänden und einer Reihe an Menschen, die blutüberströmt auf dem Boden lagen.

Frederico ging in seinem Büro nervös auf und ab.

»Beruhige dich, Bruderherz!«, sagte Alessandro.

»Wir haben doch schon darüber gesprochen. Du hast deinen Job gut gemacht und hast viel Ansehen in der Piepero-Familie gewonnen. Du kommst deinem großen Bruder sehr nahe und wirst ein großer Star bei den Pieperos.«

Alessandro grinste ihn an, als er Frederico lobte, nahm ihn in den Schwitzkasten und wirbelte seine Haare durcheinander.

Frederico riss sich von ihm los und brüllte: »Lass mich gefälligst in Ruhe mit deinen Kinderspielen!«

»Ist ja schon gut.« Alessandro hob seine Hände vor seine Brust und zeigte Frederico mit einer Handbewegung an, dass er sich beruhigen sollte.

»Bleib auf dem Teppich. Was ist eigentlich los? Vorgestern hast du zwei Menschen umgebracht und jetzt hast du ein Problem damit, mir eine Person auszuliefern? Oder hast du dich etwa in sie verliebt?«

Frederico rollte genervt mit den Augen, doch ließ er sich nicht auf die Spielchen von seinem Bruder ein.

»Du weißt ganz genau, dass ich nicht so ein harter Hund bin, wie du es bist. Ich habe dir bewiesen, dass ich auch Menschen umbringen kann und loyal zu der Organisation bin. Aber ich will das Morden nicht zu meinem Beruf machen. Zumindest nicht so, wie du es tust.«

»Das verstehe ich. Mein Beruf ist nichts für Jedermann. Aber ich dachte, du hättest etwas mehr Killerinstinkt so wie ich. Zumal wir vom gleichen Blut abstammen«, grinste Alessandro.

»Da hast du dich eben vertan. Ich verdiene mein Geld nicht mit ehrlicher Arbeit. Ja! Aber ein Killer, so wie du es bist, will ich absolut nicht sein.«

Alessandro reichte die Diskussion mit seinem Bruder langsam und er trat dicht an Frederico heran. Frederico spürte den kalten Atem Alessandros auf seiner Stirn, als dieser sich leicht zu seinem einen Kopf kürzeren

Bruder herunterbeugte und mit seinem Zeigefinger der rechten Hand auf Fredericos Brust tippte: »Aber du bist schon längst ein Killer!«

»Weil du einen aus mir gemacht hast!«, schrie Frederico Alessandro an.

»Du bist Abschaum in meinen Augen«, sagte Frederico anschließend und spukte Alessandro auf seine Schuhe.

Das brachte das Fass zum Überlaufen bei Alessandro und er packte seinen Bruder mit beiden Händen an dessen Hemdkragen, stieß ihn zu Boden und schrie: »Wenn du nicht machst, was ich dir sage, dann wird das bitterböse Konsequenzen für dich haben!«

Frederico versuchte seinen Bruder von ihm herunterzustoßen, doch Alessandro lag mit seinem ganzen Gewicht auf ihm, sodass er keine Chance hatte, sich aus seinen Fängen zu befreien.

»Ich habe dich vor Jahren aus der Gosse geholt und so dankst du es mir? Du bist ein absolutes Weichei und eine Schande für unsere Familie! Du befolgst meine Anweisungen und machst genau das, was ich dir gesagt habe oder ich werfe dich wieder zurück in die Gosse, wo du elendig verrotten kannst. Hast du mich verstanden?«

Frederico zeigte am Boden liegend keine Regung.

»Ich habe dich gefragt, ob du mich verstanden hast?«, wiederholte Alessandro seine Frage und schlug Frederico dabei mit voller Wucht ins Gesicht. Fredericos Lippe platzte auf und fing fürchterlich an zu bluten.

»Ich denke ich habe mich klar genug ausgedrückt. Oder soll ich mich nochmals wiederholen?«

Frederico schüttelte verneinend den Kopf und hielt sich dabei seine Hände auf die Lippen. Das Blut floss in Strömen seinen Hals hinunter auf sein Hemd.

»Dann ist ja gut, Bruderherz. Wenn der Job in zwei Stunden noch nicht erledigt ist, dann ruf mich an. Ansonsten komme ich und hole die Ware ab.«

Alessandro stieg von Frederico herunter, lief zur Tür und zwinkerte seinen Bruder an.

»Dann sehen wir uns in zwei Stunden wieder – und mach deinen verdammten Job!«

Mit einem lauten Knall schloss sich die Tür hinter Alessandro und Frederico war wieder allein in seinem Büro.

Er ging an seinen Schrank, der hinter seinem Schreibtisch stand. Aus einer der vier Schubladen holte er ein Handtuch heraus und legte es sich auf seine aufgeplatzte Lippe. Anschließend setzte er sich auf seinen Stuhl und legte den Kopf zurück, sodass sein Nacken an der oberen Kante seines Stuhles auflag und er nach oben an die Decke starrte. Er hielt ein paar Minuten in dieser Position inne, bis das Blut begann zu gerinnen.

Ein anderes Handtuch befeuchtete er mit Wasser und versuchte, sich das Blut aus seinem Gesicht zu wischen und von seinem Hals zu entfernen. Es dauerte eine Weile, bis er es geschafft hatte, die Blutspuren auf seiner Haut zu beseitigen.

Nachdem er sich im Spiegel vergewissert hatte, dass nur noch seine aufgeplatzte Lippe Zeugnis über die Konfrontation mit seinem Bruder ablegte und sich sonst kein Blut mehr auf seinem Körper befand, wechselte er sein Hemd.

Wieder kamen ihm die Gewissensbisse, die ihn schon zwei Tage zuvor plagten. Er ging alle Möglichkeiten im Kopf durch, aber alle Möglichkeiten führten zu den zwei gleichen Ergebnissen.

Er könnte seinen Bruder verraten und damit die Piepero Organisation, was seinen eigenen Tod bedeutete. Oder er lieferte Melissa an seinen Bruder aus und was Alessandro dann mit ihr machen würde, wollte sich Frederico nicht vorstellen.

In solchen Situationen wünschte er sich, dass sein Bruder ihn niemals in die Piepero-Familie eingeführt hätte. Er wünschte sich auf das Sofa in der Wohnung seiner Mutter zurück, wo er in den Tag hineinleben konnte, wie er wollte. Er hatte damals zwar nichts gehabt, wofür es sich zu Leben lohnte, doch wenigstens brachte er kein Unglück über andere Menschen oder verletzte und tötete sie sogar. Er war ein niemand, den keiner wirklich auf dem Radar hatte und jetzt war er die Marionette seines Bruders, der wiederum der Handlanger von sehr schrecklichen Menschen war.

Es gab für ihn kein Entkommen, denn jeder Versuch, sich aus den Fängen der Pieperos loszureißen, bedeutete ein Himmelfahrtskommando, das mit seinem Tod enden würde.

Für ihn stand fest, dass er sich seinem Schicksal zu ergeben hatte, auch wenn das bedeuten würde, dass er ebenso ein schrecklicher und abscheulicher Mensch werden würde wie alle anderen der Piepero-Familie auch.


Seine innere Unruhe und die wirren Gedanken in seinem Kopf führten dazu, dass er sich übergeben musste. Nachdem er wieder aus dem Bad kam, schaute er auf seine Uhr.

»Jede Minute sollte Melissa eintreffen«, dachte er, als sich schlagartig die Tür seines Büros öffnete.

»Na, hast du endlich bekommen, was du verdienst?«, sagte Melissa und deutete auf Fredericos Lippe.

»Wohl mit dem Falschen angelegt«, schob sie schnell hinterher und konnte sich ein süffisantes Grinsen nicht verkneifen.

»Ein beschissener Morgen ist das heute!«, erwiderte Frederico, dem ihm seine Übelkeit im Gesicht abzulesen war.

»Soll ich dir ein Taschentuch bringen oder kannst du deine Tränen zurückhalten, du Pfeife? Vorgestern bringst du zwei Menschen um und jetzt heulst du rum, oder was?«

Frederico hasste Melissas provokante Art immer mehr.

»Lassen wir den Mist und fangen an«, sagte er ohne Melissa anzuschauen und kramte sein Notizbuch aus einer Schublade seines Sideboards.

»Ja, lass uns direkt beginnen. Das ist besser so, denn ich will so wenig Zeit wie möglich mit dir verbringen!«, entgegnete Melissa, die sich auf einen Stuhl setzte, der auf Fredericos gegenüberliegenden Seite des Schreibtischs stand.

Die beiden gingen die verkauften Mengen an Drogen der vergangenen Woche durch und besprachen die Zulieferung für die kommende Woche. Am Ende des Gesprächs stand Frederico auf und sagte: »Nun gut. Ich habe es eilig. Vergiss nicht, deine Päckchen bei Juanita abzuholen.«

»Als ob ich das vergessen würde!«, Melissa schüttelte abfällig den Kopf und stand dabei ebenfalls auf und drehte sich zur Tür.

Einen Augenblick später stand Frederico hinter ihr und zog sie an ihrem Arm zu sich.

Er flüsterte in ihr Ohr: »Es tut mir leid!« und gab ihr einen Kuss auf den Mund.

Es ging für Melissa so schnell, dass sie nicht reagieren konnte. Das Einzige, das sie wahrnahm, war, dass Frederico Tränen im Gesicht hatte, als er sie küsste. Danach fühlte sie einen stumpfen Schlag, der seitlich auf ihre Backe und den Hals eintraf, bevor ihr schwarz vor Augen wurde und sie den Boden unter ihren Füßen verlor.

Als Melissa auf dem Boden lag, kniete sich Frederico über sie, streichelte ihre Wange und sagte mit zittriger Stimme: »Es tut mir entsetzlich leid!«

Er holte aus der Schublade, in der auch sein Notizbuch lag, eine Spritze hervor und injizierte Melissa ein Narkotikum. Anschließend fesselte er ihre Hände und Füße und klebte ihren Mund mit Paketband zu. Die restlichen Minuten, in denen er auf seinen Bruder wartete, verbrachte er damit, auf seinem Schreibtischstuhl sitzend auf den regungslosen Körper von Melissa zu starren.

Nach einer für Frederico gefühlten Ewigkeit kam Alessandro die Tür herein. Er blickte zu Boden, wo Melissa immer noch ohne Regung und geknebelt da lag.

»Sehr gut, Bruderherz«, begann Alessandro und lächelte Frederico an.

»Ich wusste, dass du dich für uns, für das Richtige entscheidest.«

Alessandros Lächeln wurde größer, als er über Melissa stieg, um an Frederico heranzutreten und ihm auf die Schulter zu klopfen. Frederico hingegen würdigte seinen Bruder keines Blickes und sagte kein Ton zu ihm. Es fühlte sich für Federico wie ein verlorener Krieg an und er ließ seinen Kopf in Richtung der Schreibtischplatte hängen, sodass er nicht mit ansehen musste, wie Alessandro Melissa über die Schulter schmiss und das Büro verließ.


Der Weg führte Alessandro die Treppe hinauf zu der Wäscherei, wo er mit Melissa im Schlepptau einen großen Raum durchquerte, der mit massenhaft vielen Kleidungsstücken übersät war, die an einer verworrenen Straße aus Stahldrähten hingen. Normalerweise war der Raum überfüllt von Arbeitern und die Kleidungsstücke liefen an den Stahldrähten umher. Doch als Alessandro den Raum betrat, war keine Menschenseele zu sehen und die Bänder, an denen die Kleidung hingen, standen still.

Als Alessandro wenige Minuten zuvor den Lieferwagen an den Lieferanteneingang fuhr, wusste die Vorarbeiterin, was zu tun ist und schickte alle Arbeiter nach draußen. Sie verkündigte ihnen eine Pause von einer halben Stunde, in der sich die Mitarbeiter nicht im Gebäude aufhalten sollten.

Nachdem alle Mitarbeiter den Raum verlassen hatten, vergewisserte sich die Vorarbeiterin, dass sich auch keine Person mehr im Lieferbereich aufhielt. Danach klopfte sie an Alessandros Scheibe des Lieferwagens. Er kurbelte das Fenster hinunter und überreichte ihr einen Briefumschlag mit einem Bündel Geldscheinen darin. Anschließend konnte er ungestört Melissa aus der Wäscherei bringen.

Im Lieferbereich angekommen machte er die hintere Türklappe des Lieferwagens auf und legte Melissa auf die Ladefläche. Anschließend legte er ihr an ihrem linken Arm eine Handschelle an, die er an einer Stange eines kleinen Regals, das im Rückraum des Lieferwagens stand, befestigte.

Danach ging er von der Ladefläche und schloss die hintere Türklappe. Er stieg in die Fahrerkabine ein und fuhr mit Melissa davon.

Für Alphonso Pati war es der übliche Weg. Wöchentlich ging er auf den Friedhof, zum Grab seiner Eltern. Wenn er an den vielen Gräbern vorbei zur letzten Ruhestätte seiner Eltern entlang ging, konnte er abschalten und sich vollends auf sich konzentrieren. Dabei versank er stets tief in Gedanken und fragte sich oftmals, wie sein Leben verlaufen wäre, wenn seine Eltern nicht plötzlich aus seinem Leben gerissen worden wären.

Er vermisste seine Eltern jeden Tag, von dem Moment an, als er erfuhr, dass beide gestorben waren. Seine Mutter liebte und umgarnte ihn abgöttisch. Für sie war Alphonso der Mittelpunkt ihres Lebens und sie kümmerte sich aufopferungsvoll um ihn. Sein Vater war ein Fabrikarbeiter und schuftete pausenlos durch, damit es seiner Familie an nichts fehlte.

Ganz besonders oft dachte Alphonso an die liebevollen Umarmungen seiner Mutter, die er bekam, wann immer ihr danach war. Die Zuneigung und Nähe zu einer Bezugsperson fehlten ihm sehr. Seitdem er allein mit seiner Tante und seinem Onkel lebte, hatte er keine sentimentale Beziehung zu jemand anderem mehr aufgebaut. Für Alica und Don Piepero gab es nur sie und die Organisation. Sie arbeiteten rund um die Uhr, um das Piepero Imperium noch weiter auszubauen und stärker zu machen.

Alphonso wusste, dass er sich in der Obhut von Don Piepero und Alica über Geld und Wohlstand keine Sorgen machen musste, auch wenn er dafür viel in der Organisation zu leisten hatte. Er war beiden auch sehr dankbar, dass sie ihn in der schweren Zeit direkt nach dem Tod seiner Eltern unterstützten. Doch fehlte ihm die Geborgenheit, die er immer im Kreise seiner Eltern verspürt hatte.

In Gedanken versunken kramte er mit seiner rechten Hand in seiner Jackettasche, während er mit der linken Hand etwas Moos vom Grabstein seiner Eltern entfernte. Er blickte auf die Taschenuhr, die er aus seiner Jackentasche hervorhob und erschrak, da es schon später war, als er angenommen hatte. Er verabschiedete sich ritualmäßig, indem er zweimal mit seinem rechten Schuh leicht gegen den Aufsatz des Grabsteins tippte und warf zwei Handküsse auf das Grab.

Sein Auto parkte Alphonso in einer Seitenstraße, die keinen direkten Zugang zum Friedhof hatte und in der keine dicht besiedelten Häuser standen. Zwar musste er ein langes Stück bis zum Friedhof laufen, jedoch ergab sich für Alphonso der Vorteil, dass diese Straße meist menschenleer und kaum befahren war – und eine unbefahrene und ruhige Straße brauchte er in diesem Moment.

An seinem Auto angekommen, drehte er sich langsam in alle Himmelsrichtungen um, sodass er sehen konnte, ob sich jemand in der Straße aufhielt oder ein Auto vorbeifuhr. Es war weit und breit niemand zu sehen, also ging er an die hintere Tür der Beifahrerseite und öffnete diese. Er suchte in seinem Mantel, der quer über die ganze Rückbank lag, seine Pistole und den Schalldämpferaufsatz. Als er beides gefunden hatte, steckte er die Pistole in seine linke Jackettasche und den Schalldämpfer in die rechte neben seine Taschenuhr. Er schloss die Autotür und ging an den Kofferraum, nachdem er sich nochmals vergewisserte, dass er unbeobachtet war.

Als er die Kofferraumklappe öffnete, starrte ihn ein Mann mit weit aufgerissenen Augen an. Der Mann lag zusammengekrümmt in der Ladefläche des Kofferraums und war sowohl an seinen Händen als auch an den Füßen mit mehreren Kabelbindern gefesselt. In seinem Mund hatte er einen Knebel gestopft, der aus einem Geschirrhandtuch bestand. Um seinen Mund und seinem Hinterkopf wurden mehrere Lagen Paketband geschnürt, sodass er keine Chance hatte, mehr als ein dumpfes Wimmern von sich zu geben.

Alphonso war für einen Moment perplex, da er nicht erwartet hatte, dass der Mann in seinem Kofferraum schon wieder bei Sinnen war, nachdem er ihn vor weniger als einer halben Stunde mit mehreren Schlägen gegen den Kopf außer Gefecht gesetzt hatte. Einen Moment lang starrte Alphonso in die angsterfüllten Augen des Mannes und hörte sich sein um Hilfe flehendes Wimmern an.

Nachdem sich Alphonso kurz mit einem Kopfschütteln gesammelt hatte, zog er aus seiner Tasche die Pistole und die Laute des gefesselten Mannes wurden schlagartig schneller und heftiger. Aus der anderen Tasche zog er den Schalldämpfer hervor und schraubte ihn auf die Pistole. Die Bewegungen des Mannes im Kofferraum ließen nun den ganzen Wagen sich hin und her bewegen und aus seinen Augen quollen erste Tränen hervor. Der Mann kämpfte, um seine Hände von den Kabelbindern zu befreien und an seinen Handgelenken lief das Blut herunter. Doch er hatte keine Chance, sich auch nur ansatzweise aus der Situation zu retten. Alphonso richtete langsam die Pistole auf den Mann. Er drehte sich ein letztes Mal in alle Blickrichtungen um. Als ihm klar wurde, dass niemand zu sehen war, drehte er seinen Blick zu seinem Opfer.

Der Mann zuckte und wackelte immer heftiger im Kofferraum umher und seine Schreie wurden trotz des Knebels immer eindringlicher.

Alphonso war in den Jahren, die er in der Piepero Organisation verbrachte, abgebrüht genug geworden, um keine Gewissensbisse zu bekommen. Auch wenn ein Mensch um sein Leben bettelte, verfolgte Alphonso immer seinen Auftrag.

»Verabschiede dich von dieser Welt!«, sagte Alphonso laut und der Mann im Kofferraum riss nochmals seine Augen soweit auf, dass Alphonso jedes geplatzte Äderchen einzeln hätte abzählen können. Danach schoss er ihm in die Brust und direkt danach in den Kopf. Der geknebelte Mann rührte sich nicht mehr, sodass das Ruckeln des Autos verstummte.

Er drehte den Schalldämpfer von der Pistole ab und schloss den Kofferraum. Danach warf er die Tatwaffe samt dem Schalldämpfer auf die Rückbank und verdeckte beides unter dem Mantel. Er startete den Wagen und fuhr in Richtung seines eigentlichen Auftrags und Opfers.

»Beginne mit dem Öffnen des Thorax«, sprach Dr. Stephanie Farmwell in ihr portables Diktiergerät, als sie das Skalpell ansetzte und dem blassen, leblosen Körper, der vor ihr auf der stählernen Platte lag, den Brustkorb aufschnitt. Sie drang mit dem scharfen Messer tief in das Gewebe der Leiche ein und vollzog den Schnitt mit einem geübten, kräftigen Handgriff.

»Ziehe die linke Hälfte des Brustkorbs etwas auseinander, um einen besseren Blick auf Lunge und Herz zu bekommen«, diktierte sie weiter.

»Deutlicher Riss, nur einige Zentimeter von der Aortenklappe entfernt, zu erkennen. Könnte die mögliche Todesursache sein. Fahre mit der Anhebung des rechten Brustkorbs fort.«

Stephanie drückte die Stopptaste an ihrem Diktiergerät und lehnte sich über die Öffnung des Oberkörpers des Leichnams, um einen besseren Winkel für die Hebung des rechten Brustkorbs zu bekommen.

Mit ihrer rechten Hand fixierte sie die Schulter des Toten, damit sie mit der linken Hand unter den Rippenbogen des Brustkorbs greifen und mit einem energischen Ruck diesen nach oben ziehen konnte. Es knackte laut, als sich der Widerstand des Rippengerüsts löste.

Während Stephanie dabei war, wieder ihr Diktiergerät einzuschalten, klopfte es an der Scheibe ihres Büros. Sie schrak auf, als sie das gläserne Pochen hörte. Es stand ein ihr unbekannter Mann in ihrem Büro, der ihr zuwinkte.

Stephanie packte ihr Diktiergerät, das sie noch in der Hand hielt, in ihre Kitteltasche und ging den Gang in Richtung ihres Büros entlang.

»Es muss der Kieferorthopäde sein, der für den Gebissabgleich kommen sollte«, dachte sie sich, als sie die Tür zu ihrem Büro öffnete.

»Hallo, mein Name ist Max Cox. Ich hoffe, dass ich sie nicht störe. Lucas Moldrige von der New Yorker Polizei schickt mich, um mit Ihnen Gebissabdrücke von Herrn Vincenzo D'Aconte abzugleichen.«

»Hallo! Sehr erfreut.«

Stephanie streckte Max ihre rechte Hand entgegen, die er mit einem beherzten Händedruck zur Begrüßung schüttelte.

»Ich hole noch die Unterlagen aus dem Schrank, dann können wir direkt mit der Arbeit beginnen«, sagte Stephanie und lief auf einen der drei Schränke zu, die sich in ihrem Büro vom Boden bis zur Decke erhoben. Nach ein paar kurzen und gezielten Handgriffen hatte sie die Akte mit den Gebissabdrücken der Leiche aus dem verkohlten Autowrack in der Hand und nahm an ihrem Schreibtisch Platz.

»Setzen Sie sich doch auch bitte.«

Stephanie zeigte auf den Stuhl gegenüber von ihr.

Max nahm Platz und holte einen Stapel an Unterlagen aus seinem Koffer.

»Arbeiten Sie ganz alleine hier?«, fragte Max, nachdem er aus dem Bürofenster in die Leichenhalle blickte.

»Nein. Das wäre dann doch zu viel des Guten!«, schmunzelte Stephanie. »Ich liebe meinen Beruf zwar sehr, aber die Obduktionszahlen in New York steigen stetig an und da würde mir die Arbeit, bei aller Liebe dazu, doch etwas über den Kopf wachsen.«

Max nickte Stephanie zu, so als ob er vollstes Verständnis für die gesprochenen Worte hätte und genau wüsste, wovon sie sprach.

»Zwei meiner Mitarbeiter haben den heutigen Vormittag frei. Wir haben in den letzten Tagen viel zu tun gehabt. Ich weiß nicht, ob sie die New Yorker Nachrichten verfolgen, aber aktuell kommt es zu einer Vielzahl an Morden. Daher gönne ich den Kollegen eine kleine Verschnaufpause und die anderen beiden sind auf einer Schulung.«

»Ja, wenn ich mir die Halle so anschaue«, Max erhob sich, während er sprach und schaute in die Leichenhalle hinein, »dann kann ich nachvollziehen, dass Sie Hilfe benötigen. Hier ist ja jede Liege mit einer Leiche bestückt.«

Stephanie stimmte mit einem Nicken zu.

»Wir in New Orleans bekommen eigentlich nicht viel von der Situation in New York mit. Allerdings häufen sich jetzt gerade Berichte über eine zunehmende Mordrate in der Stadt, sodass sogar manche Zeitungen in New Orleans ernsthaft davor warnen, New York City einen Besuch abzustatten.«

»Und dennoch haben Sie sich hierher getraut, mitten in den Sündenpfuhl New Yorks?«, fragte Stephanie mit einem süffisanten Grinsen.

»Ja, aber nur beruflich und der Besuch soll ja auch einer guten Sache dienen.«

Max setzte ein breites Lächeln auf und Stephanie blickte das erste Mal bewusst in seine Augen. Ihr fuhr ein kalter Schauer über den Rücken und ihr Herz fing schneller zu schlagen an. Sie verstand nicht warum, aber es machte sich ein mulmiges Gefühl in ihr breit.

»Richtig«, entgegnete Stephanie, die jetzt spürbar verunsichert war.

»Lassen Sie uns zur eigentlichen Sache kommen, damit ich Sie wieder aus der Stadt entlassen kann und Sie den Heimweg antreten können.«

»Mir gefällt Manhattan eigentlich sehr, daher gibt es keinen Grund zur Eile.«

Das war nicht die Antwort, die Stephanie hören wollte. In ihrem Magen machte sich immer weiter ein Gefühl von Unbehagen breit und sie konnte sich nicht erklären, warum. Aber irgendetwas stimmte nicht mit dem Mann, der ihr gegenüber saß, dachte sie sich. Doch ihr kam nicht in den Sinn, woran das liegen könnte.

»Nichtsdestotrotz, lassen Sie uns anfangen«, sagte Stephanie nun laut.

»Natürlich. Ich will Ihre kostbare Zeit auch nicht zu sehr beanspruchen.«

Max ergriff einen Stapel der Unterlagen, die er vor sich auf den Tisch gelegt hatte und zog mit einem gezielten Griff mehrere Blätter heraus. Stephanie beobachtete ihn dabei und sah ihm nochmals in die Augen. Als sich Max Kopf mit einem Ruck nach vorne bewegte, da er sich über die Unterlagen, die er aus seinem Papierstapel hervorbrachte, lehnte, konnte sie sein linkes Profil sehen. Stephanie erschrak für einen kurzen Moment, unbemerkt von Max. Der Mann, der ihr gegenübersah, hatte einen Ausdruck des Bösen im Gesicht, der Stephanie erneut einen kalten Schauer über den Rücken laufen ließ.

Seine Augen waren pechschwarz und wie er sich über die Bilder des Gebisses beugte, die er mittlerweile auf dem Tisch ausgebreitet hatte, konnte Stephanie sein ganzes Angesicht erkennen. Er sah aus wie der Teufel persönlich.

Irgendetwas stimmt hier nicht, spukte es in ihrem Kopf herum.

Sie hatte noch nie einen Menschen gesehen, der einen so bösartigen Gesichtsausdruck hatte, wie es bei ihm der Fall war.

»Aber was soll bitte schön Max schon machen wollen mit mir? Und vor allem, warum?«, versuchte sich Stephanie selbst innerlich zu beruhigen.

»Wollen wir anfangen, Frau Farmwell?«, fragte Max zu Stephanie aufblickend.

»Natürlich«, murmelte sie, immer noch in sich grübelnd, was es mit Max tatsächlich auf sich hatte.

Ihr gutes Zureden innerlich half aber nichts. Das mulmige Gefühl machte sich bei ihr immer weiter breit. Sie musste herausfinden, ob Max der ist, der er ausgibt zu sein.

»Kommen Sie zu mir herüber, bitte«, gab Stephanie die Anweisung an ihn.

»Dann können wir beide die Gebisse besser vergleichen.«

Als Max sich aus dem Bürostuhl erhob und sich um den Schreibtisch herum begab, drückte Stephanie den Aufnahmeknopf ihres Diktiergeräts, das sich immer noch in ihrer Kitteltasche befand.

»Lassen Sie mich noch schnell ein Bild mit einer guten Auflösung des Gebisses heraussuchen. Irgendein Bild hat mein Kollege markiert. Das ist das Bild, dass auch an das FBI zum Dokumentarchiv gespielt werden soll.«

Stephanie kramte in den Unterlagen herum, bis sie auf das Bild stieß, das mit einem grünen Kreuz an der rechten oberen Ecke markiert war.

»Hier haben wir es!«, brach es aus Stephanie heraus.

»Sehr gut. Dann können wir jetzt mit dem Abgleich beginnen.«

Stephanie nickte ihm zu und legte das Bild unterhalb der drei Bilder aus den Akten von Max auf den Schreibtisch.

»Auf welchen Teil des Gebisses wollen wir uns zuerst konzentrieren?«, fragte sie ihn.

»Das dürfen Sie entscheiden.«

Stephanie dachte einen Moment lang nach.

»Dann lassen Sie uns jeweils mit dem vierten und fünften Molar anfangen«, sagte sie in dem Bewusstsein, dass das ihr vorliegende Gebiss nur zwei Backenzähne je Gebissviertel hatte und es einen vierten und fünften Molar überhaupt nicht gab.

»Gut. Dann legen wir damit los«, bejahte Max den Vorschlag von Stephanie.

In Stephanies Gesicht stand das bloße Entsetzen, als sie seine Worte über die Lippen kommen hörte. Jetzt wusste sie, dass Max nicht der war, für den er sich ausgab.

Aber auch Max blieb nicht unbemerkt, dass sich der Gesichtsausdruck seines Gegenübers geändert hatte und seine Augen blitzten auf, als er begriff, dass seine Maskerade aufgeflogen war.

Es dauert nur einen Augenblick und Max zog einen Revolver aus seiner Tasche.

»Lass mich raten. Es gibt so etwas wie einen Molar gar nicht.«

Stephanies Augen öffneten sich weit, als sie in den Lauf des Revolvers schaute.

»Doch die gibt es. Aber einen vierten und fünften Molar hatten diese Gebisse nicht. Und das wäre jedem Zahnsachverständigen sofort aufgefallen.«

Stephanie konnte nur stammeln und war kaum zu verstehen.

»Was hat das zu bedeuten?«, fragte Stephanie, bei der erste Tränen die Wangen herunter kullerten.

»Du bist nur zur falschen Zeit am falschen Ort. Mit dir persönlich hat das alles nichts zu tun. Doch dein Beruf bringt dich heute buchstäblich ins Grab.«

Er wartete noch kurz ab, nachdem er die letzten Worte ausgesprochen hatte, um die Angst in den Augen von Stephanie zu sehen. Als er das Leiden in ihrem Gesichtsausdruck sah, spürte er die Macht, die er über sie hatte. Er entschied, wann sie ihren letzten Atemzug machen würde.

Das Gefühl, das er hatte, wenn er über Leben und Tod entschied, war für ihn wie eine Sucht. Es packte ihn am ganzen Körper und nachdem er Stephanie zweimal aus nächster Nähe in den Kopf geschossen hatte, war seine Gier nach diesem kurzen Gefühl der Herrschaft über einen anderen Menschen für das erste wieder befriedigt.

Er ließ Stephanie blutüberströmt auf dem Boden liegen, packte die Bilder der Gebisse in seine Tasche und ließ die Rollos im Büro herunter, sodass niemand von außen hineinschauen konnte. Anschließend schaute er auf die Tür und sah, dass der Schlüssel zur Bürotür steckte. Er zog ihn heraus, ging aus dem Büro und schloss es hinter sich zu.

An seinem Auto angekommen, setzte er sich hinter das Steuer und fuhr den Wagen direkt an den Eingang der Rampe, die zur Leichenhalle führte. Er bugsierte die Leiche des echten Max, die er im Kofferraum hatte, auf die Laderampe und brachte sie durch den Rampeneingang direkt in die Leichenhalle.

Dort legte er sie auf eine der wenigen freien Metalltische und bedeckte sie vollständig mit einem Leinentuch. Er ging den Gang, in dem eine Vielzahl an Leichen auf den Tischen lag, in Richtung des Büros von Stephanie entlang und öffnete die Tür.

Stephanie lag immer noch so da, wie er sie vor wenigen Minuten zurückgelassen hatte. Die Blutlache, die aus ihrem Kopf trat, war enorm und es gab keinen Zweifel daran, dass sie ihre Hinrichtung nicht überlebt haben konnte.

Alphonso Pati schloss hinter sich die Tür, durchlief nochmals die Leichenhalle in Richtung des Rampeneingangs und stieg in seinen Wagen, um davonzufahren.

Als Nick zu sich kam, dauerte es eine Weile, bis der stumpfe Ton in seinen Ohren aufhörte zu brummen. Er hievte sich auf, sodass er auf seinen Körper herabblicken konnte. Seine Kleidung war voller Staub und Schmutz. Er versuchte sich davon zu befreien, indem er mit seinen Händen über seine Hose und die Polizeijacke strich. Dies wirbelte jedoch so viel Staub auf, dass er erst einmal einen Hustenanfall bekam.

Nachdem sich sein Husten wieder beruhigt hatte, wollte er sich sammeln und stützte seine Arme mit den Ellenbogen gegen seine Beine, damit er die Hände vor das Gesicht halten konnte.

»Was ist passiert? Wo bin ich hier nur hineingeraten?«, fragte er sich.

Nick begann langsam zu begreifen, dass es einen Mordanschlag auf ihn und seine Kollegen gegeben hatte. Während er dabei war, sich in alle Himmelsrichtungen umzudrehen, um nach Carl, Luke und den anderen zu sehen, schossen ihm fürchterliche Schmerzen in sein linkes Bein. Erst jetzt registrierte er, dass auf seinem linken Unterschenkel und Fuß die von der Explosion des Panzerfaustgeschoss abgetrennte Tür eines Polizeiwagens lag.

Mit der letzten Kraft, die er hatte, konnte er die Tür beiseiteschieben. Sein Fuß war stark geschwollen und als die Last der Tür nicht mehr da war, begannen die Schmerzen, durch seine Nervenbahnen zu pulsieren. Er musste für einen kurzen Moment innehalten, damit er sich auf den Schmerz einstellen konnte.

Ein paar Augenblicke später versuchte Nick sich aufzurichten, um seinen Bewegungsapparat zu testen und um sicherzugehen, dass er nicht noch andere Blessuren außer an seinem Bein hatte.

Er erhob sich und versuchte ein paar Schritte zu gehen. Es schmerzte zwar sein Fuß, jedoch strömte so viel Adrenalin in ihm, dass er nur ein Pochen in seinem linken Fuß wahrnahm.

Seine Blicke gingen von links nach rechts und was er sah, glich einem Schlachtfeld nach einer Großoffensive im Krieg.

»Ach du meine Güte!«, stammelte Nick in sich hinein.

Vor ihm auf dem Bauch lag Luke, der keine Bewegung von sich gab. Nick humpelte mit schmerzverzerrtem Gesicht zu ihm und beugte sich über Luke.

»Er atmet. Gott sei Dank!«, dachte Nick im Stillen und ließ Luke in seiner Position liegen.

In der Polizeischule hatte er gelernt, dass Personen, die verletzt wurden, nicht bewegt werden dürften, solange kein Arzt oder Rettungsmediziner anwesend ist. Da Nick die Verletzungssituation nicht allein abschätzen konnte, war das Risiko zu hoch, die Verletzungen durch falsche Bewegungen der am Boden liegenden Personen, zu verschlimmern. Er erinnerte sich an diesen Grundsatz der Unfallbegehung und versuchte, niemanden der Verletzten zu bewegen.

Carl lag auf seinem Rücken, sein Jackett sowie seine Hose waren ähnlich wie bei Nick voller Staub. Er atmete schwer und röchelte manchmal beim Luft holen.

Nick setzte seine Bewegung auf einem Bein hüpfend fort und blieb bei Carl stehen.

»Carl, kannst du mich hören?«, fragte er mit einer eindringlichen Stimme.

»Carl?«, wiederholte er.

Die rechte Hand von Carl bewegte sich und deutete Nick an, dass er sich zu ihm beugen sollte. Nick knickte sein rechtes Bein ein und ließ sich auf die Seite fallen, sodass er dicht an Carls Kopf war.

Er zog Nick zu sich und versuchte ihm etwas mitzuteilen, doch seine Stimme stockte zwischendurch immer wieder.

»Ich kann dich nicht verstehen, Carl.«

Daraufhin wurde Carls Gemurmel stärker und er versuchte mit seinen Händen wild zu gestikulieren, aber Nick hatte keine Chance, auch nur ansatzweise zu verstehen, was Carl ihm mitteilen wollte.

»Bleib ganz ruhig. Es kommt gleich Hilfe und es wird sich um dich gekümmert«, versuchte Nick ihn zu beruhigen und ließ dabei seine Hände auf Carls Schultern ruhen.

»Ich schaue kurz nach den anderen Verletzten und bin gleich wieder da.«

Nick sprach so laut und deutlich wie er konnte und Carl signalisierte ihm mit einem Kopfnicken, dass er verstanden hatte, was Nick ihm sagte.

Mit seiner rechten Hand stützte sich Nick vom Boden ab, um mit Schwung auf sein rechtes Bein zu kommen. Sein Versuch schlug fehl und er schaute, weiterhin auf dem Boden sitzend, zu Charles hinüber, der ebenso wie Carl blutüberströmt auf dem Rücken lag. Es war für Nick nicht zu erkennen, ob Charles noch atmete.

Nick versuchte nicht noch einmal, auf sein gesundes Bein zu kommen, sondern kroch auf den Knien, sein linkes Bein hinter sich herziehend zu Charles hinüber.

Aufgrund der großkalibrigen Waffen, die die Angreifer benutzt hatten, konnte Nick die Einschusslöcher, die Charles in seinen Körper trafen, genau sehen. Er versuchte einen Puls an Charles Hals zu spüren, doch er fühlte nichts. Anschließend probierte Nick es noch mal an Charles linkem Handgelenk. Aber es war wieder vergebens. Charles war tot.

Nick beugte sich hoch, drehte seinen Kopf auf die linke Seite und danach auf die rechte Seite. Er setzte sich auf, begriff, dass niemand außer ihm bei Bewusstsein war und dass auf der Straße keine Menschenseele war. Ihm schossen die Tränen aus den Augen, als er einsah, dass er allein auf sich gestellt war.

Es verging eine Ewigkeit für Nick, bis er die ersten Sirenen ein paar Blocks weit entfernt vernahm. Es fuhren mehrere Krankenwagen sowie ein Löschtrupp der Feuerwehr und zwei Polizeiwagen vor. Wenig später kamen aus allen Richtungen weitere Rettungswagen und Feuerwehrzüge. Die Straße war plötzlich übersät von Helfern und eine Flut an Blaulichtern konnte noch aus mehreren Straßenblocks Entfernung vernommen werden.

»Können Sie mich hören?«, fragte eine Frau, die in einem dunkelblauen Hemd mit einem roten Kreuz darauf gekleidet war. Als Nick, der immer noch mit den Händen über dem Kopf an dem Oberkörper von Charles lehnte und weinte, nicht reagierte, tippte sie mit ihren Fingern auf Nicks Rücken und wiederholte ihre Frage.

Nick drehte sich zu der Stimme um und schaute der Frau ins Gesicht: »Ja, ich kann Sie hören.«

Er nickte dabei mit dem Kopf.

»Wie geht es Ihnen? Haben Sie Schmerzen?«, fragte die Rettungssanitäterin.

»Mein linkes Bein war von der abgetrennten Tür eingeklemmt.«

Nick deutet auf die Tür, die noch vor kurzer Zeit sein Bein begraben hatte und fuhr fort: »Ich kann nicht auf dem Bein auftreten und habe ziemliche Schmerzen. Aber kümmern Sie sich bitte erst um die anderen. Ich komme schon klar.«

»Schauen Sie sich um. Hier wimmelte es nur von Ersthelfern. Wir könnten einer ganzen Armee helfen. Also warten Sie hier kurz, während ich Ihnen einen Rollstuhl bringe.«

Die Ersthelferin ging in Richtung einer der vielen Krankenwagen, die mittlerweile vor Ort waren. Nick nahm erst jetzt wahr, dass alle verfügbaren Einheiten zu dem Tatort gerufen worden sein mussten, denn es wimmelte nur so von Leuten um ihn herum. Genau dort, wo er sich noch vor wenigen Augenblicken allein gefühlt hatte.

»Schaffen Sie es alleine hoch?«, wollte die Rettungssanitäterin wissen, während sie den Rollstuhl direkt neben Nick platzierte.

»Nein. Ich bräuchte Hilfe. Ich komme sonst nicht auf.«

»Ok. Ich nehme Sie.«

Die Frau streckte den Arm nach Nick aus und zog ihn in den Rollstuhl.

»So. Das hätten wir. Ich schiebe Sie etwas weg von all den Verletzten. Wir kümmern uns noch um die anderen hier und bringen Sie anschließend in ein Krankenhaus.«

Nick wurde von der Dame beiseite gerollt und er sah sich die Arbeiten der Sanitäter an.

Luke wurde zuerst von den Hilfskräften auf eine Trage gelegt und in einem der Krankenwagen abtransportiert. Kurz darauf wurde Carl weggebracht. Rachel schien nun auch bei Bewusstsein zu sein, da sie sich aufrichten konnte und von zwei Sanitätern gestützt an die offene Heckklappe eines Krankenwagens lief. Ihr wurden Kühlpacks gebracht, die sie sich gegen den Kopf hielt. Es dauert jedoch nur einen kurzen Augenblick, bis Rachel wieder das Bewusstsein verlor und die zwei Sanitäter, die bei ihr standen, in Panik gerieten.

Sie legten Rachel flach auf den Boden, holten blitzschnell die Trage aus dem Wagen und legten Rachel darauf. Nachdem sie auf der Trage fixiert war und in den Krankenwagen geladen wurde, fuhren auch sie mit ihr fort.

Über Charles war schon eine weiße Plane gespannt, die, als Nick sie sah, sofort wieder einen Klos in seinem Hals aufsteigen ließ. Das sollte jedoch nicht die einzige Plane sein, die der Tatort hinterließ. Auch einer der Streifenpolizisten war so schwer von dem Feuerhagel getroffen worden, dass er seinen Verletzungen noch auf der Straße erlag.

Einer der anderen beiden Polizisten, die noch bei dem Hinterhalt ins Kreuzfeuer kamen, wurde in ein Krankenhaus gebracht und der letzte war mitten in der Widerbelebung. Es knieten mehrere junge Sanitäter um ihn herum und einer machte eine Herzdruckmassage im Wechsel mit einer Mund-zu-Mund-Beatmung.

Nick wollte von alldem nichts mehr sehen. Er konnte sich die bloße

Zerstörung und die toten Menschen nicht mehr anschauen. Es reichte für ihn und er war kurz davor, aus dem Rollstuhl aufzustehen und sich unerkannt wegzuschleichen. Doch stattdessen schloss er seine Augen und lehnte seinen Kopf weit zurück, sodass sein Gesicht Richtung Himmel zeigte.

Sheldon konnte nur noch den Kopf schütteln, als er auf dem Parkplatz des Bellevue Krankenhauses zwei State Trooper Einsatzwagen sah.

»Was ist denn jetzt schon wieder passiert?«, dachte er sich, als er der Dame am Empfang des Krankenhauses beim Vorbeigehen zuwinkte.

Am Empfang des Krankenhauses bog er rechts ab und ließ die Aufzüge hinter sich. Er ging wie gewöhnlich zum Treppenhaus, um in den Keller zu gelangen. Während er die Treppenstufen nahm, pfiff er unbeschwert ein Lied vor sich hin, dass er eben noch im Auto gehört hatte, als er von seiner Schulung zum Krankenhaus fuhr.

Umso weiter er den langen Kellerflur entlangging und dichter an das Büro der Rechtsmedizin herankam, umso deutlicher hörte er Stimmen wild durcheinanderreden.

»So viel zum Thema, dass der halbe Tag Arbeit nicht so schlimm werden kann«, sprach er leise vor sich hin, sich wünschend, dass er, wie die anderen auch, den restlichen Tag frei gemacht hätte.

»Sheldon!«, rief Officer Harry ihm entgegen, als er ihn im Flur entdeckte.

Officer Harry und Sheldon kannte sich schon einige Jahre. Ihre Wege kreuzten sich als Polizist und Rechtsmediziner, gerade in einer Stadt wie New York, in der Mord, Totschlag und tödliche Unfälle zur Tagesordnung gehören, unabdingbar und beide pflegten ein gutes, freundschaftsähnliches Verhältnis zueinander.

»Gibt es nicht mal einen Tag, an dem ich etwas Ruhe haben kann? Jetzt habe ich schon den halben Tag frei gehabt und dann komme ich hierher und was muss ich als erstes sehen? Deine grimmige Visage!«

Sheldon klatschte sich mit der offenen rechten Hand auf die Stirn und konnte sich ein Lachen nicht verkneifen, nachdem er Officer Harry auf seine Art begrüßt hatte.

Doch Officer Harry ging nicht, wie gewohnt, auf den Spruch von Sheldon ein, sondern setzte eine ernste Miene auf.

»Sheldon!«, begann er mit eindringlicher Stimme, »ich muss dir leider mitteilen, dass Stephanie erschossen wurde.«

Das breite Grinsen ins Sheldons Gesicht entwich einem entsetzten Gesichtsausdruck.

»Bitte was?«, stammelte er, bevor er die Wand mit der rechten Hand suchte, um sich abzustützen.

Officer Harry griff hinter Sheldon um dessen Taille, um ihn stützen zu können. Er ließ ihn sanft an der Wand abgleiten, als Sheldons Beine wackelig wurden, sodass er auf dem Boden sitzend mit dem Rücken an der Wand lehnte.

»Wir hatten doch noch heute Morgen telefoniert«, sagte er. Sein Gesicht zeigte in Richtung Officer Harry doch sein Blick ging durch ihn hindurch ins Leere.

»Wir wurden vor einer halben Stunde hierher gerufen. Eine Krankenschwester bemerkte in ihrer Raucherpause einen auffälligen Mann an dem Eingang für Leichentransporte und schaute hier im Büro nach. Dort sah sie Stephanie regungslos auf dem Boden liegen. Es kam jede Hilfe zu spät.«

»Warum wurdet ihr hierher gerufen und nicht das New York City Polizeirevier?«, fragte Sheldon, der immer noch benommen durch Officer Harry hindurch starrte.

»Es scheint in New York die Anarchie zu herrschen. Heute Nacht wurde der Bürgermeister tot aufgefunden und es gab vor circa einer

Stunde eine wilde Schießerei mit einer Explosion. Dabei sollen mehrere Polizeibeamte schwer verletzt worden sein. Es gibt keine verfügbaren Einheiten mehr außer uns. Doch das soll jetzt keine Rolle spielen. Kann ich dir ein Wasser bringen?«

»Nein, danke!«, erwiderte Sheldon.

Sheldons Pupillen schärften sich und Officer Harry bemerkte, dass Sheldon ihn nun anschaute.

»Du musst dich jetzt für einen Moment lang konzentrieren.«

Officer Harry setzte sich auf den Boden, damit sein Blick direkt den von Sheldon kreuzte.

»Du sagtest, dass du und Stephanie heute Morgen noch telefoniert hattet.«

»Sagte ich das?«, fragte Sheldon verwirrt.

»Ja. Vor weniger als zwei Minuten.«

»Stimmt«, gab er nun von sich. »Wir telefonierten noch. Kurz bevor ich zu meiner Schulung wollte, rief mich Stephanie an. Sie war schon hier im Büro.«

»Um was ging es bei dem Telefonat?«, fragte Officer Harry dazwischen.

»Sie wollte nochmals wissen, wo sie die Unterlagen für einen Gebissabdrucksvergleich finden würde, die sie später bräuchte.«

»Ok. Was war das für ein Vergleich?«

Sheldon blickte Office Harry verwundert an, so als ob er die Frage nicht verstehen würde.

»Welcher Gebissabdruck soll verglichen werden und mit was?«, wiederholte Officer Harry seine Frage.

»Ach so. Der Vergleich!«

Sheldon schien, wie in Trance zu sein.

»Du und dein Kollege Officer Matthews hattet doch vor wenigen Tagen zwei verkohlte Leichen aus einem Autowrack aufgenommen und an die Abteilung von Antonio Fulicci zu weiteren Ermittlungen gegeben.«

»Ja, genau. Carl Wilson aus Tonis Abteilung hat die Ermittlungen übernommen.«

»Exakt!«, bejahte Sheldon.

»Man hat den Verdacht geäußert, dass es sich bei einer der Leichen, um den damaligen Kronzeugen Vincenzo D'Aconte handeln könnte, der gegen die Piepero-Familie ausgesagt hatte.«

Officer Harry riss die Augen auf und dachte sich: »Da war meine erste Intuition wohl richtig.«

»Wir konnten das Gebiss einer der Leichen, die Erwachsene, soweit rekonstruieren, dass ein Vergleich mit anderen zahnmedizinischen Unterlagen möglich wäre.«

Sheldon schaute für einen Moment ums sich: »Wie spät ist es?«

Officer Harry blickte auf seine Uhr am Handgelenk. »Es ist kurz nach 13 Uhr.«

»Um halb zwölf wollte ein Herr namens Max Cox vorbeikommen. Er war der Zahnarzt von Vincenzo D'Aconte. Er sollte Röntgenaufnahmen des Gebisses Vincenzos dabeihaben, die Stephanie mit unserer Rekonstruktion vergleichen wollte.«

»Ok. Ich verstehe!«, gab Officer Harry an, bevor er Sheldon eine weitere Frage stellte: »Wie kamt ihr auf den Zahnarzt? Ich dachte, Vincenzo ist untergetaucht oder im Zeugenschutzprogramm.«

»Ich weiß das auch nicht so genau. Aber der Leiter der Zeugenschutzabteilung soll mit Toni dabei stark zusammenarbeiten.«

»Ah, Lucas Moldrige«, entgegnete ihm Officer Harry.

»Ja, genau. Den Namen hat Stephanie erwähnt. Kann ich jetzt Stephanie sehen?«

»Natürlich. Aber eine Frage habe ich noch. War Stephanie den heutigen Vormittag allein hier?«

»Ja, war sie. Jose und ich waren gemeinsam auf einer Schulung und er hatte anschließend den restlichen Tag frei. Die anderen haben heute ebenfalls Urlaub. Nur ich wollte den Rest des Tages Stephanie unterstützen.«

»Danke, Sheldon.«

Officer Harry packte sein kleines Notizbuch und seinen Stift, mit dem er die wichtigsten Informationen mitgeschrieben hatte, weg. Er erhob sich und griff Sheldon unter die Arme, um ihn nach oben zu ziehen.

Während Officer Harry Sheldon hoch auf seine Beine verhalf, kam sein Kollege Officer Mathew aus dem Büro. In seiner Hand hielt er das Diktiergerät von Stephanie. Noch bevor er Officer Harry über seinen Fund Auskunft gab, sprach er Sheldon sein Beileid über den Tod seiner langjährigen Chefin aus.

»Wir haben in dem Kittel von Stephanie ihr Diktiergerät gesichert. Allerdings haben wir bisher nur ein Rauschen darauf gefunden. Wir müssen uns das Tonband im Büro von vorne bis hinten anhören. Vielleicht ist etwas Wichtiges darauf zu hören.«

Officer Harry nickte seinem Kollegen stumm zu.

»Außerdem«, sprach Officer Mathew weiter, »werden wir ein Phantombild anfertigen lassen. Die Zeugin, die den verdächtigen Mann gesehen hat, traut sich zu, valide Angaben zu dessen Gesicht machen zu können.«

»Das ist sehr gut, Mike«, gab Officer Harry zurück.

Ein anderer Kollege der State Trooper Polizei führte die Augenzeugin aus dem Büro an den dreien vorbei. Sheldon erkannte sie als die Krankenschwester, die er öfters beim Rauchen außerhalb des Besuchereingangs sah. Sie sah sehr mitgenommen aus und ihre Augen waren verquollen. Der Schock des Leichenfunds stand ihr noch ins Gesicht geschrieben und ihr liefen vereinzelt Tränen die Wangen herunter.

Sheldons und ihr Blick kreuzten sich, als der State Trooper sich in Richtung Officer Harry und Officer Mathew drehte und sagte: »Wir nehmen die Zeugin mit auf die Polizeistation und lassen sofort ein Phantombild des Mannes zeichnen.«

»Ok! Wir schauen uns nochmals den Tatort an und befragen die anderen Kollegen von Stephanie ebenfalls. Danach kommen wir auch ins Büro und tragen alle Informationen zusammen«, gab Officer Harry zurück.

Der State Trooper nickte und ging mit der Krankenschwester im Arm den Flur in Richtung der Fahrstühle entlang. Officer Mathew und Officer Harry führten Sheldon durch die Bürotür in den Raum, in dem Stephanies Leichnam lag.

»Kommt mit ins Zimmer, aber lasst mich erst mit Nick sprechen. Ihr wisst ja, dass er neu bei uns ist«, sagte Toni. Officer Harry und Officer Mathew nickten ihm zu.

Toni öffnete die Tür zum Krankenzimmer von Nick und er sowie die beiden State Trooper traten ein.

»Hi, Nick«, lächelte Toni ihn an.

Nick saß aufrecht in seinem Krankenbett. Sein linkes Bein war von einer Schiene umgeben, die mit Ledergurten umwickelt war.

»Schön, dich einigermaßen unverletzt zu sehen. Wie geht es dir?«

»Danke der Nachfrage. Es geht mir den Umständen entsprechend gut. Es ist noch schwer mit dem Ding am Bein«, Nick klopfte mit seiner linken Hand auf die Schiene, »ordentlich zu laufen. Aber ich kann mich fortbewegen.«

»Sehr gut! Wissen deine Eltern Bescheid, dass du hier bist?«

»Ja, sie waren auch schon hier und holen mich morgen ab. Ich kann morgen Abend das Krankenhaus verlassen.«

»Prima!«

Toni drehte sich um: »Officer Harry kennst du schon, wie ich gehört habe. Bei ihm ist noch sein Kollege Mike Mathew.«

Nick begrüßte die beiden mit einem Handschlag.

»Ich weiß nicht, was du für einen Eindruck deiner ersten Woche bei uns hast. Es ist viel passiert und du musstest in deiner kurzen Karriere bei mir schon einiges mitmachen.«

»Ja! Das stimmt, aber das Risiko muss man wohl in Kauf nehmen, wenn man Detective in New York werden will. Nicht wahr?«, gab Nick in Richtung Toni zurück und noch bevor Toni antworten konnte, zog er nach: »Aber sag mir lieber, wie es Carl, Rachel und Luke geht?«

»Carl war noch nicht ansprechbar, aber außer Lebensgefahr.«

In Nicks Gesicht machte sich Erleichterung breit, als er hörte, dass sein Partner den Anschlag überleben würde.

»Und Luke trug ein paar Blessuren im Gesicht davon, wird aber auch wieder vollständig gesund.«

»Das klingt erst einmal gut«, erwiderte Nick und fragte anschließend nochmal, was mit Rachel sei.

»Ich gehe davon aus, dass du die traurige Nachricht von Charles gehört hast?«, fragte Toni.

»Ja. Ich habe noch am Ort des Geschehens gesehen, wie das Leichentuch über Charles gelegt wurde.«

Nicks Miene schlug von Erleichterung in Traurigkeit um, als er die Bilder von Charles, blutüberströmt auf dem Boden liegend, erneut vor seinem inneren Auge ablaufen sah.

»Es tut mir leid, dass du all das in der kurzen Zeit in meiner Abteilung erleben musstest. Es ist schwer, einen so großartigen Kollegen wie Charles zu verlieren. Rachel geht es einigermaßen gut. Aber sie trauert sehr um ihren Partner. Der Verlust von Charles muss uns darum umso mehr anspornen, jeden, der für das Attentat verantwortlich ist, zur Rechenschaft zu ziehen.«

Toni baute sich bei den letzten Worten vor Nicks Bett auf.

»Keiner der beteiligten Personen darf ungeschoren davonkommen. Das sind wir sowohl Charles als auch seinen Hinterbliebenen schuldig.«

»Genau das ist es, was mich jetzt umso mehr ermutigt, jeden der Piepero-Familie hinter Gitter zu bringen. Jeder der Pieperos soll für den Tod an Charles und die versuchten Morde an meinen Kollegen und mir bestraft werden«, stimmte Nick voller Enthusiasmus ob der Kampfesrede Tonis zu.

Toni nickte anerkennend: »Danke, Nick! Wir brauchen jetzt jeden Kollegen, um den Kampf gegen das organisierte Verbrechen aufzunehmen.«

Es entstand eine kurze Pause, in der sich Toni im Raum umschaute.

»Du hast hier keinen Fernseher?«, fragte er.

»Nein. Es gibt einen am Ende des Flurs im Gemeinschaftsraum.«

»Ok. Ich gehe aber nicht davon aus, dass du bisher die Nachrichten verfolgt hast? Denn es gab noch zwei weitere Entwicklungen, die besorgniserregend sind.«

»Nein. Ich fand aber den Anschlag heute Vormittag schon besorgniserregend genug, wenn ich ehrlich bin.«

Nick zwang sich ein verkrampftes Lächeln ins Gesicht, als er die letzten Worte sprach.

»Das kann ich verstehen«, entgegnete Toni ihm und sagte weiter: »Aber es gibt einen Grund, warum unsere Kollegen von der State Trooper Polizei da sind.«

Toni ging einen Schritt zurück, sodass Officer Harry und sein Kollege ans Bett herantreten konnten.

»Auch wir wollten uns zuerst mal nach deinem Gesundheitszustand erkunden und sind froh, dass es dir gut geht«, begann Officer Harry.

»Das ist sehr nett. Danke euch!«

»Wie Toni schon erwähnt hat, gab es noch zwei weitere Vorfälle heute. Beziehungsweise ereignete sich der erste wohl heute Nacht in den frühen Morgenstunden. Bürgermeister Quincho wurde tot aufgefunden.«

Nick nahm einen Schluck Wasser zu sich, während Officer Harry weitererzählte.

»Wir haben noch keine Anhaltspunkte, was passiert sein könnte. Es ist nur klar, dass er ermordet wurde.«

»Gibt es keine Anzeichen, wer der Mörder sein könnte?«, wollte Nick wissen.

»Nein. Quincho war zwar ein beliebter Bürgermeister, aber in einem öffentlichen Amt hast du stets auch Feinde. Außerdem, und das passt ins Bild der Ereignisse der vergangenen Tage, war er einer der Personen, die im Rampenlicht bei der Verhaftung von Sergio Thomasso standen.«

Als Nick den Namen Sergio Thomasso hörte, ging sein Blick in Richtung Toni: »Dann hat der Mord auch was mit den Pieperos zu tun?«

»Das kann gut möglich sein«, gab Toni zur Antwort.

»Es ist verrückt, was diese Barbaren hier für ein Massaker anrichten. Das muss ein Ende haben!«, sagte Nick mit erzürnter Stimme.

»Aber«, versuchte Officer Harry den Blick von Nick auf sich zu lenken. »Eigentlich wollten wir über eine andere Gegebenheit mit dir sprechen.«

Nick versuchte sich wieder zu beruhigen und lehnte sich zurück in sein Bett. Er richtete seine Aufmerksamkeit wieder Officer Harry zu.

»Wir haben leider heute noch eine Leiche entdeckt. Es gab einen Mord im Bellvue Krankenhaus.«

Nick schoss sofort die Pathologie, in der er mit Carl gewesen war, in den Kopf, als er den Namen des Krankenhauses hörte.

»Ein Mord im Krankenhaus?«, fragte Nick verdutzt.

»Ja. Im Bellvue wurde die Rechtsmedizinerin Stephanie Farmwell tot aufgefunden. Sie wurde mit zwei Schüssen in den Kopf hingerichtet.«

»Oh mein Gott! Was geht hier nur vor?«, stammelte Nick ungläubig vor sich hin.

»Es läuft alles aus dem Ruder. Die Menschen in der Stadt werden alle verrückt und hysterisch, wenn es so weitergeht«, schaltete sich Toni dazwischen.

»In der Tat«, stimmte Officer Harry mit ein.

»Du kanntest Stephanie?«, fragte Officer Mathew Nick.

»Nur flüchtig. Ich habe sie zwei Mal gesehen.«

»Ok. Sagt dir dieser Mann etwas? Er wurde zum Tatzeitpunkt in der Nähe der Pathologie gesehen.«

Officer Mathew holte ein Phantombild aus einem Collegeblock hervor.

Nick schaute sich das Bild intensiv an und studierte es für einige Zeit. Er dachte nach, ob ihm der Mann irgendwie bekannt vorkam, aber er hatte das abgebildete Gesicht noch nie zuvor gesehen.

»Rachel identifizierte den Mann als Leopold Barr. Der, der dafür verantwortlich ist, dass ihr alle zu dem Haus gestürmt seid, wo das Attentat auf euch verübt wurde«, schilderte Officer Mathew.

»Wir sind genau in die Falle getappt, in der uns die Pieperos haben wollten«, entgegnete Nick.

»Toni hat uns über die Tätigkeit von Melissa aufgeklärt und auch mitgeteilt, dass du in Kontakt mit ihr stehst und Charles sowie Rachel noch warnen wolltest.«

Nick schaute erstaunt in Tonis Richtung, da er verwundert war, dass Toni interne, verdeckte Operationen mit anderen Polizeibeamten austauschte.

Toni verstand den Ausdruck in Nicks Gesicht und entgegnete: »Das ist alles in Ordnung. Officer Harry und Officer Mathew sind langjährige Vertraute von mir und unserer Abteilung. Wir können ihnen voll vertrauen und die beiden werden uns bis auf Weiteres in allen Ermittlungen unterstützen.«

Nick entspannte sich und nickte Toni verständnisvoll zu.

»Als Rachel und Charles die Wohnung stürmten, wurde ein Mann erschossen. Er hatte eine Waffe neben sich liegen und reagierte nicht auf die Anweisungen von Charles, sodass ein tödlicher Schuss abgegeben wurde«, teilte Officer Mathew mit.

»Der Mann konnte als Leopold Barr identifiziert werden und hatte keinerlei Ähnlichkeit mit dem Gesicht auf dem Phantombild«, ergänzte Officer Harry.

»Wie ich es sagte. Es war alles nur eine Falle«, fasste Nick zusammen.

»Ja! Leopold Barr war ein Drogenjunkie, der wahrscheinlich im Drogenrausch nichts von der Erstürmung seiner Wohnung sowie dem Todesschuss mitbekommen hat. Außerdem war die Waffe, die neben ihm lag, eine Attrappe«, sagte Officer Mathew.

»Es schließt alles auf einen Hinterhalt«, fasste Toni zusammen.

»Wir hatten seine solche Situation bislang noch nicht. Zumindest kann ich mich nicht daran erinnern, dass solch eine Menge an Morden und Anschlägen während meiner Dienstzeit als New Yorker Polizist vorgekommen ist. Wir müssen mit allen Mitteln versuchen, der Piepero-Familie, die offensichtlich hinter all dem steckt, Paroli zu bieten.«

Toni räusperte sich kurz, bevor er weitersprach: »Ich habe morgen früh einen Termin mit dem Polizeichef. Wir werden eine Einsatzgruppe bilden, die aus einer Vielzahl an Polizeibeamten besteht, die Tag und Nacht an der Zerschlagung der Piepero Organisation arbeiten wird. Wir müssen diesen Verbrechern Einhalt gebieten!«

Es entstand eine weitere Pause, nach der Officer Mathew mit seiner Befragung an Nick fortfuhr: »Wir haben noch etwas bei der Leiche von Stephanie Farmwell entdeckt. In ihrer Kitteltasche war ein Aufnahmegerät, das sie, während der Mörder bei ihr war, heimlich betätigt haben muss. Wir können teilweise die letzten Minuten vom Leben Stephanies verfolgen und hören die Todesschüsse.«

Er kramte in seinem Aktenkoffer, den er in der linken Hand hielt und holte das Diktiergerät heraus. Nachdem Officer Mathew einige Sekunden das Band zurückgespult hatte, ließ er es ablaufen.

Das Band rauschte einige Zeit lang, bis die ersten Worte gesprochen wurden. Nick erhob sich wieder von seinem Bett und ging in eine aufrechte Sitzposition über, sodass er näher am Aufnahmegerät war und einen besseren Klang im Ohr vernahm. Er konnte die Stimme von Stephanie erkennen. Jedoch verstand er nicht genau, worum es in dem Gespräch ging, da die Aufnahme gedämpft war und immer wieder von einem Rauschen unterbrochen wurde.

Nach wenigen Sekunden erklang eine Männerstimme, die Nick allerdings vollkommen unbekannt war. Manche Wörter konnte Nick eindeutig verstehen, doch in der Vielzahl waren es nur Wortfetzen, die – immer wieder unterbrochen von Störgeräuschen des Tonbands – abgespielt wurden.

Dann kamen die Schüsse. Diese waren deutlich zu vernehmen. Sie drangen regelrecht in das Gehirn von Nick ein, da diese klar und von sämtlichen Zwischengeräuschen befreit erkennbar waren. Nach den Schüssen herrschte Stille und das Rauschen des Bands setzte wieder ein. Erst wenige Sekunden später konnten Schritte vernommen werden und es wurde deutlich, dass eine Person in dem Zimmer auf und ab ging. Es machte den Anschein, als ob die Person etwas suchen oder aufräumen würde. Nach einem Augenblick verschwanden auch diese Geräusche vom Band und nur noch das Rauschen der Kassette war zuhören.

»Kann ich es nochmals hören, bitte?«, fragte Nick und stand von seinem Krankenbett auf. Er ging einen Schritt auf Officer Mathew zu und führte sein Ohr ganz nahe an das Aufnahmegerät heran.

Nachdem er es sich noch dreimal angehört hatte, schüttelte er resigniert den Kopf.

»Das, was ich verstehe und zuordnen kann, lässt mich darauf schließen, dass ich diese Männerstimme leider noch nie gehört habe. Entschuldigt bitte!«

»Das ist kein Problem, Nick. Wir sind dankbar, dass du dir die Zeit genommen hast und wollen dich jetzt nicht mehr länger stören«, sagte Toni.

»Ich helfe immer gerne und wo ich kann.«

»Ruh dich gut aus und werde schnell wieder gesund. Wir brauchen in der nächsten Zeit unsere ganze Kraft, wie du gemerkt hast.«

Toni schüttelte Nick zum Abschied die Hand und ergänzte noch: »Falls du Carl siehst und er wieder zu sich gekommen ist, grüß ihn bitte von mir und sag ihm, dass ich nach ihm geschaut habe. Aber bitte verschweig noch den Tod von Stephanie Farmwell. Sie hatten ein gutes Verhältnis zueinander. Ich will ihm persönlich von ihrem Tod berichten.«

»Danke dir und euch beiden vielmals. Sobald ich aus dem Krankenhaus entlassen wurde, werde ich ins Büro kommen!«

Officer Mathew und Officer Harry verabschiedeten sich ebenfalls von Nick und verließen mit Toni das Krankenzimmer.

Don Piepero ging den Flur seines Hauses entlang in Richtung Haustür. Das Haus war schlicht und reihte sich in die Wohnsiedlung der langen Straße ein. Mamaroneck war der ideale Rückzugsort für ihn und er mochte es, sich einzufügen in all die Mittelschichtbürger, die ihn umrahmten. Keiner kannte die wahre Identität seiner Person und wusste, womit er sein Geld verdiente, geschweige denn, dass er einer der meistgesuchten Verbrecher der Vereinigten Staaten war. Er war wie alle anderen in seiner Straße. Er war ein niemand, einer von vielen, ein einfacher Nachbar und er konnte sich frei bewegen, wie und wann immer er wollte. Hier fühlte er sich wie ein normaler Bürger, der in einem Kleinstadtidyll lebte. Weit entfernt von den Kämpfen, die er tagtäglich ausfechten musste oder ausfechten ließ. Sein sonst so gehetztes Leben, immer in der Angst, doch erkannt und mit den Reaktionen daraufhin konfrontiert zu werden, konnte er hier vergessen, auch wenn alle seine Weggefährten es für riskant hielten, alleine, ohne Schutz und nur mit seiner Frau weit weg von seiner eigentlichen Wirkungsstätte zu wohnen. Doch für ihn machte gerade dies enormen Sinn, da, zumindest dachte er so, keiner seiner Feinde darauf kommen würde, dass er im Herzen einer Kleinstadt ein Familienidyll erschaffen hatte.

Er dachte nach, während er die Haustür hinter sich ließ und auf das Auto zuging, das in der Hofeinfahrt parkte. In seinem Kopf spielte er nochmals alle Optionen durch, die er hatte. Doch immer führte nur die eine Option dazu, dass sein Imperium und wichtiger noch, seine Identität, geschützt blieben.

Bisher hatte es nur eine Situation gegeben, die ihm schwerer gefallen war, als diese Entscheidung zu treffen, die er vor wenigen Minuten mit seiner Frau getroffen hatte. Doch wie er es auch drehte und wendete in seinem Kopf, es führte alles zu der Entscheidung, die er im Augenblick auszuführen vermochte.

Er legte den Rückwärtsgang seines Ford Mustangs an der manuellen Gangschaltung ein und fuhr den Wagen aus der Einfahrt. Es kam des Öfteren vor, dass er für den Weg nach Manhattan auch den Zug nahm. Doch er wollte so schnell wie nur möglich die Sache hinter sich bringen und wieder nach vorne schauen. Außerdem wollte er sich diesmal die entsetzen Blicke Massimos ersparen, wenn er mitbekommen würde, dass er, Don Piepero, wieder ohne irgendwelche Sicherheitsmaßnahmen in der Öffentlichkeit verkehrte.

Als er die Mamaroneck Avenue Richtung Old White Plains Straße entlang fuhr, legte er eine Kassette in sein Autoradio ein und aus den Boxen seines Wagens ertönte die Musik von AC / DCs erstveröffentlichten Album. Beim Rhythmus zu der Coverversion von *Baby, please don't go* vergaß Don Piepero für einen Moment den Grund seiner nächtlichen Fahrt nach Manhattan und dachte daran, dass es viele Vorteile hatte, der Chef einer der größten Schmugglerbanden der Welt zu sein. Durch diverse Geschäftsbeziehungen in Australien kam er schon frühzeitig in den Genuss der Musik von AC / DC, obwohl das Album bisher nur dort erschienen war.

Die Musik reichte genau bis zu der Seitenstraße, an der Don Piepero sein Mustang immer abstellte. In der Straße gab es eine Einkerbung, in die eine kleine Parkbucht eingelassen war. Da es hier keine Straßenlaterne gab, konnte er unbeobachtet sein Auto abstellen und den kurzen Fußweg zu dem Restaurant *DaMassimo's* nehmen.

Er betrat, wie gewöhnlich, das *DaMassimo's* nicht über den Haupteingang, obwohl das Restaurant geschlossen war und das Risiko dadurch erkannt zu werden eher gering erschien. Dennoch wollte Don Piepero auf Nummer sicher gehen, sodass er den Eingang an einer menschenleeren Seitenstraße, nur unweit seines geparkten Autos, nahm.

Nachdem er den Seiteingang passierte, folgte eine weitere Tür, die mit einem Zahlenschloss versehen war. Er tippte die Zahlenfolge *2011* ein und horchte auf das Klickgeräusch, das die Tür machte, sobald sie entriegelt wurde. Danach schritt er den Gang entlang, der sich nach der Tür anschloss.

Am Ende des Gangs eröffnete sich der Speisesaal, in dem Don Piepero und seine Frau ihr diensttägliches Dinner zu sich nahmen. Er betätigte den Lichtschalter und sein erster Blick ging zur Uhr. Er nahm wahr, dass er noch zwanzig Minuten Zeit hatte, bis sein Gast eintreffen würde.

Er ging hinter den Tresen und öffnete den Weinschrank, der einen Großteil der Fläche der Theke ausmachte. Mit einem Handgriff holte er eine Flasche *1972 La Tâche Grand Cru* heraus. Der Korkenzieher befand sich in der Schublade unter ihm. Nachdem er die Flasche geöffnet hatte, stellte er sie auf den Tisch. Anschließend holte er aus dem Wandschrank, der sich direkt an das Weinregal anschloss, zwei

Rotweingläser heraus, die er gegenüberliegend voneinander ebenfalls auf dem Tisch platzierte.

Die Aktentasche, die er bei sich hatte, stellte er auf den Boden, sodass sie an einem der Stuhlbeine lehnte, um nicht umzufallen. Dann nahm er auf dem Stuhl Platz, der zum Gang zeigte, und wartete.

Nach einer Viertelstunde registrierte Don Piepero das Klicken der Tür und hörte Schritte den Gang entlangkommen. Wenige Sekunden später stand Alphonso Pati im Raum und lächelte Don Piepero an.

»Hallo, Don!«, sagte er und ging auf ihn zu.

Don Piepero streckte die Arme aus und beide begrüßten sich herzlich mit jeweils einem Kuss auf die linke und rechte Backe.

»Schön dich zu sehen, mein Sohn!«, sagte Don Piepero im Anschluss an die Begrüßung.

»Nimm Platz.«

Don Piepero zeigte auf den mit Wein gedeckten Tisch und begleitete Alphonso an seinen Platz.

Nachdem Alphonso Platz genommen hatte, ging sein erster Blick in Richtung der Weinflasche. Er hob sie hoch und schaute sich das Etikett an. Danach drehte er die Flasche um, damit er auch die Rückseite des Etiketts lesen konnte.

»Ein edler Tropfen, wie mir scheint«, sagte er in Richtung Don Piepero, der hinter dem Tresen stand, um zwei weitere Gläser sowie eine Flasche Mineralwasser an den Tisch zu holen.

Zwischen den beiden kam es nie richtig zu einem Gespräch über Wein. Don Piepero hatte vorausgesetzt, dass jeder, der in seinem engsten Bekanntenkreis war, ebenso ein Weinliebhaber war wie er selbst. Doch Alphonso Pati fand niemals wirklichen Gefallen an dem Geschmack des roten Safts und konnte keinen Unterschied zwischen einem hervorragenden und einem minderwertigen Wein ausmachen. Für ihn schmeckte jede Art von Wein gleichermaßen ungenießbar. Da er aber seinen Patenonkel nicht enttäuschen wollte, spielte er, wann immer Don Piepero ihm einen Wein anbot, das Spiel mit und genoss den Wein in vollen Zügen, obwohl er bei jedem Schluck lauthals hätte würgen können.

»Was verschafft mir die Ehre?«, fragte Alphonso, während er die Flasche wieder auf den Tisch stellte.

»Wir müssen uns unterhalten!«, antwortete Don Piepero. Seine Miene wurde finsterer, was Alphonso verunsicherte.

»Na klar. Lass uns reden. Was liegt an?«

Don Piepero griff neben sich und hob mit seiner linken Hand den Aktenkoffer auf seinen Schoß. Wenige Handgriffe später hatte er ein Blatt Papier aus der Tasche geholt und legte es vor Alphonso auf den Tisch.

»Was ist das?«, fragte er mit stotternder Stimme, als er sein nahezu perfekt getroffenes Ebenbild in Schattierungen auf dem Papier spiegeln sah.

»Was das ist, willst du wissen?«, wiederholte Don Piepero die Frage.

Alphonso traute sich nicht zu reagieren und erstarrte still.

»Das, mein Sohn, ist ein Phantombild. Dieses wurde mir vor wenigen Stunden von der New Yorker Polizei zugespielt.«

Alphonso blieb ein Klos im Hals stecken und er schluckte geräuschvoll.

»Und, wie ich finde, sieht der Kerl, der uns da anstarrt, genauso aus wie du!«

Don Pieperos Stimme fing langsam an zu Beben, als er die letzten Worte des Satzes aussprach. Er versuchte zwar immer einen kühlen Kopf zu bewahren und die Dinge analytisch und sachlich anzugehen, doch Alphonso hatte den Bogen in seinen Augen maßlos überspannt und durch die fahrlässige Ausführung des Auftrags zur Beseitigung von Dr. Stephanie Farmwell die ganze Organisation in Gefahr gebracht.

Für Don Piepero war dieses Handeln von Alphonso unverantwortlich und er musste mit den Konsequenzen rechnen.

»Wer hat das …«

Don Piepero ließ Alphonso nicht ausreden und fiel ihm ins Wort: »Psst!«

Er legte den Zeigefinger der rechten Hand vor seinen Mund, um Alphonso klarzumachen, dass er das Gespräch führte.

»Ich rede und du hörst zu! Wenn ich was von dir hören will, sage ich dir das.«

Alphonso nickte.

»Das Bild wird morgen früh an alle Polizeistationen in der Umgebung von Manhattan gehen und wir können das nicht mehr verhindern.«

»Aber …«

Don Piepero schlug mit der Faust so fest auf den Tisch, dass sowohl ein Rotweinglas als auch eines der Wassergläser umfiel.

»Was habe ich dir gesagt?«

Don Piepero hob drohend die Hand in Richtung Alphonso.

Er brüllte ihn jetzt an: »Du bist still!«

Alphonso wurde immer kleiner und kauerte sich auf seinem Stuhl zusammen. Auch wenn er noch keine Angst gegenüber Don Piepero verspürte, ließ ihn die aufbrausende Art seines Gegenübers gewaltigen Respekt einflössen.

»Und es kommt noch besser, mein Sohn.«

Don Piepero erhob sich von seinem Stuhl, stellte den Aktenkoffer darauf und holte ein Tonband hervor, das er auf den Tisch legte.

»Ebenso heute von der Polizei bekommen. Interessant, was auf der Kopie zu hören ist.«

Er ging an die Theke, kramte unterhalb der Thekenzeile in einem der Schränke herum und kam mit einem Tonbandgerät im Arm zurück.

»Verrückt, was wir alles haben«, sagte Alphonso mit einem sarkastischen Lächeln, als er das Utensil in Don Pieperos Armen sah, bevor sich seine Miene wieder versteifte.

Don Piepero ignorierte die Bemerkung und fädelte das Band in das Gerät ein. Es dauerte einige Zeit, bis das Band in der korrekten Position war.

»Und jetzt lauschen wir der Aufnahme«, giftete Don Piepero in Alphonsos Blickrichtung, bevor er auf den Startknopf drückte.

Auf dem Tonband waren die letzten Minuten aus Stephanies Leben festgehalten. Es war eine Kopie des Bandes, das die Polizei im Arztkittel von Stephanie gefunden hatte und Rachel sowie auch Nick im Krankenhaus vorgespielt worden war. In mehreren Sequenzen darauf konnte deutlich Alphonsos Stimme vernommen werden und weder er noch Don Piepero konnten einen Zweifel daran hegen.

»Habe ich dir zu viel versprochen?«, fauchte Don Piepero in Richtung Alphonso, als das Band zu Ende abgespielt war.

Alphonso sackte kreidebleich auf seinem Stuhl zusammen. Die Beweislast, die der Polizei gegen ihn vorlag, war enorm und es war nur eine Frage der Zeit, bis die Spur auf ihn fiel, zumal er sich im spanischen Restaurant *Las Tapas* als Leopold Barr vor der Polizei ausgegeben hatte.

»Was hatte sein Patenonkel jetzt nur mit ihm vor?«, fragte sich Alphonso innerlich.

Ihm war klar, dass auch Don Piepero wusste, dass es nur wenige Möglichkeiten gab, die Situation zu bereinigen. Er ging alle Möglichkeiten, die ihm einfielen im Kopf durch und kam immer wieder zu dem Schluss, dass nach diesem Gespräch nichts mehr sein wird, wie es war. Dieser Gedanke manifestierte sich in Alphonsos Kopf und der Respekt, den er gegenüber Don Piepero hatte, schlug nun in Angst um.

»Na! Erkennst du die Situation auf dem Band?«, fragte Don Piepero und Alphonso nickte.

»Gut. Dann weißt du ja sicherlich auch, dass du uns ganz schön in den Schlamassel gezogen hast. Nicht nur mich, sondern meine ganze Organisation.«

Alphonso wiederholte sein Nicken.

»Wie konnte es nur so weit kommen? Wie dilettantisch hast du dich nur angestellt? Hast du nichts behalten von dem, was ich dir beigebracht habe?«

»Schau, Don!«, wollte Alphonso seine Verteidigung aufnehmen, bevor Don Piepero wieder seine rechte Faust auf den Tisch schlug. Diesmal so stark, dass alle Gläser sowie auch die Weinflasche, vom Tisch herunterfielen und in tausend Einzelteile zersplitterten.

»Halt endlich deinen Mund!«, schrie er, nachdem der Klang der zerberstenden Gläser verhallt war.

Don Piepero beugte sich über den Tisch, um sein Gesicht nahe an das von Alphonso zu platzieren.

»Weißt du, was du getan hast? Wegen dir ist die ganze Organisation in Gefahr. Du hast zugelassen, dass es mehrere Zeugen gibt, die dich identifizieren können. Nicht nur eine Mitarbeiterin im Krankenhaus hat dich gesehen, sondern auch eine Polizistin kann dich identifizieren. Sollte der Fahndungserfolg mit dem Phantombild ausbleiben, wird das Band in allen Fernsehnachrichten und Radiostationen des Landes abgespielt. Wir wissen doch, wie das läuft.«

Jetzt klang die Stimme von Don Piepero leise und heißer, so als ob jeder Ton, den er machte, aus ihm herausgepresst werden musste.

»Wenn dich die Polizei dann findet und deinen Hintergrund checkt, ist es nur eine Frage der Zeit, bis die auf deine Tante und mich kommen und wir können uns von all dem verabschieden, was wir uns aufgebaut haben.«

Alphonso traute sich nicht mehr etwas zu sagen, doch es war offensichtlich, dass er mit der Angst kämpfte. Seine Hände zitterten und blieben nicht mehr ruhig auf dem Tisch liegen.

»Du weißt, dass wir innerhalb der Organisation nichts dulden, was auch nur im Ansatz unsere Geschäfte gefährden würde.«

Alphonsos Nicken wurde verzweifelter.

»Ich kann es nicht glauben, dass du diese Anfängerfehler gemacht hast.«

Resigniert und kopfschüttelnd wich Don Piepero zurück und stellte sich vor Alphonso auf, der seinen Mut zusammennahm und sagte: »Aber Don. Du bist mein Patenonkel. Wir suchen einen gemeinsamen Ausweg aus dieser Situation. Du weißt, dass es nie meine Absicht war, die Organisation zu gefährden!«

»Absicht hin oder her und fang jetzt bloß nicht an, dich entschuldigen zu wollen«, schimpfte er, wieder in einer lauteren Tonlage.

»Ich werde die Zeuginnen ausschalten und das Land für einige Zeit verlassen, bis Gras über die Sache gewachsen ist. Dann werde ich wieder zurückkommen und die Geschäfte von neuem aufnehmen.«

»Begreifst du es nicht? Auch wenn die Zeuginnen ausgeschaltet werden, wird dein Bild morgen in ganz Manhattan zu sehen sein und in jeder landesweiten Zeitung abgedruckt werden. Du weißt, dass ich enormen Einfluss habe, aber solch eine Macht besitze selbst ich nicht, um dies aufzuhalten.«

»Dann fliehe ich jetzt für einen gewissen Zeitraum.«

»Selbst wenn du fliehst, würde früher oder später überall nach dir gefahndet werden. Wir haben vor wenigen Tagen einen Krieg gegen die Staatsorgane angefangen. Wir haben Richter, Staatanwälte und den Bürgermeister töten lassen. Ganz zu schweigen von den Hinrichtungen der Kronzeugen und etlicher Polizeibeamte. Außerdem haben wir unseren ehemaligen Unterboss vergiften lassen. Und das im Gefängnis! Denkst du nicht, die Polizei, das FBI und alle anderen Polizeieinheiten wissen von der Macht, die wir haben?«

Don Piepero machte eine kurze Pause, ließ aber Alphonso nicht zu Wort kommen.

»Du wirst bundesweit in den Vereinigten Staaten gesucht werden und sobald der Verdacht besteht, dass du die Staaten verlassen hast, wird ein internationaler Haftbefehl ausgestellt. Genau so würde es ablaufen. Es würde für dich kein Entkommen geben!«

Es entstand eine kurze Pause, in der beide tief Luft holten.

»Aber das lässt nur einen Schluss zu«, sagte Alphonso mit zittriger Stimme.

»Genau, mein Sohn!«

»Aber ich gehöre zur Familie«, flehte Alphonso im Wissen, was als nächstes passieren würde.

»Die Organisation steht über allem und der Schutz der Organisation ist wichtiger als die Familie«, erwiderte Don Piepero mit fester, tiefer Stimme und holte eine kleinkalibrige Pistole aus seiner Hosentasche.

Er richtete die Pistole auf Alphonso, der, bevor Don Piepero den Abzug drücken konnte, rief: »Es tut mir leid!«

Anschließend schoss Don Piepero seinem Patenkind zweimal in die Brust.

Er wartete einen Moment ab und ließ das Geräusch der Schüsse in der Luft verhallen, bevor er an Alphonsos Körper herantrat und zwei Finger seiner rechten Hand auf Alphonsos Halsschlagader legte.

Es durchfloss kein Blut die Ader mehr, sodass Don Piepero keinen pochenden Puls mehr wahrnahm. Er drehte den Körper Alphonsos auf den Rücken, damit seine starren, offenen Augen an die Decke blickten. Mit dem Zeigefinger der linken Hand schloss er beide Augenlieder Alphonsos und flüsterte ihm zu: »Mach's gut, mein Sohn!«

Alessandro erschrak, als er die Tür zu seinem Büro aufriss und Massimo Conte auf seinem Schreibtischstuhl sitzen sah. Es gab bisher nur ein Treffen zwischen ihm und Massimo, als Alessandro zum Auftragsmörder der Pieperos befördert wurde und eine eigene Truppe auf die Beine stellen sollte. Massimo musste jedes Mitglied der Gruppe eigenhändig absegnen, da die Pieperos in jedem Fall eine schlagfertige Truppe gegenüber sämtlichen ihrer Gegner haben wollten.

»Was verschafft mir die Ehre dich hier in meinen bescheidenen vier Wände, die ich Büro nenne, begrüßen zu dürfen?«, überspielte Alessandro in der feinsten Art, die ihm einfiel, seine Nervosität ob des Besuchs.

Wenn Alessandro etwas in der Zeit gelernt hatte, die er bei den Pieperos verbrachte, war es, dass ein Überraschungsbesuch nie etwas Gutes zu bedeuten hatte. Er wusste, dass Massimo einer der führenden Köpfe in der Organisation war und direkten Kontakt mit dem Don hatte.

»Du erinnerst dich an mich. Sehr gut!«, sagte Massimo und nickte Alessandro zur Begrüßung zu.
    »Einen guten Platz hast du dir für dein Büro ausgesucht.«
    »Danke. Der Herrenfriseurladen gehört einem guten Freund von mir und nach ein paar Umbauarbeiten konnten wir den Raum hier und weitere Teile des Kellers für unsere Zwecke nutzen.«

Die ehemalige Bäckerei wurde zu einem Friseursalon umgestaltet. Der hintere Bereich, der als Backstube diente, wurde kernsaniert und ein großes Büro entstand. Da das Haus über einen separaten Eingang verfügte, wo die Lieferungen an Zutaten für die Zubereitung der Backwaren erfolgten, konnte das Büro über diesen Eingang eigenständig erreicht werden. Der Durchgang zwischen dem Büro und dem eigentlichen Friseurladen wurde zugemauert und nur eine Türattrappe stand an der Wand des Ladens.

In dem Büro sowie in Teilen des Kellers konnte die Gruppe um Alessandro ungestört ihre Aufträge besprechen und planen. Es war das perfekte Versteck, da nichts auf den Aufenthaltsort der Auftragsmörder hindeutete.

»Ja. Ihr habt hier ein sehr abgeschiedenes Reich geschaffen. Das ist brillant. Wer hatte den Einfall?«

»Das war Diego. Er ist mein engster Vertrauter meiner Truppe und mit mir der Kopf der Bande.«

Massimo dachte kurz nach, bevor er sagte: »Ja. Diego! Ich erinnere mich an ihn.«

Er holte einen Zettel aus seiner Hosentasche hervor, auf dem die wesentlichen Eigenschaften Diegos in Stichpunkten notiert standen und ein Bild von ihm mit einer Heftklammer an der oberen rechten Ecke befestigt war.

Alessandro erstaunte es, dass Massimo den Zettel noch hatte, den er ihm vor etlichen Jahren angefertigt hatte, als er Diego in seine Truppe aufnehmen wollte.

»Du erinnerst dich?«, fragte Massimo und zeigte auf den Zettel.

»Ja, natürlich. Und ich bin erstaunt, dass du den Zettel aufgehoben hast.«

»Man weiß nie, wozu solche Informationen nochmals gut sein können. Jetzt zum Beispiel sind sie mir sehr nützlich.«

Massimo faltete den Zettel wieder zusammen und steckte ihn zurück in seine Hosentasche.

»Aber nun zu meinem Besuch. Du fragst dich sicherlich schon die ganze Zeit, warum ich hier bin.«

»Und ob ich mich das frage.«

»Dachte ich mir.«

Massimo zwinkerte Alessandro zu.

»Wie war dein Treffen mit Alphonso heute Nachmittag?«, fragte Massimo.

»Er kam nicht. Das gab es in all den Jahren noch nicht, dass Alphonso nicht anzutreffen war«, gab Alessandro zurück, der es immer noch nicht fassen konnte, dass Alphonso ihn versetzt hatte.

»Das muss dich nicht beunruhigen«, versicherte Massimo ihm.

»Wie meinst du das?«

»Es gab leider zwei unrühmliche Vorfälle in den vergangenen Tagen, die negative Auswirkungen auf unsere Organisation haben könnten. Verantwortlich dafür war jeweils Alphonso, sodass wir uns vergangene Nacht von ihm haben trennen müssen.«

Massimo verzog keine Miene, als er Alessandro von dem Ausscheiden Alphonsos berichtete und Alessandro war klar, dass das nur der Tod für Alphonso bedeuten konnte.

Er musste sich setzen.

»War Alphonso ein Verräter und wer hat ihn umgebracht?«

»Nein, er war kein Verräter. Er hat zwei leichtsinnige Fehler gemacht und uns alle damit gefährdet. Liest du denn keine Zeitung?«

»Nein, lese ich nicht«, antwortete Alessandro.

»Ich würde damit anfangen. Du musst über alles, was auf den Straßen dieser Stadt passiert, in Zukunft informiert sein. Ok?«

»Ja, ok. Aber ich verstehe nicht.«

»Erkläre ich dir gleich. Aber kommen wir zuerst zu deiner anderen Frage. Alphonso wurde von seinem Patenonkel umgebracht. Weißt du, wer sein Patenonkel war?«

»Nein, das weiß ich nicht. Ich weiß nur, dass Alphonso eine tatsächliche familiäre Verwandtschaft zu Don Piepero hatte. Zumindest sagte er das immer. Daher nehme ich an, dass Don Piepero den Mord abgesegnet hatte und sein Patenonkel wohl auch der Organisation nahesteht.«

»Das ist nicht ganz korrekt. Don Piepero selbst war Alphonso Patis Pate. Die Frau des Dons war die leibliche Tante Alphonsos. Der Don hat den Mord selbst durchgeführt.«

Alessandro ließ sich in die Rückenlehne des Stuhls fallen und dachte nach, bevor er fragte: »Aber was hat das alles mit mir zu tun?«

»Das ist eine gute Frage.«

Massimo zog die linke Seite seiner Lippe zu einem angedeuteten Lächeln nach oben.

»Du hast bisher immer tadellose Arbeit verrichtet und hast jeden Auftrag ohne Wenn und Aber ausgeführt. Du hast uns stets deine Loyalität bewiesen und wir werden dich zum neuen Unterboss der Organisation ernennen. Du beerbst Alphonso!«

Alessandro war für einen Augenblick lang sprachlos und konnte nicht fassen, was Massimo ihm da mitteilte.

»Wie bitte?«, stammelte er.

»Du wirst der neue Unterboss der Piepero-Familie. Deine Verantwortung in der Organisation steigt und du wirst einer der wenigen Menschen sein, der in den direkten Kontaktkreis des Dons aufgenommen wird.«

Alessandro schüttelte ungläubig den Kopf.

»Aber wie kommt ihr auf mich?«

»Weißt du, Alessandro. Wir haben solche Zettel wie den für Diego für eine Vielzahl an Personen in unserer Organisation. Weder Don Piepero noch ich überlassen irgendetwas gerne dem Zufall. Wir führen akribisch alle Informationen, die wir über die Führungspersonen der Organisation sammeln können, zusammen. Jede Information eines jeden Capos, von dir, deiner ganzen Truppe und sogar von deinem Bruder, wird in unserem Hauptquartier in Aktenordnern gesammelt und von uns ausgewertet.«

Alessandro war wieder einmal sprachlos.

»Nur so können wir die Führung der Organisation gewährleisten. Wir müssen über alles Bescheid wissen.«

»Aber das könnt ihr nicht alles allein festhalten und auswerten.«

»Da hast du recht. Hierfür haben wir ein Organisationstalent, das alle Daten sammelt, auswertet und Empfehlungen an uns gibt. Es handelt sich um eine Person, die das vollste Vertrauen von Don Piepero und mir genießt. Es ist nämlich die Frau des Dons.«

Alessandro atmete tief durch und versuchte im Kopf zu verarbeiten, was Massimo ihm gerade mitteilte.

»Du bist jetzt sicherlich für das erste voll von Informationen, nicht wahr?«

Alessandro stimmte ihm mit einem Nicken zu.

»Du machst bis auf weiteres deine Arbeit normal weiter. Der einzige Unterschied ist, dass ich dir die Befehle vom Don gebe und du sie unseren Capos weitergibst. Ich werde dich hierzu in den kommenden Tagen weiter einweihen. Nach einer gewissen Zeit wirst du Don Piepero kennenlernen und von unserem Hauptquartier aus deine Geschäfte führen. Aber das hat noch Zeit.«

»Ok. Ich verlasse mich auf deine Aussage und werde wie gewohnt meine Arbeit verrichten.«

»Nicht ganz. Du darfst nicht mehr so häufig in der Öffentlichkeit in Erscheinung treten. Soll heißen, dass du nicht immer alle Aufträge mit deiner Truppe ausrichten wirst.«

»Das hört sich so an, als ob ich die Führung abgeben soll?«

»Genau. Jackpot, der Herr! Diego soll die Führung übernehmen, wenn du nicht in den Auftrag involviert bist.«

»Darf ich mir zukünftig aussuchen, welchen Auftrag meiner Truppe ich mit ausführe?«

»Nein«, grinste Massimo, »du wirst vom Don oder mir dazu explizit aufgefordert, wenn du bei der Ausführung dabei sein sollst.«

»Ich verstehe«, antwortete Alessandro.

Nach einer kurzen Pause, in der sich Massimo eine Zigarette anzündete, fuhr er fort: »Wusstest du, dass dein Bruder den lukrativsten Drogenspot der Organisation in ganz New York City führt?«

»Nein!«, gab Alessandro verdutzt zurück.

»Doch, doch. Dein kleiner Bruder macht sich sehr gut. Er ist zwar noch nicht lange dabei, aber er hat seine Lieferanten, Angestellten und Verkäufer erstklassig im Griff. Er soll bald unseren Capo im Bereich Drogenhandel unterstützen, um in einiger Zeit selbst Capo zu werden. Dann hast du zukünftig bei deinen neuen Mitarbeitern direkt einen engen Kontakt. Wir dachten, dass erleichtert dir eventuell den Einstieg in die neue Position.«

Erneut wusste Alessandro nicht, was er sagen sollte und überlegte einen Moment, bevor er antwortete: »Ja, sicherlich! Aber mein Bruder in einer höheren Position. Ich weiß nicht, ob das eine gute Idee ist.«

»Nein!«, sagte Massimo und signalisierte mit seinem rechten Zeigefinger, dass Alessandro nicht weiterzureden hatte.

»Denk daran, dass kein Befehl von oben infrage gestellt werden darf!«

Alessandro nickte und hielt inne.

»Gut. Wenn du fürs Erste keine weiteren Fragen hast, gebe ich dir deinen ersten Auftrag als Unterboss unserer Organisation.«

»Immer her damit«, sagte Alessandro kopfschüttelnd, der das alles nicht glauben konnte, was er von Massimo hörte.

»Hast du Melissa hier?«

»Ja, sie ist unten in einem der Räume.«

»Sehr gut!«

Massimo holte einen weiteren Zettel aus seiner Hosentasche und legte ihn auf den Bürotisch.

»Sei um halb eins heute Nacht mit einem Transporter und Melissa bei dieser Adresse. Ich werde an der Ecke stehen und dich einweisen, wo du den Transporter abstellen sollst.«

»Das mache ich!«, entgegnete Alessandro Massimo, der auf dem Weg zur Bürotür war.

»Bis später. Und Glückwunsch zur Beförderung!«

Massimo klopfte Alessandro auf die Schulter und verließ das Büro.

Melissa wachte ein wenig benommen auf und es verging einige Zeit, bis sie wieder voll zu sich kam. Von dem Schlag auf den Kopf, den Alessandro ihr zum wiederholten Male zugefügt hatte, bekam sie starke Kopfschmerzen und Blut lief ihr das Gesicht hinunter. So viel Blut, das es über die ganze Stirn lief und die Augen verklebte, was ihre Sicht stark einschränkte.

Sie war an einem Stuhl gefesselt, der in der Mitte eines Raums positioniert war. Nichts als der Stuhl und Melissa befanden sich in diesem Raum.

Der Stuhl hatte Armlehnen, auf denen Melissas Arme jeweils, um neunzig Grad angewinkelt, festgebunden waren. Die Kabelbinder, die für die Befestigung der Arme verwendet wurden, waren so fest zugeschnürt, dass sie sich tief in das Fleisch schnitten. Jede Bewegung, die Melissa machte, führte dazu, dass sich das Fleisch an den Kabeln weiter aufrieb und langsam Blut von den Handgelenken hinunter auf den Boden floss.

Ihre Beine waren ebenfalls mit Kabelbindern an dem Stuhl befestigt. Durch die Hose, die sie anhatte, schnitten sich die Kabel nicht direkt in die Haut hinein, jedoch hatte sie keine Chance, sich zu bewegen. Egal, wie heftig sie versuchte ihre Beine und Arme zu bewegen, es gab keine Möglichkeit für sie, sich von Stuhl zu lösen.

Die Bewegungen führten eher dazu, dass sie größere Schmerzen in den Armen bekam und an den Reibungspunkten zwischen Haut und Kabelbinder sowie Armlehne die Blutungen stärker wurden.

Der Knebel, der ihren Mund verschloss, füllte sich mit dem Blut, das über ihr Gesicht lief und der Geschmack brachte sie zum Würgen. »Melissa! Jetzt streng dich an. Du kannst dich hier befreien!«, redete sie sich selbst zu und stieß einen letzten Versuch an, sich von den Fesseln zu lösen. Sie nahm all ihre Kraft zusammen, versuchte die Arme nach oben zu reißen und die Beine von dem Stuhl wegzudrücken. Der Ruck, der durch ihre plötzliche Bewegung entstand, ließ den Stuhl nach rechts abkippen und ihn sowie Melissa auf den Boden donnern. Melissas Kopf stieß dabei so heftig auf den Boden auf, dass sie wieder ohnmächtig wurde und ihre Wunde am Kopf weiter aufriss. Durch das Blut der Platzwunde bildete sich eine kleine rote Lache auf dem Boden.

Als Massimo den Raum betrat, sah er Melissa auf den Boden liegen, angekettet an den Stuhl. Nur ein lautes Atemgeräusch, das sie immer wieder ausstieß, ließ ihn erkennen, dass sie noch am Leben war.

»Was machst du denn für Sachen?«, sagte er laut in den Raum hinein und ging auf Melissa zu.

Er packte die Rückenlehne des Stuhls sowie den Oberkörper Melissas und hievte sie wieder auf ihre alte Position zurück.

Danach trat er nahe an sie heran und sagte: »Schade um so eine schöne Frau. Aber du hast dich für die falsche Seite entschieden und musst heute dafür bezahlen.«

Er strich ihr die blutgetränkten Haare, die an ihrer Backe festgeklebt waren, weg.

»Wirklich schade um dich, Schönheit!«, wiederholte er.

»Ist sie bei Bewusstsein?«, fragte Don Piepero, der hinter Massimo am Türrahmen erschien.

»Nein! Ich denke nicht. Zumindest hat sie noch kein Lebenszeichen außer ihren Atemgeräuschen von sich gegeben, seitdem ich hier bin.«

»Ok. Tritt beiseite!«, sagte Don Piepero bestimmend und beide wechselten ihre Positionen.

»Bring mir bitte ein feuchtes Tuch.«

Massimo drehte sich um und lief aus der Tür hinaus, nachdem er die Bitte Don Pieperos gehört hatte.

»Jetzt sind wir ganz alleine, Melissa! Wollen wir mal schauen, ob wir dich wach bekommen«, sagte Don Piepero und gab ihr eine Ohrfeige, die jedoch ihre Wirkung verfehlte und Melissa immer noch ohne Bewusstsein auf dem Stuhl gefesselt zurückließ. Don Piepero wiederholte die Ohrfeige, diesmal mit deutlich mehr Kraft, was Erfolg hatte.

Melissa stieß einen stumpfen Laut von sich und schüttelte ihren Kopf. Sie versuchte ihre Augen zu bewegen, doch das Blut, das sie überall im Gesicht hatte, verklebte ihre Wimpern dermaßen, dass sie sie nicht öffnen konnte. In ihren Ohren war nur ein stumpfer Ton wie bei einem Tinnitus zu hören, der von den Ohrfeigen Don Pieperos kam.

Sie war zwar bei Bewusstsein, konnte jedoch weder etwas hören noch sehen. Sie hatte keine Wahrnehmungsmöglichkeit, von dem, was um sie herum passierte. Lediglich dass eine Person vor ihr stand, konnte sie erahnen.

»Danke!«, sagte Don Piepero zu Massimo, der mit einem Eimer Wasser und einem Tuch zurückkam.

Don Piepero nahm den Lappen, tauchte ihn einmal in den Wassereimer und rieb anschließend Melissa die Augen damit frei. Dabei zog er ihr an den Haaren den Kopf nach hinten, sodass ihr Blick nach oben an die Decke gerichtet war.

Als Melissas Augen befreit von dem verkrusteten Blut waren, sah sie erst einmal nichts außer einem grellen, hellerleuchtenden Licht. Ihre Augen mussten sich erst an die Helligkeit gewöhnen, was einen Moment lang dauerte. Sie merkte, wie das Ziehen an ihren Haaren nachließ und sie ihren Kopf in eine angenehmere Haltung zurückbewegen konnte. Als sie ihren Kopf nach unten führte, konnte sie die ersten Umrisse einer Person erkennen, die ihr gegenüberstand. Wenige Sekunden später gewöhnten sich ihre Augen mehr und mehr an das Licht im Raum und sie konnte die Umrisse schärfer erkennen. Doch immer noch nicht in der Schärfe, die nötig wäre, um die Person deutlich sichtbar vor sich zu haben.

Dies dauerte weitere Sekunden, die sich wie Ewigkeiten anfühlten, und dann konnte sie die Person vor ihr sehen und war im ersten Moment perplex und im zweiten Moment heilfroh, ihn zu sehen: ihren Chef, Antonio »Toni« Fulicci.

Während sich ihr Körper schlagartig entspannte und sie euphorisch an ihre Rettung glaubte, übersah sie die Waffe, die Toni auf sie richtete.

Ihre Todesschüsse nahm sie nicht mehr wahr und sie starb mit einem Lächeln im Gesicht.

# Epilog

E s war still in Nicks Wohnung und er hoffte so sehr, dass Melissa
auf ihn warten würde. Er hatte extra seine Eltern unten an der
Eingangstür des Apartmentblocks verabschiedet für den Fall, dass Me-
lissa wieder vor seiner Tür stehen würde. Doch der Gang zu seinem
Apartment war verwaist, als er aus dem Fahrstuhl kam und zu seiner
Wohnungstür humpelte.

Die Schiene an seinem Fuß tat ihr Nötigstes, damit er sich nur
schwerfällig fortbewegen konnte. Jedoch erfüllte sie ihren Zweck und
hielt den Bewegungsradius des Beines und dadurch die Schmerzen in
Grenzen.

Es gab keine Anzeichen dafür, dass Melissa in den vergangenen zwei
Tagen hier an seiner Wohnung gewesen war und enttäuscht ließ er sich
auf seinen Sessel fallen.

Während er nach der Fernbedienung für den Fernseher Ausschau
hielt, machten sich seine Krücken, die an der Armlehne des Sessels
lagen, selbstständig und fielen mit einem lauten Knall auf den Fuß-
boden.

»Oh man!«, stieß Nick genervt aus, als er die Fernbedienung auf der
gegenüberliegenden Seite auf dem Sofa erblickte.

Er hievte sich aus dem Sessel, indem er sich mit beiden Armen an den
Lehnen des Sessels abstütze und sich nach oben drückte. Mit einem

kräftigen Satz stand er aufrecht, wackelte kurz hin und her und fand dann die Balance, indem er sich mit seinen Armen austarierte.

Nachdem er ruhig auf einem Bein stand und das Bein in der Schiene etwas von sich streckte und in der Luft hängen ließ, beugte er sich über den kleinen Couchtisch, um nach der Fernbedienung zu greifen. Er griff sie sich mit der linken Hand und stieß sich mit der rechten Hand am Sofa ab, sodass er in einem hohen Bogen wieder auf den Sessel plumpste. Mit der Fernbedienung in seiner Hand setzte er ein zufriedenes Lächeln auf und betätigte den Startknopf des Fernsehers.

Die Nachrichtensender waren immer noch voll von den Ereignissen der vergangenen Tage, die in New York passiert waren, und als Nick den Explosionsort im Fernseher sah, der sowohl seinem Kollegen Charles als auch einem anderen Polizeibeamten das Leben kostete, hatte er schon wieder genug und schaltete den Fernseher aus.

Als Nick aufstehen wollte, um den Inhalt seines Kühlschrankes auf etwas Essbares abzusuchen, klingelte es plötzlich. Es machte sich ein Grinsen auf seinen Lippen breit und er humpelte mit Herzklopfen an die Tür.

Er schaute nicht durch den Türspion und riss in Vorfreude auf den Anblick von Melissa sofort die Wohnungstür auf. Doch vor ihm stand nicht Melissa, sondern eine kleine, etwas kräftigere Frau mit lateinamerikanischen Wurzeln.

Nick erschrak und schaute blitzschnell nach links und rechts, in der Hoffnung, dass er seine Waffe griffbereit hätte. Doch seine Pistole lag auf dem Couchtisch und mit seinem Handicap am Bein konnte er diese kaum schneller erreichen, als dass er sich eine Kugel von der Frau an der Tür einfangen würde.

»Keine Panik«, sagte die Frau mit sanfter Stimme, bevor sie ergänzend »Nick?!« hinzufügte, was mehr nach einer Frage als einer Aussage klang.

»Wer sind Sie und was wollen Sie von mir?«, fragte Nick ungläubig.

»Ich bin Juanita und habe mit Melissa bei den Pieperos zusammen-gearbeitet.«

Nick überlegte kurz, ob Melissa den Namen ihm gegenüber einmal erwähnt hatte, doch war ihm der Name Juanita völlig fremd.

Juanita blickte sich um und sagte anschließend: »Sie müssen mir glauben. Ich kenne Melissa und sie hat mir von Ihnen erzählt. Melissa ist in Gefahr und Sie sind die einzige Person, die sie vielleicht retten kann.«

Nick gab immer noch keine Antwort und überlegte weiter, was er am besten machen sollte.

»Bitte, Nick! Melissa hatte mir erzählt, dass sie vor zwei Tagen nachts zu Ihnen kommen wollte und seitdem habe ich sie nicht mehr gesehen. Ich wette, sie haben sich danach auch nicht mehr gesehen.«

»Das stimmt«, murmelte Nick.

»Siehst du. Melissa ist in Gefahr und wir müssen etwas unterneh-men!«

Nick versuchte die Gedanken in seinem Kopf zu ordnen und nach einem kurzen Moment bat er Juanita hinein in seine Wohnung.

»Danke, Nick!«, sagte Juanita und blieb im kleinen Wohnbereich des Apartments stehen.

»Ist es ok, wenn wir uns duzen?«, fragte sie anschließend.

»Natürlich und nimm bitte Platz.«

Nick streckte die Hand aus und zeigte auf das Sofa.

»Ich habe im Fernsehen gesehen, dass es eine Explosion gab. Dort warst auch du zu sehen, wie du an einem Krankenwagen saßest. Ich wusste nicht, dass du es bist, Nick. Aber ich bin froh, dass dir nichts Schlimmeres passiert ist, außer …?«

Juanita zeigte auf das geschiente Bein.

»Danke. Das ist nichts Besonderes«, entgegnete ihr Nick.

»Du fragst dich, wer ich bin und was ich hier mache.«

Nick stimmte mit einem Kopfnicken zu.

»Ich arbeite für die Piepero-Familie. Ich bin eine Art Vorarbeiterin in einer der größten Lagerhallen für Drogen überhaupt in New York City.«

»Dort, wo auch Melissa arbeitet?«

»Ja, genau dort. Melissa hat sich sehr schnell die Sympathien von unserem Lagerchef eingeholt und wir hatten immer häufiger Kontakt zueinander.«

»Sympathien eingeholt?«, fragte Nick so offensichtlich, dass die Eifersucht in seiner Frage zu erkennen war.

»Ja! Ich nehme an, dass unser Lagerchef scharf auf Melissa war. Melissa wusste, wie sie mit ihrem Aussehen punkten kann und verstand es auch, sich sehr gut in Szene zu setzen, ohne dabei jedoch jemals zu weit gehen zu müssen, wie sie mir selbst sagte.«

»Ok!«, gab Nick nun so locker wie möglich zurück, um nicht weiter den Schein eines eifersüchtigen Spielgefährten Melissas aufrecht zu erhalten.

»Melissa und ich verstanden uns auf Anhieb sehr gut und eines Tages, vor weniger als drei Wochen, platzte es aus ihr heraus. Sie erzählte mir davon, dass sie eine verdeckte Ermittlerin der New Yorker Polizei wäre und schnellstmöglich an die dicken Fische der Organisation herankommen will.«

Juanita machte eine kurze Pause.

»Das ist typisch Melissa, glaube ich. Nicht lange fackeln, sondern auf den Punkt kommen. Aber warum hatte sie Vertrauen zu dir?«

»Melissa wusste davon, dass ich all mein Geld spare, um schnellstmöglich weg von den Pieperos zu kommen. Ich will nichts mehr mit dem Elend, das wir den Leuten antun, die unser Gift nehmen, zu tun haben. Ich will wieder zurück nach Kolumbien zu meiner Familie. Meine Tochter will ich aus dem Kinderheim befreien und nie wieder zurückblicken auf das, was ich hier in New York City tue. Doch ich brauche Geld. Viel Geld. Und bei den Pieperos verdiene ich viel.«

Juanita war den Tränen nahe.

»Melissa sagte mir, sobald sie genug Informationen zu den Capos und Don Piepero gesammelt hätte, könnte ich eine der Kronzeuginnen werden und würde mit meiner Tochter wieder vereint in das Zeugenschutzprogramm kommen. Darauf gab sie mir ihr Wort und ich vermisse meine Tochter so sehr, dass ich alles für sie machen würde.«

Sie begann zu weinen und Nick wunderte sich, was er für einen Einfluss auf die Frauen hatte, da sie Reihenweise in seiner Gegenwart anfingen in Tränen auszubrechen. Nicht nur, dass Melissa, ebenso wie Juanita, auf seinem Sofa einen Weinkrampf erlitt, auch seine Mutter hatte wenige Stunden zuvor noch an seinem Krankenbett bittere Tränen geweint.

»Warte! Ich bringe dir ein Taschentuch!«, sagte Nick und begann sich vom Sessel zu erheben.

»Nein. Es geht schon«, schluchzte Juanita und rieb sich das Gesicht mit dem Ärmel ihres Pullovers ab.

Nick senkte sich wieder auf den Sessel.

»Na gut. Und was ist jetzt mit Melissa?«

»Sie ist verschwunden. Sie wurde gestern Mittag entführt von einem der Piepero-Schergen.«

»Was?! Sie wurde was?!«, schrie Nick entsetzt.

»Ja. Sie wurde entführt! Ich wollte gestern schon zu dir kommen, doch da warst du wahrscheinlich im Krankenhaus. Ich habe die halbe Nacht lang vergeblich vor dem Apartmentblock gewartet. Doch wir haben eine weitere Information, die uns weiterhelfen kann. Es wartet noch jemand draußen auf dem Gang. Er will uns helfen und kann weitere Angaben zu Melissas Entführung machen.«

»Sie wurde entführt?«, wiederholte Nick geistesgegenwärtig die Frage.

Juanita ging nicht nochmals auf die Frage ein und stand vom Sofa auf. Sie lief in Richtung Wohnungstür und machte sie auf. Mit der linken Hand winkte sie jemanden auf dem Gang zu sich und wenige Sekunden später stand ein Mann vor Nick in dessen Apartment.

»Hallo Nick! Mein Name ist Frederico Rosso. Ich habe im Auftrag der Piepero-Familie Ruby Tannehill und ihren Mann getötet. Mein Bruder hat Melissa entführt. Ich will mich der Polizei stellen und gegen alle, die ich aus der Organisation kenne, aussagen!«